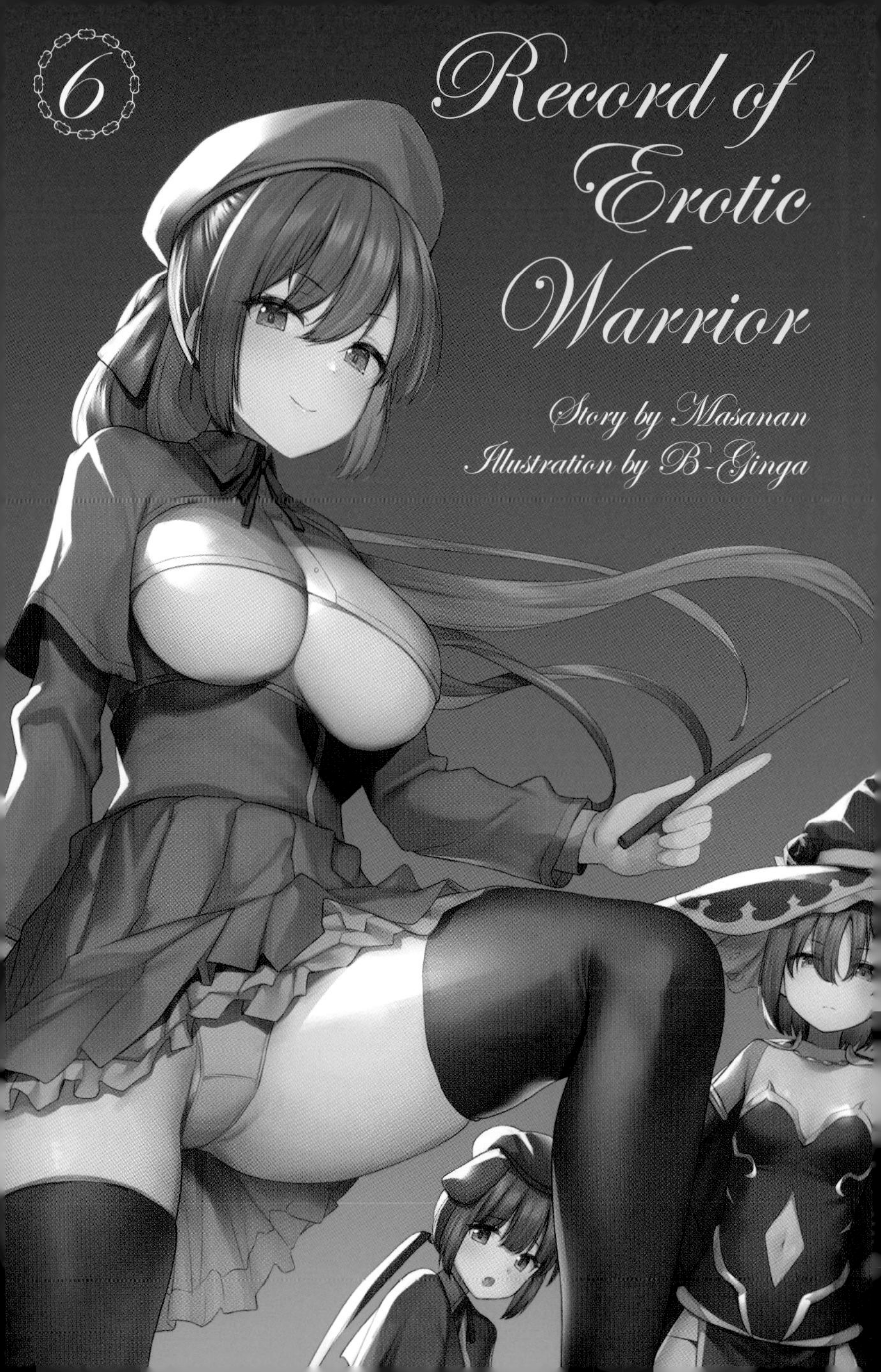
6
Record of Erotic Warrior
Story by Masanan
Illustration by B-Ginga

オリビア
リリィ

星里奈

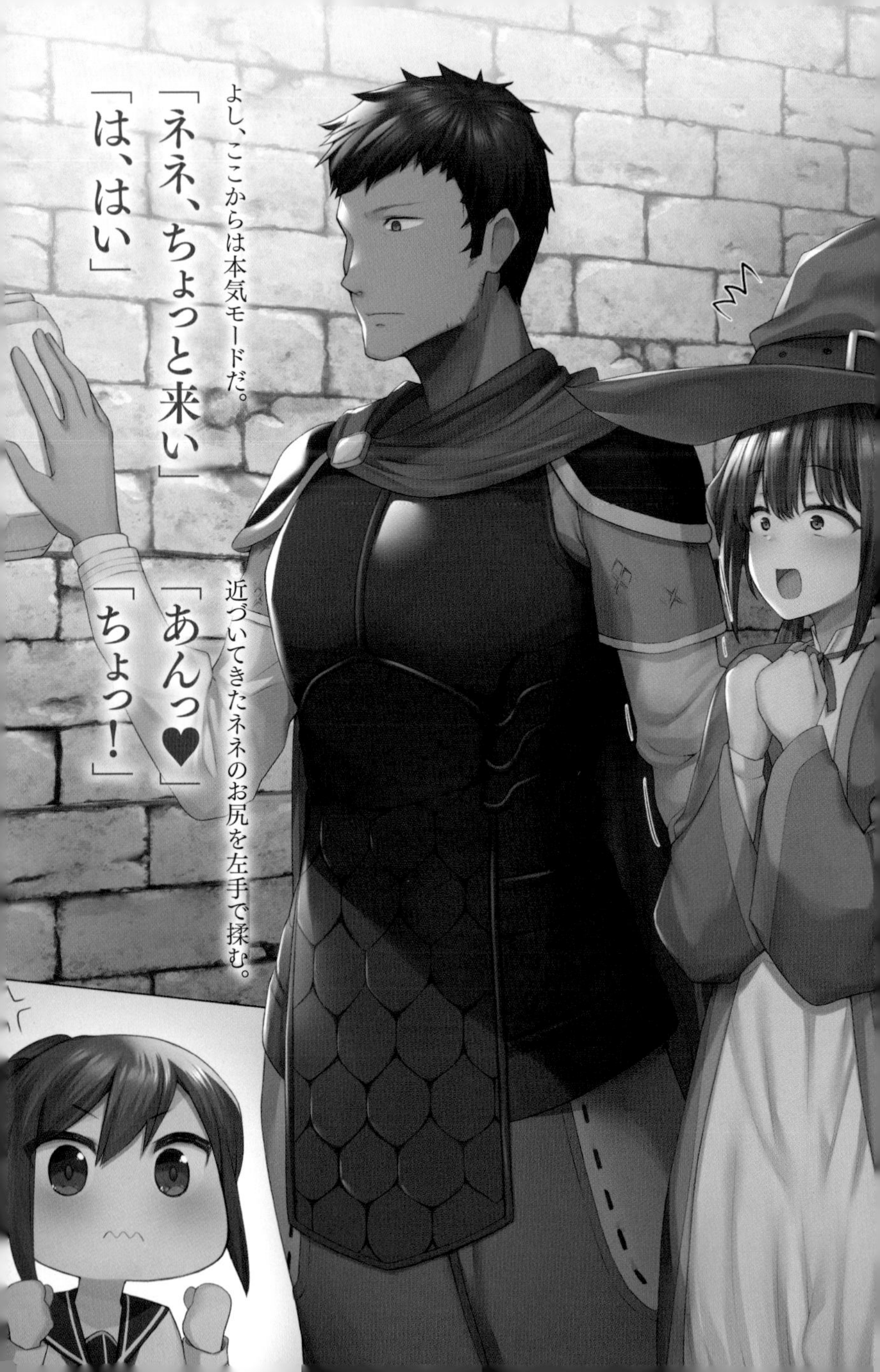
よし、ここからは本気モードだ。

「ネネ、ちょっと来い」

「は、はい」

近づいてきたネネのお尻を左手で揉む。

「あんっ♥」

「ちょっ！」

エロいスキルで
Record of Erotic Warrior
異世界無双
著:まさなん
イラスト:B-銀河

Contents

第二十章　黒き魔術師を追って

✧プロローグ　情報

Now Loading……
第六巻　第二十章
黒き魔術師を追って

静まりかえった剣術道場の庭に、異様な気迫が張り詰めていた。

俺は全身全霊を傾けて集中し、眼前の女に対峙《たいじ》する。

長い赤毛の髪をポニーテールでまとめた少女。白いセーラー服のような鎧を装備している。その彼女が真剣な目で俺を睨《にら》んだ。

名前は星里奈《せりな》。俺が結成したクラン『風の黒猫』の中でも屈指の実力者である。

これほどの緊張感は『闇の竜』の広間に挑んだとき以来か。

微動だにしない両者の間を、ゆっくりと木の葉が舞い、わずかに視線をかすめたところで——先に星里奈が動いた。

「はあ——！」

大上段の構えで走りこんでくる星里奈。俺とは違い、常に先手を好む。だが、後《おく》れを取るつもりはない。

凄まじいスピードで振り下ろされた木刀を、こちらも木刀を使って受け止める。

衝撃と共に乾いた音が響き渡り、木刀を持つ手が痺《しび》れた。

すぐさま俺は渾身の力で木刀を握り直す。

ここから星里奈が連続攻撃で畳みかけてくるのはもう分かっていた。何度となく対戦したからな。

それでも、どう攻撃してくるかまでは読み切れていない。

よもや、まだ新しい技があるとは、俺も信じがたかった。

「【スタバ・デ・マックソード!】」

星里奈がバレリーナのように剣の切っ先を回転させて振り回すと、そのまま踏み込んできた。

「ちぃいっ!」

俺は【瞬間移動】を使い、その危険な一撃を躱《かわ》した。

「まだよ!」

俺がよけることを予測した彼女の次の手。しかし、伸びてくるその木刀を再びスキルで躱し、俺は地面を蹴って跳ぶ。

「くっ」

形勢逆転だ。

星里奈は体を回転させて一度は俺の後ろを取ったが、【後ろに目がある】俺に死角など無い。

星里奈は攻撃で動きが多い分、【瞬間移動】で躱せる俺に分がある。

だが、スピードやパワーは彼女が上回っており、まともにやり合うとどうなるか分からない。俺は片手で木刀を握りしめ、ここは【電車痴漢】を使用する。

「ひゃっ! こ、この変態!」

お尻をタッチされた星里奈が、真っ赤な顔になって怒り狂う。

「食らいなさい、【水鳥剣奥義! 華連打《かれんだ》!】」

無数の突きが繰り出された。もはやよけきることは不可能。だから、俺はよけない。

ドドドドッ! と急所を貫かれ、激痛が走るが

【打撃耐性】も取っている俺なら耐えられる。

「えいえいえいえいっ！」

なおも容赦なく突きまくる星里奈だが、フッ、攻撃に気を取られたな？

「【筆いじり（エロ）】」

俺はスキルを使い、木刀の先で星里奈の胸をすうっと撫でる。

「きゃっ！」

星里奈が木刀を離して両手で自分の胸を庇《かば》った。

ククク、防御を解いたな？

俺は一気に左手を星里奈の下半身へ伸ばす。

だが、そこに別の木刀が伸びて来て、俺の指を叩いた。

「いてっ」

「それまで！　勝者、アレック」

金髪美女が豊満な胸を揺らして右手を上げる。

「待って！　イオーネ！　私はまだ降参してないわ」

星里奈が審判であるイオーネに抗議した。

「剣を捨ててしまったでしょう。そんな状態でアレックさんに実戦で触られていたら、あなたに勝ち目は無いわ」

イオーネは剣士としての後輩に優しく微笑《ほほえ》みながら諭した。

「くっ、触られたくらいで――」

「いいや、僕から見ても君の負けだ、星里奈」

「そんな、フリッツ師範まで！　この変態の肩を持つんですか！」

星里奈が俺を指差して怒りの剣幕で言うが。

「まあ、剣術としてはどうかと思うが、他流試合と考えれば……」

「ええ？」

「はっはっはっ、まあ、アレックの使った技は水鳥剣のものではないからな。だが、剣舞の美しさを見せる場ならともかく、真剣勝負で攻撃不能のところまで追い詰められたのだ。そこは己に負けた」


たと考えなさい、星里奈」

ウェルバード先生が言う。

「…………はい、先生。私の精進が足りませんでした」

さすがに剣術道場の道場主に言われては、星里奈も考えを改めざるを得ないようだ。

「うむ。ま、アレックもＨＰに頼った捨て身の攻撃は、剣術としては感心できんな」

こちらも指摘されてしまったな。

「はい、もう少し考えます」

「その意気だ。では、ここらで休憩としよう」

今日もいい汗を流した。皆で一息つく。

「アレック、やるじゃねえか、あのチチデカ女から一本取るなんてよ」

少年ビリーが小気味よさそうに笑ってくるが、レベルとスキルの力押しだからな。

「あれは勝ったとは言えんな」

「くっそ、アレックがかっけー！」

「ふん、べーだ！」

星里奈が俺に向かって舌を出して悪態をつくが、かなり嫌われてしまったようだ。

今夜のベッドでは少しくらい機嫌を取ってやるとするか。

「ダーリンー！　どこや？」

早希《さき》の呼ぶ声がしたので俺は返事をする。

「ここだ、早希、中にいるぞ！」

「おお、いたいた。ギルドに情報が入ってきたで。例の魔術師や」

ショートボブの髪、軽装のシーフ姿をした早希が駆け寄ってきた。彼女にはクランの情報収集を任せている。商売もやっているので、その方面にも目端の利く冒険者だ。

「よし。詳しく話せ」

そう言ったが、ビリーも隣で一緒に聞き耳を立てたので、ここではやめておいた方がいいか。

「先生、急用ができたので、今日はここまでにします」

　俺はそう告《つ》げて、近くで見守っていた白髪《はくはつ》の犬耳少女に目配せする。ミーナは俺が最も信頼する右腕だ。素早い忍術で前衛を務め、嗅覚を活かした索敵能力は群を抜いている。彼女は俺の側に駆け寄り、ウェルバードに一礼した。

「私も今日はここで帰りますね。ありがとうございました」

　星里奈も状況が状況なので、一礼してこちらに駆け寄ってくる。

「おお、そうか。ではまたな」

「なんだよー。ってか、先生、アレックのサボりが良くて、オイラのサボりがダメってなんでだよ？」

「アレックは冒険者として一通りの剣術を修めるためにここに通っているのだ。お前とは目指す終着点が違うぞ、ビリー」

「ううん、まあ、オレは剣士として強くなりてえからなあ」

「そういうことだ」

「では、失礼します」

「うむ、また来なさい」

　ミーナと星里奈とイオーネも共に道場を出る。

「もういいぞ、早希。続きを話せ」

「うん、あの魔術師がグランソードへ向かったっちゅう話は前にしたやろ」

「ああ」

　二週間前、俺達はフォックス村近くの山で、白い鳥のモンスターを討伐した。

　冒険者だからモンスターを倒すのは朝飯前だ。仮にも諸国に名の知れ渡る『帰らずの迷宮』をクリアした俺達だからな。

　だが、その白い鳥はおかしなことに魔法がまったく効かなかった。

　――俺の知る限り、そんな敵はあの第十層の『扉』の向こうで見た黒いイソギンチャクだけだ。

未来の俺達を全滅させた、あの不吉なモンスター。

あれも魔法が効かない敵だった。

そして、謎の黒魔術師。

召喚陣を残して逃げるように立ち去り、白い鳥と何らかの関係があると思われる。

当然、放置するつもりはない。

そいつが星里奈に対する変態行為を行った、とでっち上げて俺達は賞金を懸けていた。そのおかげでグランソード王国へ向かう馬車に乗ったというところまではすでに情報を掴《つか》んでいる。

『国王超え』疑惑が掛かるので、グランソードにはそう何度も行く気にはなれなかったのだが……。

「その後の足取りが掴めたんや」

「どこだ?」

「さらに西、魔法王国オースティンに向かったそうや」

「なるほどな」

まだ断定できないが、おそらくそこの関係者か。

レベル40オーバーのボス級を呼び出せる召喚魔法となると、使い手も限られるだろう。

「ウチらも、しばらくダンジョンも潜ってへんし、黒イソギンチャクに備えるためにも、そろそろ別の場所に行ってもええ頃やないかな?」

早希が言う黒いイソギンチャク。

一年後にバーニアに出現する強敵であり、あの正体不明のボスに俺達は全滅させられる運命だ。

『帰らずの迷宮』第十層――未来が見える『扉』で俺はそれを確かに目撃していた。

「そうだな」

あの場に中学生勇者ケイジと共に現れた金髪の優男――異世界勇者エルヴィンも、オースティン王立魔法学院に入学したがっていたと星里奈から聞いている。奴についても追跡調査が必要だ。

その他にも、魔法剣士について調べてみたいし、魔法王国というなら、そこで新しい魔法を習得してもいいだろう。

「決まりね」

星里奈もうなずき、賛成のようだ。

メンバー全員にも話し、さっそく出発の準備を整えた。

向かうのは一軍Aチームの六人――俺、ミーナ、星里奈、リリィ、ネネ、レティだ。

魔法王国なら、やはり魔法が使えるネネとレティを連れていくべきだろう。

ネネはグランソード王国で買った気弱な犬耳奴隷だが、今では草色のローブに身を包み、師であるレティから魔法の手ほどきを受け、一人前の魔術師に成長していた。

その師匠であり、紫紺のローブで決めポーズの練習をやっているレティは……性格にいろいろと不安が付きまとうが、パーティー最強の魔法使いには違いない。

そして艶《つや》のあるピンク髪リリィは魔法が使えないが、俺の癒しのロリ枠だ。ポーションを持たせておけば、戦闘でもそれなりに役に立つ。

さらに、騎士ノエルも「どうしても師匠に付いていきたいです！」と言うので、許可している。

早希をはじめクランの他のメンバー達はバーニア王国でお留守番だ。ここで黒いイソギンチャクの調査を続けながら、ウェルバード道場で技を磨く予定だ。

未来で黒いイソギンチャクが現れたのはここバーニア王国だからな。黒い魔術師を追いかけるにしても、ここを放置するわけにはいかなかった。

「私も、同行させて下さいね」

僧侶《クレリック》オリビアがやって来て言う。清楚な聖職者服に身を包んでいるが、大きなお尻のエロボディだ。

「は、母上？　なぜ？」

騎士ノエルが動揺した。コイツも見た目は美少女なのだが……考えまい。

「んー、息子が心配だからでしょうか……」

そう言って俺の下半身を見るオリビア。違う息子だ。

「私はもう一人前です！　ランスロット隊長からも西方調査という任務を頂きました」

何も知らないノエルが生真面目に答える。

「まあまあ、いいじゃありませんか。私も西方巡礼ということで、ね、ね？」

「はあ、仕方ないなあ。アレックさん、いいですか？」

「もちろんだとも」

俺は快く引き受けてやった。ノエルが俺とオリビアの関係を知ったら卒倒するだろうが、とうの昔に夫に先立たれた身だそうだし、それなら新しい恋愛をするのも自由だろう。

別にオリビアと結婚するつもりはさらさら無いが、ノエルにバレたらその説明で行こう。真摯なお付き合いだ。


「よーし、出発だ」

俺、星里奈、ミーナ、リリィ、ネネ（と鳥）、レティ、騎士ノエル、僧侶《クレリック》オリビア――

俺達八人を乗せた一台の馬車が、仲間達に見送られながら移動を開始した。

第一話　ポルティアナ王国の魔女

謎の黒魔術師を追って、俺達は西にある魔法王国オースティンを目指している。

バーニア王国を西に直進すれば、例の『帰らずの迷宮』があるグランソード王国へまず辿り着くのだが、色々事情があって俺はグランソードには近づきたくない。

なので、いったん南のルートに抜けて迂回することにしたのだが……。

「へっくちゅ！」

南に進む馬車の中で、リリィが可愛らしくも盛大なくしゃみをする。

「リリィ、風邪でも引いたの？　きっとアイスの食べ過ぎね。ほら、暖かくしておかないと。ミーナ、そこの毛布を取ってくれる？」

「はい、どうぞ、星里奈さん」

受け取った星里奈が毛布をリリィに掛けてやる。

リリィはブルブルと震えるとそれにくるまった。

さらに、鼻水のついた顔を毛布にこすりつけているが、それやめろ。あとで俺もその毛布を使うかもしれないだろ。

「うう……日が暮れてきたせいかしら？　急に冷えてきたわね……」

レティも身を縮めて言うが、確かに冷えてきた。さっきまでは団扇《うちわ》を使っていたというのに。俺は【アイテムストレージ】から予備のマントを取り出すと毛布代わりにくるまった。他の者も上着やマントを取り出し始める。

そうこうしていると、馬車が止まった。宿場町に着いたわけでもなさそうだ。辺りは人の気配がしない。

「申し訳ありません、アレックさん……外を確認してもらえませんか？」

御者の男がおかしな事を言う。自分が御者台で直に外を見ているのだ。何かあれば見たままを伝えれば済むというのに。

「いったいどうしたと――」

俺は文句を言ってやろうと思い馬車を降りたが、眼前の光景に思わず自分の目を疑ってしまった。

白い。

さっきまでの道がすべて白くなっている。

道だけではない。周りの森の木々もすべて、深緑から純白へと色を変えていた。

白の世界――。

ふと上から、ちらちらと白い灰のようなものが降ってきているのに気付いた。手をかざして拾ってみると、指先の上でそれはさっと溶けて消え去った。

ようやく正体が分かったが、これは雪だ。

「おい、ミーナ、今は夏だよな？」

俺はすぐさま現地人であるミーナに確認する。地球の常識では計り知れない事であっても、異世界の現地ではごく普通の事かもしれないからな。こちらの世界で俺が目にした魔法もその一つだ。

「え、ええ。夏ですが……ニックさん、この辺りは雪が降るんですか？」

ミーナも外を見回して動揺した様子で、御者台から降りてきた男に聞いた。

「いえ、高山地帯ですから、この辺りは涼《すず》しいとは聞いていましたが、雪までは降ると聞いていませんよ。何か、嫌な予感がします」

御者のニックは俺たちが初めてグランソード王国へ向かったときに、きっちりと仕事をやってくれた御者だ。嘘をつくような人間でもない。

となれば、何やら異常事態が起きていると思っておいたほうが良さそうだ。

「次の街で情報収集をやるぞ。泊まれるようなら、そこで宿泊だ」

「「了解！」」


街道には一定の距離で宿場町があり、旅の者が泊まれるようになっている。が、それよりもっと小規模の、宿泊無しでお土産や馬の飲み水だけを売るような村も道中に存在する。

相変わらず雪が降り続けているが、道に積もれば馬車での移動は困難になるし、何より状況が分からないままで放置するのは危険だ。

「村がありました。泊まれるかどうか、聞いてきます」

「私も聞き込みしてくるわね」

ニックと星里奈が先行し、俺達は馬車で待つ。

「レティ、この世界で夏に雪が降る事は珍しいんだな？」

「んー、聞いた事が無いし、天候操作の魔法にしてもバカみたいに魔力を使うから、狭い範囲で、それもちょろっとの時間だけよ」

魔法に詳しいレティが言うのだ。これは魔法などではないだろう。となると、余計に訳が分からなくなる。

「あ、でも、何かの古文書で似たような事例を見たような気が……」

「思い出せ」

「いや、さっきから思い出そうとしてるんだけど、ぬぅあー、何だったかなー？」

「ファイトです、レティ先生！」

「グエーッ！　グエーッ！」

ネネと松風《まつかぜ》（鳥）に応援されながら、レティが頭を抱えてくねくねしていると、ニックが戻ってきた。

「アレックさん、この村に宿はありませんが、親切な人が数人ずつバラけてなら家に泊めてくれるそうです。どうしますか？」

普段なら断るところだが、今は異常事態だからな。

「よし、それで頼んでみてくれ」

「はい」

俺とミーナの二人が案内されたのは小さな家だった。戸口はガタついており、立てかけた板で隙間を塞いで応急処置しているだけ。

見るからに寒そうなので、もっとマシな家が良かったが、泊めてくれるだけでも良しとすべきだろう。馬車の中では、全員が横になることはできない。

「旅のお方、災難だったね。お茶くらいしか出せないが、ゆっくりしていくといい。よいしょっと」

腰が曲がって痩せこけた老婆が暖炉に木をくべようとしていたので、ミーナが手伝った。

「手伝います、お婆さん」

「ありがとう。いいんだよ、もうすぐ孫娘が帰ってくるから、座ってお茶でも飲んでておくれ」

ほう、孫娘がいるのか。

俺は孫娘の年齢と容姿が気になったが、それよりも重要な事を先に聞いた。

「この家は随分と薪《まき》をたくさん用意しているようだが、雪が降ると分かっていたのか？」

暖炉の近くには縄でくくった薪がたくさん積み上げてある。

「分かっているさね。この村では、半年前からずーっとこうさ」

半年前か。ちょうど俺達がグランソードへやってきた頃だな。

「あの、どうしてこんなことに？」

ミーナが聞く。この老婆に聞いたところで分かるはずもないだろう、と俺は思ったのだが――即座に答えが返ってきた。

「魔女さ」

「『魔女？』」

「ああ、近くの谷に魔女が住み着いちまったのさ」

老婆がすべてに絶望したような、どす黒い目で語り始めた。

その魔女は白いローブを着て、この村にふらりと現れたという。

「最初は司祭様かと思ってね、みんなでありがたがってお供え物を渡したのさ。ところが――」

微笑むだけで言葉を一言も発しない魔女は、そのお供え物の果物を地面に放り投げると、近くにいた村人に突然襲い掛かったという。

「あっという間じゃった。襲われた者も何が起きているのか分からぬままじゃったろう。あの魔女に触られた者は体が真っ白になり、氷漬けになってしまうんじゃ」

「氷漬けに――!?」

触れるだけで、呪文を唱えずに相手を凍らせる、か。それは魔術というよりも、スキルの可能性があるな。

「五人目が氷漬けにされるまで、村の者は襲われている事にすら気づかんかった。ようやく一人の子どもが悲鳴を上げて、それから大人達も泡を食って逃げ出したんじゃ」

村人達が家の中に閉じこもって皆で震えていると、いつの間にか魔女は消え去っていたという。

「じゃが、氷漬けにされた者は一人残らず助からなんだ。暖炉の火で温めてみたものの、息を吹き返すことは無かった」

村長は近くの街へ報告に行き、兵士に事情を話したが、最初は信じてもらえなかったそうだ。代わりに、冒険者が村にやってきて調査を始めた。

「冒険者は谷に氷の塔が建っているのを見つけた。川も凍り付き、歩いて渡れるほどだったそうな」

氷の塔という分かりやすいランドマークが発見された事で、ポルティアナ王国は騒ぎになった。冒険者達は大いに盛り上がったが、王城の関係者は困惑していた。

すぐさま箝口令《かんこうれい》が敷かれ、一ヶ月近くどうするかで貴族達が揉めたあと、冒険者達に近づくことを禁じた上で、まず使者を出すことになったという。

「使者だと？　生ぬるい判断だ」

俺は結果が予想できて、吐き捨てるように言った。

すでにその魔女は初手で村人を襲ったのだ。どう見ても敵性、最初から討伐の騎士団を派遣すべきところだ。

「そうさね。使者が戻ってこず、それを確かめに行った使者も戻ってこなくなって、ようやく冒険者の禁止令が解かれた。そこで冒険者達が氷の塔に向かったんだがねぇ……」

数十に及ぶパーティーが塔に潜入したものの、戻ってきた者はたった数名、しかも重度の凍傷を負っており、三日と持たなかったという。

「塔の中は、何百という人間が、逃げ惑う姿のままで、立ったまま凍り付いていたそうだよ」

「……酷いですね。いったい、その魔女は何が目的で……」

「さあねぇ、誰もその魔女と口を聞いた者はいないから、分からずじまいさ。おかげで村は作物がろくに育たない。もう来年は商人から麦を買う金もないし、村の者は全員、飢え死にしちまうだろうねぇ」

やれやれ、辛気臭いところに泊まってしまったな。

「婆さん、泊めてくれた礼だ。ひとまずこのパンでも食ってろ。あとは俺達がやる」

俺は【アイテムストレージ】から保存食用のパンを取り出して手渡してやった。

第二話　氷の谷

翌朝、俺達は氷の塔があるという谷に向かった。すでに雪が積もっており、地面を踏む度にズシッズシッと深くまでブーツが沈み込む。

【かんじきの足】を使っていてこれか。

「歩きにくい〜」

リリィが腰まで雪に埋もれながら歩いているので、俺は彼女をおぶってやり、先へ進む。

「ご主人様、氷の塔が見えてきました」

ミーナが指さした先、凍り付いた川のど真ん中に大きな白い塔が建っている。

「アレック、これからどうするの？」

星里奈が作戦を聞く。

「そうだな。どうせ中には張本人しかいないんだ。なら、塔の中に入るまでもない。レティ、外から派手にやっていいぞ」

「おほっ。んじゃあ、これで行っちゃおう。——視力が下がったり失明したりするから人の目を絶対に狙ってはいけません！　収束せよ！【フォトン・レーザー！】」

レティが魔力を集中させ青白いオーラを発しながら、ロッドを塔に振り向ける。するとロッドの先端から、まばゆいばかりの光線がほとばしり、塔を一瞬で貫いた。やや遅れて巨大な爆発が起こると、俺達は爆風から自分の顔を手で守らねばならぬほどだった。

「やったか？」

「いえ、まだよ！　何か出てきたわ！」

星里奈は塔があった方向を睨みながら叫ぶ。

あの爆発の中で生き残れる人間などいないと思ったが、そうでない場合も想定済みだ。

「散開して迎え撃つぞ！」

俺は素早く指示を飛ばし、前衛の役割を果たすべく、こちらへ接近してくるモノへ向かって走る。

「LA～LA～LA～♪」

楽しそうに歌いながら空を舞うソイツは、陶磁のような青白い肌をしていた。どうやら魔女などという生易しい相手ではなさそうだ。人間ですらない。

「あっ、思い出した！」

「何をだ、レティ」

「アイツ、氷の精霊よ。古文書に人間を襲うって書いてあった！」

レティが正体を見破ったが、雪女みたいなものだろうな。

「全員、触られないように気を付けろ！　回避優先！」

「「了解!!!」」

ミーナがくないを氷の精霊に投げつけたが、精霊はそれに息を吹きかけるだけで勢いを殺し地面に落とした。

「【スターライトアタック！】」

今度は星里奈が切り込んだが、浮遊している精霊はするりと躱す。

「グエッ！」

「ひゃっ松風さん!?」

ネネを乗せたまま、白いクーボ（鳥）が跳んで精霊に体当たりする。こちらもヒヤッとしたが、頭突きをした松風は冷気で凍り付く事もなく、平気なようだ。

この断熱性能、あとで松風の抜け毛の羽根を集めて羽毛布団でも作ってみるかな。

「ハーハッハッハッ！　氷の精霊が相手なら、炎で焼き尽くしてやればいいのよ！　――木は炭に。光は闇に。呼び覚ませ！　熱き地獄の灼熱！　原初の混沌から出《い》でし漆黒の闇の炎よ、すべてを焼き尽くし、灰燼《かいじん》と化せ、【ダーク・ファイア・キャッスル！】」

レティが範囲系の炎魔法を使った。赤い魔法陣から豪快な炎が垂直に立ち上ったが……

「ああっ、当たってない!?」

氷の精霊は下に向けて息を吐きかけ、炎を上手くよけたようだ。となると、炎よりも直接当てていくレーザーの魔法がいいだろうな。

「レティ、【フォトン・レーザー】をもう一度使え。レティ？」

「ダメ、魔力切れ～」

その場で倒れこんでいるが、チッ、あの魔法、MP消費も激しいと言っていたな。

「なら、先生の代わりに私が――四大精霊がサラマンダーの御名の下に、我がマナの供物をもってその爪を借りん！　【ファイアボール！】」

ネネが魔法を唱え、拳くらいの火の玉を飛ばすが、やはり息で吹き返されてしまった。

「アレック、精霊を地面に引き付けて。そうしたら私が【スターライトアタック】で……」

「いや、狙って奴をおびき寄せるのは無理だ。それよりも――」

俺はスキルに頼る事にした。

その場で集中して念じれば、候補が出てくる。


【懐炉】

【乾布摩擦】

【寒中水泳】

【冷気耐性】

【アイスバスター】


一見、良さそうなのは最後の【アイスバスター】だが、氷属性を退治《バスター》してくれるのか、それとも氷属性を使ってバスターするのかが怪しい。氷の精霊に氷属性なんて効かないだろうしな。

「ご主人様、敵が来ます！」

「アレック！　逃げて！」

となると【冷気耐性】が次善の策だが、もっと冷気に強そうなのはこれだ。


【寒中水泳】New！


「はっ！」

俺はすべての装備を投げ捨てると、全裸になった。

「はわっ、アレック様?!」

「な、なななな！」

「アハハ、エロ親父がなんかやってるぅ！」

「ご主人様ですから！　（えっへん）」

そのまま仁王立ちで氷の精霊を待ち受ける。

「LA～LA～LA～♪」

氷の精霊は元から人間ではないせいか、こちらの格好など気にした風もなく近づいて――俺に触れた。

「ぬぬっ?!」

思ったよりも冷たい。だが、ここは気合いだ。冷たくとも動ければどうとでもなる。

【マシンガンバイブ　レベル5】

寒さに対抗するには筋肉を滾《たぎ》らせるしかない。

全身の筋肉をガタガタと震わせながら、俺は氷の精霊に組み付き、腰を連打で打ち付ける。

幸い、氷の精霊は肌の色が不健康そうでも、姿は美女そのものなのだ。

ならヤれる。

入れられる。

寒さの中でも【寒中水泳】のスキルによって俺は自在に動けるのだ。

「LA!?　LALA!?」

そんな体験を今までしたこともなかったのだろう。氷の精霊は初めて戸惑いの表情を見せると、体をくねらせて逃げ始めた。

だが、もはやがっちりと俺は彼女の腰を掴んでいる。

一度入れたら何があろうと最後までヤる。

それが男の矜持というものだろう。

裸の俺に抱き着いてきた時点で同意も完璧に成立済みなのだ。

「LALALALALA!」

「ああっ！　精霊の体が！」

「溶け始めた！」

高速の交わりによってか、それとも俺の発する気合いと筋肉の熱のせいか、あるいは氷の精霊が快楽の昇天を迎えたのか――いずれにせよ、彼女は恍惚の表情のまま、イった。

「AAAAA――――！」

あとはシュウシュウと消えゆく煙だけが残った。

「アレック、体は大丈夫なの？」

星里奈が恐る恐る聞いてきたが。

「問題ない。素晴らしい解放感だった」

俺はエネルギッシュな笑顔で答える。新たなスキルプレイを手に入れたが――ちょっとハマりそうだ。

✧第三話　道中

　肝心の孫娘が四十過ぎの年齢だったので、村人達の感謝もそこそこに切り上げて、再出発した俺達。

　次の宿場町でくつろいでいると、星里奈と早希が情報を仕入れてきた。

「アレック、黒い魔術師について冒険者ギルドに新しい情報があったわ」

「ほう。聞こう」

「ここの近く、ロダール湿地で『黒い鳥』を召喚術で呼び出した、黒いローブの魔術師がいたそうよ。その『黒い鳥』が暴れて大勢の村人が亡くなったって」

「酷い話だな」

「ええ」

　俺達がフォックス村で見たのは白い鳥だったが……。今度は黒か。

「高レベルのリザードマン戦士達の刃がまったく通らなかったそうよ」

「リザードマン？　それってトカゲ男の事だよな？」

　俺はゲームの知識がこの世界のリアルと齟齬《そご》がないか、念のために確認しておく。

「ええ、人間との交流はあまり無いらしいけど、独自の文化や生活圏があるみたい」

「そうか」

　ＲＰＧではたいていモンスターとして出てくることが多いが、ここでは中立の存在のようだから、覚えておこう。

「もっと詳しい話を聞きたかったけど、黒い魔術師はもういないそうよ。これが今仕入れた情報の全部」

「そうか、よくやった」

「ふふっ。情報収集なら私に任せて。もう少し聞き込みに行ってくるわ」

「適当なところで切り上げろよ。疲れが溜まらない程度にな」

「ええ」

入れ替わりに、御者のニックが俺の部屋を訪ねてきた。

「アレックさん、少しお時間、よろしいですか？」

「ああ、構わないが、どうかしたか？」

「ここの宿の主人に聞いたのですが、この先の吊り橋が落ちてしまって、馬車が通れないそうです」

「ふうむ、そうか……。ニック、迂回路はあるのか？」

「ええ、少し遠回りになりますが、南側を回れば西へ抜けられる道があるそうです。ただ、そちらは崖崩れが多く危険な道らしいです」

「崖崩れか……」

本当なら避《さ》けたいところだが、ニックがそれを提案するということは、もう他に道が無さそうだ。

「仕方ないな。ゆっくりでいいから、慎重に頼む」

「分かりました」

翌日、宿場町を出発した俺達の馬車は、分かれ道を南の山道の方――迂回路へと向かう。

崖に挟まれた場所に入ったが、道はそれほど悪くなかった。俺達は適当に雑談しつつ馬車に揺られていた。

「へえ、レティに同門の友達がいたのね」

星里奈が魔法王国オースティンのことを聞いていたら、ふう、レティがそんな話をし始めた。

「うん、三人で同じ師匠に教わったわ。友達の一人は今、グランソードでギルドの職員をやってるの。ちょっと間延びした声のほんわかした子だけど」

「あ、その人は私達も会ったことがあるわね。ほんわかというか、優しい感じの受付のお姉さんでしょ。明るくてしっかりした感じだったけど」

「まあ、そうね。ノイエは魔術師としてはいまいちだったけど、小器用で真面目だったから先生の受けは良かったのよね。気さくで飾らない子だったし。でも、クリスティーナの方は善行だの道徳だの倫理だの……魔術師は魔術を究めるのが目的だってのに、アイツと来たら、あー、思い出しただけでムカついてきた」

レティが顔をしかめて言う。

「ええ？　友達なのよね？」

「いや、ノイエは友達だけど、クリスティーナはうんこだから」

「うーん、嫌いな同級生ってことね」

星里奈が苦笑して言う。善行や道徳に口うるさいとなると、レティとはそりが合わないのだろう。

「それもあるけど、両方の耳にうんこ垂らしたみたいな髪の毛だから。ダブルうんこ」

「レティ、俺がチョコを食ってるときに不味くなるような話をするな」

三角形の一口チョコだったが、嫌な形だ。

「アー、ハイハイ、もうやめ！　うんこの話はしないから。クソリーヌの話はお終《しま》い」

「だから……誰かコイツに猿ぐつわをしておけ」

「はい、ご主人様」

ミーナがサッと布を出してレティの口を縛った。

「ふ、ふがふが」

「よくやった」

俺は満足してチョコに手を伸ばしたが、今度は馬車が止まった。

「なんだ？」

「なにかしら？」

✧第四話　アイツの仕業？

　魔法王国オースティンへの旅の途中で馬車が止まった。そう言えば昨日ニックが、ここは崖崩れが多い地域で、危険だと言ってたな。

「ちょっと見てくるわね」

「ああ」

　山賊の可能性もあるので、星里奈が馬車を飛び降りて前を見に行く。

　そして狐につままれたような顔で戻ってきた。

「アレック、ここは通れないわよ」

「ん？　いや、迂回路になっていると聞いたぞ」

「いいえ。とにかく自分の目で見てよ。岩が塞いでるわ」

　岩の一つや二つ、冒険者の俺達なら簡単にどかせられるだろう。

　そう思いつつ、俺は馬車を降りて前を見に行ったが。

「なんじゃこりゃ」

　俺も見上げて、ぽかんと口を開ける。

　道は確かにそのまま真っ直ぐ続いているのに、そこには高さ十メートルはあろうかという直方体の大岩が立ち塞がっている。

　ちょうどその両脇は崖の谷になっており、ぴったりと道が塞がれていた。

　なんだか落ち物パズルゲームを思い出してしまうが、デカいな。

「ご主人様、幻術の類《たぐ》いでもなさそうです。本物の岩で、隠し扉もありません」

　ミーナが岩を調べながら言う。

「ニック、他に道は無いのか？」

　俺は振り向いて聞く。

「ええ、ここまでは一本道でしたので……」

　ニックも困り顔だ。

「グエエーッ！」

「『ダメだー、動かない〜！』はわ、松風さん、無理はダメですよ」

松風が力任せに岩を押すが、そりゃそうだろう。一羽の力でどうにかできる大きさではない。下手すりゃ何百トン何千トンだ。

「申し訳ありません、ここはいったん宿場町まで戻りましょう」

ニックが諦《あきら》めて言うが。

「待て。試してみたいことがある。俺に任せろ」

「おお、それは頼もしい。では、アレックさん、お願いしますね」

全員を岩の前から離れさせ、俺は剣を抜き精神統一する。

「何をするつもりなのかしら……まさかね」

星里奈が訝《いぶか》しむが、そのまさか、だ。

「はぁあああー、いえええいッ！」

俺は全身全霊の気合いを込め、渾身の力を振り絞って剣を大岩の前で一閃させた。

「「「おお」」」

後ろで皆が気圧《けお》されて声を漏らしたが、まだ岩に見た目の変化は無い。

「うわ、何も起きないって、失敗しちゃったの？　だっさ！」

「エロ親父、格好悪ーい！」

レティとリリィが後ろで茶化しているが、手応えはあった。

「もうちょっと待て。もう一回だ」

もう一度気合いを入れ、今度は剣をXの字に振るう。

ＴＰ消費がかなり大きいな。結構疲れた。

「アレック、これって……」

「全員、少し下がってろ。崩れるぞ」

俺が言うと、ズズズッと岩がこすれる音がして、斬った断面に沿ってズレ始めた。

「うわっ！　斬れてる！」

「げぇ、マジで?」

「こんな大岩を……」

「凄い……」

「ええー?!」

仲間が驚いて感心してくれたのは小気味良いが、ちょっと失敗だな。

岩は確かに六つくらいに小分けにできたが、その場に崩れてしまって、瓦礫《がれき》の山になっていた。これでは馬車が通れない。

「アレック！ 今の剣術は何！ いったい何をどうやったの?」

星里奈が勢い込んで知りたがったが。

「【斬鉄剣 レベル5】だ」

俺はダンディーな声で言う。

この間会ったバーニアの騎士、ランスロットからタダでコピーさせて頂いたスキルだ。

奴は雰囲気があったが、これほどのスキルを持っているとは……敵に回したくない相手だな。最初からレベル5だった。【スキルコピー】自体のレベルを上げておいて正解だったぜ。

「斬鉄剣……！ 聞いたことがあります。鉄をも切り裂く剛のスキル。確か、バーニア王国の騎士隊長が持っていたはずです」

ニックが言う。

「そうみたいだな」

【スキルコピー】についてはニックにも内緒だ。

「そういえばノエル、あなた、ランスロット隊長の部下だと言っていたわよね?」

星里奈が確認する。

「ええ、まあ、そうですが……今の技は、噂には聞いていますけど、私も見せてもらったことは一度も無いですよ。隊長は『見世物ではない』と言って他人には見せようとしないお方ですから。本当に凄い技だ……」

ノエルも感心している。

「レティ、ゴーレムを出せ」

俺は道を通る次の手として、レティを当てにすることにした。

「いや、アレック、忘れたの？　あのゴーレムは邪神様がいないとすぐには出せないいんだけど。誰かさんが燃やして殺しちゃうし」

「それはもう済んだ話だろう。どれくらい時間がかかる？」

「うーん、この大岩を相手にできるゴーレムだと、一時間はかかるかも」

「やってくれ」

「いや、唱えたり、魔法陣を描くの、私なんだけど。大魔術になるし、凄く面倒なんだけど」

「じゃあ、他にあの岩を吹き飛ばせる呪文があれば、ううん……」

俺は言いかけたが、それだとレティが何か失敗しそうで微妙に心配だ。

「あっ！　それなら、みんなでスライムみたいに何か別の物になって――」

「却下だ」

二度とスライムにはなりたくない。あれは忘れたい記憶だ。

「他に無いのか？」

「他にって言われても、成功する呪文はそんなにたくさんは――」

レティが難しい顔をするが、使える呪文も何かあるはずだ。

第五話　山を越える

魔法王国オースティンへ向かう途中で、俺達は道を塞ぐ瓦礫の山に通せんぼされている。

レティの魔法で何とかなればいいのだが。

「瓦礫をどかせるのではなく、その上を通れるような魔法なんてどうでしょう？」

ネネが発想を転換させて言う。

「おおー」

「あっ、いいわね！」

「レティ、何か思いついたか？」

「任せてよ。このスーパーミラクル天才魔導師にかかれば不可能なんて言葉は無いわ！」

「頼もし――いや、仲間が怪我《けが》をしない呪文で頼むぞ」

自信満々のレティに、俺は念を押しておく。

「分かってるってば。ちょっと天才を馬鹿にしてない？」

「馬鹿にしてない。ほんのちょっと不安に駆られただけだ」

「大丈夫だって。そんな大魔術なんていらないし。要はあの鳥みたいに空を飛んで瓦礫を飛び越えればいいわけよ」

レティが空を飛ぶ鳥を指差して言った。

「なるほどな」

それなら別に、この瓦礫をどうこうしなくていいわけだ。簡単だったな。

「うーん、レティってたまに頭がいいのかなって思えるときがあるわね」

「そうだね。たまーにだけどね」

仲間が小声で囁き合っているが、レティが本物の天才だったら、邪神もあっという間に復活させて色々面倒な事になっていたかもしれないし、このくらいがちょうど良い。

「じゃ、レティ、頼むぞ」

「まっかせなさーい。まずは軽くなる魔法をかけてと――軽くなーる、軽くなーる、羽毛より軽くなって、みんなふわふわー、肌触りもバッチリ、【フェザーボディ！】」

以前にも使ったことがあるフェザーボディの呪文を使い、続けてレティは飛行魔法を使った。

「――大地に墜ちるリンゴの呪いから我らを解き放ち、音の速さを超えよ、兄弟よ月に向かって飛べ、【いやん、えっち、つーロケット！】」

レティが呪文を唱え終わると、どこからともなくゴゴゴゴと地鳴りがして、地面が光った。

いや、これは俺のケツが光っている?!

「な、何この呪文」

「きゃあ！」

「はわわっ?!　お、お尻から火が出てます！」

「レティ、これ本当に大丈夫なんでしょうぶべべべべ!!!!」

もの凄い勢いでGがかかり、俺達は全員、空に向かって打ち上げられた。

――――三分後、俺達は地面に手を突いて、地面のありがたさをひしひしと感じていた。

「し、死ぬかと思いました……」

ニックが言うが、彼はそう言えばレティの魔法体験は初めてだったな。

彼はただの御者で冒険者ではないのに、色々説明しておいてやれば良かった。悪いことをした。

こっそりスキルポイントでもプレゼントしておくか。

「いつもいつも、どうしてこんなとんでもない呪文ばかり……」

星里奈も生きた心地がしなかったようで、四つん這いでブツブツ言っている。

他の者もそうだ。

「まあ、今回は怪我人ゼロだからな。まさか普通に成功するとは思わなかったが」

そう言った俺は不測の事態に警戒して備えていたが、ちょっと恐かった事を除けば、何も問題が無かった。

ケツも服も不思議と無事だ。

だが、レティが何か気づいたようで謝ってくる。

「あっ……ごめん、アレック……」

「なんだ？　オイその後からしおらしく謝るのはやめろレティ！」

「な、何が有ったの、レティ」

「いや、今気づいたんだけどさ……アレックの【浮遊】スキルでも良かったんじゃ？　私も浮遊魔法、使えたし……」

「ああ、それか。いや、馬車もあったからな。俺のスキルだと大きいのを持ち上げるのは難しかっただろう。怪我人も無かったし、今回は成功でいいぞ、レティ」

「そう？　じゃ、そーゆーことで！　ふふーん♪」

レティが上機嫌で鼻歌を歌い、気の抜けた感じの仲間達はしずしずと馬車に乗りこみ、俺達は静かに出発した。

「崖山を抜けました、皆さん。もう安全です」

ニックが明るい声で告げた。

「そうか。ま、余裕だな」

「ふふっ、そうね。でも――」

星里奈が口に手を当てて、何か気にしたようだ。

「どうした、星里奈」

「あの岩、どうにも不自然な塞がり方だったじゃない？」

「それか。ま、そうだな、だが俺達の知ってる自然現象とは限らないぞ。ここは魔法もある世界だ」

「そうだったわね」

何しろ異世界である。

氷の魔法があるから氷菓子があったりするし、魔法を使うエルフが全員つんけんしていて頭が良いとは限らないのはもう体験済みだ。

だから、俺達がよく知っているタイプの何かが、こちらの現実ではまるで違うというときが逆に恐い。

「ミーナ、ヤバそうな奴がいたり、俺や星里奈が何か間違っていたら、すぐに言えよ」

「ええ、大丈夫です。ご主人様は何も間違ってません」

「他のお前らもだぞ」

ミーナだけだと何でも間違ってませんと言いそうなので、俺は他の仲間にも言っておいた。

「はいです」

「うん」

ネネや他の者がうなずく。こちらの冒険者の倫理でも大丈夫そうだ。

第六話　魔法王国オースティン

ミーナの膝枕で眠っていると、頬に柔らかい唇の感触があった。

「ミーナ？」

「ご主人様、起こして申し訳ありません、魔法王国オースティンに到着しました」

「ようやくか……」

俺は首をひねって、バキバキと音を立てる体を起こす。

さすがに一月も馬車に乗っていると、体のあちこちが痛くなり、うんざりするほどだった。

帰りはもっと上等な馬車をニックに探してもらうとしよう。費用はこっちで出してやる。

幌馬車の後ろを覗いてみると、外にはかなり高い建物が並んでいる。十階建てはザラだ。重力を無視したような奇抜な建造物もある。

なるほど、ここが魔法王国か。

道行く人々も杖とローブの者が多い。人通りも多く、グランソードと同じくらい活気がある。

正方形のタイルが敷かれた大通りを進んでいき、宿屋の並ぶ通りで俺達の馬車が止まった。

「じゃ、私が宿を探してくるわね」

「ああ、任せた」

星里奈が良さそうだと思ったか、目の前の宿屋に入っていく。

だが、すぐに渋い顔で戻ってきた。

「どうかしたか、星里奈」

「それが、魔法ギルドか冒険者ギルドで身分証を作らないと、泊められないって」

「このカードじゃダメなのか？」

俺はバーニアの冒険者カードを出すが。

「ダメ。オースティンはオースティンの発行したカードだけしか、受け付けないみたい」

管理が行き届いているのか、排他的なのか……ま、とにかくここのカードを作るしかないようだ。

「それなら冒険者ギルドだな」

「あ、待ってアレック」

レティが自分のアイテムストレージから黒いカードを取り出した。

「私、ここの魔法ギルドの会員だから、魔法ギルドに行きましょ。王立魔法学院の卒業者《わたし》の紹介なら、最初からブルーカードがもらえるから」

「そうか。…………………じゃあ、まずは魔法ギルドだな」

「アレック、今の間って私の言うこと、ちょっと信用してなかったよね？」

「まあな」

だってレティだもの。

「私、Bランク魔導師だけど、ちゃんっと王立魔法学院は卒業してるんだからぁあああ！」

「わ、分かったから、いきなりキレんな、鬱陶しい」

またいつもの発作が始まってしまったらしい。

こいつはなんとかしてAランク魔導師にしてやらないとな。うるさくて敵《かな》わん。

「おい、聞いたか」

「王立魔法学院の卒業生だと？」

「エリート中のエリートじゃないか」

「見ろ、右手の薬指にブルーリングがあるぞ、本物だ」

「おお。凄くバカっぽいのに本物だ。信じられん」

「しかもあれは成績上位者にのみ与えられる限定品、刻印付きじゃないか」

周囲の野次馬達がひそひそ話を始めたが、見ると確かにレティは右手の薬指に太めの青い指輪をしていた。

結構凄い地位のようだ。

まあ、性格に難はあるが、魔術に関しては凄腕だからな。

「よし、じゃレティ、魔法ギルドに案内しろ」

「分かった、ぐすっ」

✧第七話　魔法ギルド、オースティン本部

この国ではよそ者は身分証明書が無いと宿にも泊まれないという。

なので、レティの紹介により俺達は魔法ギルドでIDカードを作ることにした。

場所はすぐそこだというので、馬車はそのまま宿で待たせてもらい、歩いて魔法ギルドに向かう。

ゴシック調の古めかしい装飾が施された大きな建物が見えてくると、それが魔法ギルドだとすぐに分かった。

用事でも無ければ絶対に近づかないであろうその沈んだ灰色の壁は、かなり不気味な印象がある。

俺達が入り口に近づくと勝手に両扉が開き始めた。どうやら自動ドアになっている様子。

「あれぇ？　誰が開けたのぉ!?　アレック、ドアが勝手に！　天狗の仕業かも!?」

「魔法だ。少し静かにしてろ、リリィ」

「う、うん」

中から出てきたエルフの魔法使いが、ちらりとこちらに蔑《さげす》んだ視線を向けてきたが、何も言わずに通り過ぎていく。

「もう、恥ずかしいなあ。自動ドアくらいで驚かないでよ。じゃ、向こうが新規会員の受付だから」

レティがあきれ半分に顔をしかめると、右のカウンターへ向かった。

俺達もぞろぞろと付いて行く。

「あ、あー、ちょっと待って下さい！　そちらの方々」

ここの職員らしき女性が慌てたようにカウンターの奥から飛び出してきた。

「ええ、何かしら？」

星里奈が聞くが。

「ここは魔法ギルドでして、冒険者ギルドは通りの向こう側になります」

「そんなこと分かってるっての！　魔法が使えなくても金さえ払えば見習い登録できるでしょ」

レティがぞんざいに言うが。

「しかし……」

「レティ、魔法を使わない者まで登録しなくて良いだろう。後で冒険者ギルドにどのみち寄る予定だぞ」

「それだと割引で宿が安くならないんだってば」

「それくらいはいい、あまり変な事はするな」

「ええ？　まあ、アレックがそう言うなら良いけどさ」

「じゃ、魔法を使える奴はこっちに来い。他は先に冒険者ギルドで登録を済ませてこい」

俺が言うと、星里奈とネネがやってきた。

「では、整理券をお渡ししますので、番号を呼んだらこちらに――」

「待って。ほら」

カウンターの係員が言いかけたが、レティが自分のカードを「これが目に入らぬか！」と印籠でも見せつけるように係員の目の前にまっすぐ突きだした。

「あの、ですから……あっ！　ま、まさか、このカードは！　し、失礼しました。ブラックカードの術者のご紹介でしたら最優先で処理させて頂きます」

「フッ。じゃ、急ぐからちゃっちゃとやりなさいよ、ちゃっちゃっと。アタシら時間ないしぃー↑」

「は、はいっ、ただちに！」

「レティ、感じ悪いでしょ。あなたが凄いのは分かったけど、別に私達は急いでないんだから」

「そうだぞ」

星里奈と俺で窘《たしな》めておく。

「ええ？　ここじゃこれが普通なんだけど、まぁいっか」

「それでは皆様、こちらにお名前とご出身をご記入下さい」

綺麗な白い用紙を渡され、必要事項を記入していく。

「これでいいか？」

「はい、問題ありません。では、続いて魔力測定を行いますので、この水晶玉に手をかざして魔力を注入して下さい。全力で」

「全力で？　……大丈夫なのか？」

俺は眉をひそめて聞き返した。

刻印が施された石板に十センチほどの水晶玉が半分埋め込まれていて、何らかの魔術回路が構成されているようだが、耐久度が不明だ。

「ええ、もちろん、こちらには大勢の魔術師がいますし、魔力切れで倒れてもマジックポーションもございますので、ご安心を」

この係員は、俺が魔力の使いすぎで気絶した時の対応についての疑問と勘違いしたようだ。

俺が心配したのは、魔力が大きすぎて測定器を壊さないか、ということなんだが。

「あ、そうねえ、今のアレックだと、これじゃ無理かもね。特別室、使わせて」

レティがうなずいて言う。

「し、しかし、あれは……百年に一度の逸材というご推薦か、簡易魔力測定値でマックスの時だけで」

「だからさあ、余裕で振り切れるって私が言ってんの。魔力なら、んー、千年に一度の逸材ね」

「はあ……申し訳ありません、クラッシャー・レティ様、上と相談して参りますので」

係員が言ったが、クラッシャー・レティって、自称じゃなくて、正式な登録名称かよ。まあいいが。

「ええ？　アンタ、職種とランクは？」

　レティが気に入らぬとばかりに、あごをしゃくって聞く。

「えっと、Cランク魔術師です……」

「フン、アタシはBランク魔導師なんだけど？」

「レティ、相談くらいさせてやれ。行って良いぞ」

「すみません」

「レティ、あなた、ここに来てからちょっと感じが悪いわよ。普段通りにしてれば良いのに」

「だって、ここくらいしか威張れるところ、ないし」

　そんな理由か。

「あ、あの、先生、私はレティ先生をいつも尊敬していますのでっ！」

「ふふっ、ありがとう、ネネちゃん。良い子良い子」

　レティもネネには優しく接している。この立ち回りだとネネは将来、大物になりそうだ。

「お待たせしました」

「ええ、待たされたわね、ぬっ!?」

　レティは係員の後ろに付いてきた老魔法使いを見て、凍り付くと、顔からだらだらと汗を流し始めた。

「おお、久しいのレティ。どうじゃ、Aランクには昇進できたか」

「い、いえ……」

「なんと、まだか。お前は実力もあるのに、何を遊んでおる」

「いえ、遊んでるわけじゃ……」

　さっきまで威張り散らしていたくせに、レティは借りてきた猫みたいになってしまった。

　ここ、スゲえ階級社会だな。

「まあ良い、特別室を使わせろと言ったそうじゃな。それで、誰を……ほう？　珍しい竜の鱗《うろこ》を使っておるの」
レティが凍り付く相手だけあって、老魔法使いは一目で俺の鎧のレア度に気づいたようだ。
「むむ、ワシの【鑑定】が妨害されるだと？　これは驚いた。その竜はどこにいたのじゃ」
「内緒だ、ジジイ。教えてやっても良いが、情報料を寄越すんだな」
「うぬう、レティが連れてくるだけあって生意気な小僧よ。では、このロッドをくれてやろう」
「ほう？」
ケチるかと思ったら、高価そうなロッドを出して来た。
【鑑定】してみる。
〈名称〉結氷のロッド
〈種別〉杖
〈材質〉ミスリル、永久氷花
〈攻撃力〉２２０
〈命中力〉56
〈重量〉４
〈魔法攻撃力〉３２５
【解説】
棒の先端に、溶けることのない氷の谷の花をあしらったミスリル製のロッド。
氷属性を20％ＵＰ。
「レアアイテムのようだが、あとで返せと言っても返さないぞ」
「そんなケチ臭いことは言わん。ただし、場所を教えぬと渡さんぞ」
「いいだろう。『帰らずの迷宮』第九層、中央部、警告の先のボスだ」
俺は正直に教えてやった。べらべらと喋って回ることではないが、【アイスジャベリン】を使う俺としては、氷属性の攻撃力が上がるアイテムはやはり確保しておきたい。

中央部と場所も詳しく指定してやれば、真偽の程は分かるだろう。

「ぬぬっ！　なんと、グランソード初代国王が踏み入れたというあの最下層か！」

「まあ、そんなところだ」

第十層もあるから、本当は最下層じゃないけどな。

「良かろう。ホラでもなさそうじゃし、そのロッドは見習い祝いにくれてやろう」

「情報料だ。恩着せがましく言うな」

「フン。このワシに敬語どころか礼も言わぬとは……気に入った！　特別室はこっちだ。全員、付いてくるのじゃ」

緑のローブを着た偉そうな白ヒゲのジジイが右の扉を開けて廊下を行く。

「あ、アレック、アレック」

レティが小声で言う。

「なんだ？」

「あの導師はすんごいお偉いさんなんだから、もうちょっと言葉遣い、気を付けて」

「そうビクビクするな。だいたいお前、試験を落としたジジイ共が嫌いだったんじゃないのか」

「いやいやいや、そんな試験官レベルじゃないんだってば！」

レティは必死になっているが、ロッドも約束通りに渡してくれたし、少なくともレティよりはまともな人物だ。

言葉遣い程度でちゃちな嫌がらせはしてこないだろう。

今更なのでこのままタメ口で行くことにする。

第八話　特別室

魔力測定のために案内された特別室。部屋は廊下の奥の行き止まりにあった。

窓もない五メートル四方の小部屋で、正面には大きな水晶玉が壁に半分埋め込まれている。

「さて、楽しみは最後に取っておくとして、まずはそこのお前達、測ってみるのじゃ」

魔導師のジジイが言う。この爺様はレティ曰く『すんごいお偉いさん』らしいが……。

「こちらへ」

若い職員に促《うなが》され、まずは、ネネからだ。

「ええと……」

「この水晶玉に手をかざして、魔力を注入してください。全力で」

ネネがおっかなびっくり手をかざし、こちらを気にするので、俺はうなずいてやる。

「〜〜〜！」

ネネが目を閉じて集中すると、水晶玉の中心がほのかに光り始めた。

「はい、結構です。レベル41、基本魔力値8、MP439」

係員が数値を読み上げてメモっていく。

「じゃ、次は私の番ね」

星里奈が自信のありそうな顔で手をかざす。

「【エクストラMP解放！】はあああ！」

星里奈が気合いを入れると、水晶玉がその魔力を受けて全体が淡く光った。

「えっ！　凄い、人族なのに、基本値が20超えなんて！」

係員がのけぞって驚き、ペンも落としてしまった。

「ほほう、やはり勇者は面白いのぅ。おっと、もういいぞ」

ジジイの方は年季が入った魔導師だけあって、やはり詳しそうだな。

「ふう、それで、私の能力値はどうなのかしら」

「は、はい、レベル44、基本魔力値25、MP586です！　す、凄いですね。MPはレベル50台の魔導師と同じくらいですよ！」

係員も興奮した顔で言うが、基本魔力値が常人の倍だとMPもかなり増えるようだ。エクストラなんたらというスキルも使った様子。

「「おおー」」

「では、お前さんの番じゃ」

「ああ」

俺の基本魔力値は23なので、星里奈より少し下か。

ただ、ネネをはじめとしてみんな期待している目でこちらを見ているし、星里奈がちょっと勝ち誇った笑みを浮かべているので、やはりここはリーダーとして真打ち登場を演出しておくか。

【魔力増強　レベル3】New!

おっと、何かスキルを取ろうと思ったら、すでに誰かのスキルをコピーしていたようだ。

ここはたくさん魔術師がいたからな。そこのジジイが一番怪しいが、誰からコピーしたのかは不明だ。

さらにここで良さそうなスキルの候補を見る。

もちろん、魔力の数値の見栄えが良くなるだけではなく、魔法攻撃力が上がるのがいいだろう。

【スペルマ魔力転換】

ふむ？

スペルマって単語はどこかで一度だけ聞いたことがあるが、どんな意味だったか……？

ちょっと思い出せない。

だが、まあ、「スペル」がこの世界では魔法の『呪文』を意味する単語なので、それ系の何かを魔力に変えてくれるスキルなのだろう。

使う度に呪文を忘れていくようであればちょっと使い勝手が悪いが、スキルとして別の候補の呪文が出せるし、忘れてもレティに呪文を教えてもらえば、またすぐ使えるようになるはずだ。

なら、ここは派手に一発噛ましてみるか。赤色のレアスキルだが、10ポイントと安いし。

【スペルマ魔力転換　レベル5】New！

これでもういいだろう。

「さて、じゃあ行くぞ、ふんっ！」

俺は壁の水晶玉に向かって手をかざして魔力を込めた。

ブゥウンと音がして水晶玉がまぶしく輝く。

「「「なっ！」」」

うお？　ちょっと何かやり過ぎたか？

「構わん！　そのままやるのじゃ！　緩めてはならんぞ！」

ジジイが言うので魔力を込め続けるが。

……なぜだ。下半身が勃起した。

しかもなんか気持ちいい。

「くっ！」

「耐えるのじゃ！」

いや、ここで射精とかはやりたくないんだが。

「おおお？」

出そうになったのだが、急に収まった。

それで思い出せた。

「ああ、スペルマって精液のことか」

さっきのは精液を魔力に変えるスキルだな。微妙だが、魔法攻撃力UPには違いない。

「これ、緩めてはいかんと言ったじゃろう！」

別に身分証を作るだけでも良いんだが、ジジイがうるさいのでここは頑張っておくか。

「ふんっ！」

星里奈のエロい胸を視姦しつつ、気合いを入れて下半身を再び勃起させる。

水晶玉が一段と明るく輝き、目を開けているのも辛くなるほどだ。

「おお、いいぞ！　その調子じゃ。なんという明るさよ！　これは確実に新記録が出るぞ！」

「ジジイ、新記録を出したらご褒美にここの女性職員と一発ヤらせろ」

「よかろう！」

「はぁ？」

「えっ？」

よし、ここからは本気モードだ。

「ネネ、ちょっと来い」

「は、はい」

近づいてきたネネのお尻を左手で揉む。

「あんっ♥」

「ちょっ！」

「待て、邪魔するでないぞ！　好きにやらせるのじゃ！」

星里奈がネネを引っ張って俺から引き離そうとしたが、ジジイが魔法障壁《バリア》を出してその手を弾《はじ》いた。

ナイスだ、ジジイ。

その本気度にこちらも応じてやる。

「あ、アレック様、ダメ、そんな人前で、星里奈さんが見てますぅ！」

「こんな時までエロって何考えてるの！　このエロ親父！　【スターライトアターック！】」

魔法障壁に向かって星里奈がスターライトアタックを出しやがった。

こんなところでそんなものを出すか。

だが、俺は新記録を出すまでは諦めん。

ここは退《ひ》かぬ！

魔法障壁も耐えていることだしな。

「うおおお！」

「あんっ、ああんっ！　はにゃーーん」

「【スターライトアタック！】【スターライトアタック！】【スターライトアタック！】」

一際さらにまぶしく水晶玉が輝いたが、ピシッと音がしてヒビが入り、次の瞬間――

特別室が爆発した。

ドッゴォオオオオオオオオオオオオオオオオオオオオオオオオオオオオオオオオオオオーン!!!

「ゲホッ、ゲホッ」

「うう……」

「はらひほろれれ……」

くそっ、耳がキーンとなって、俺のダメージはもう回復したが、他のメンバーが心配だ。

よく考えたら俺は【魔力生成　レベル5】【MP消費軽減　レベル5】【MP回復速度上昇　レベル5】なんてスキルも持っていたから、魔力は出し放題だった。

やりすぎだ。

「全員無事か?」

倒れているメンバーにポーションと気付け薬をかけてやり、全員の無事を確認した。

やれやれ……。

「な、何事ですか!」

爆発を聞きつけて、他の職員が駆けつけてきた。

「……うぬぅ、何たることだ。逸材じゃ! 千年に一度、いやっ! 史上最強の魔術師が来たぞ!」

ジジイが興奮して叫ぶが、ちょっと目立ち過ぎたか。

「……アレック、何を考えたのか、パーティー会議でしっかり聞かせてもらうわね」

星里奈がいつになく恐い顔で俺に言う。

「分かった、いいだろう」

「私も測り直したい! 今ならやれる気がする」

レティが手を上げたが、ボロボロの係員が首を横に振った。

「水晶玉も壊れてしまっていますし、この状態では測定はもう不可能です。それにレティさんはもうカードをお持ちですから」

「えー? せっかくスキルを取ったのに」

「ダメです」

「皆さん、とにかく、いったんここから出て下さい」

別の職員に促され、俺達は特別室を出た。

✧第九話　参考記録

別室で結構長い時間待たされ、俺がその辺の職員の女の子に難癖付けてセクハラしてやろうかと思い始めたとき、ようやく係員が出て来た。担当が別の男に代わったようだがこの際誰でもいい。

「お待たせしました。こちらで協議した結果、アレックさんの魔力値については測定不能ということにさせて頂きます」

「なに？　ではジジイとの約束、一発ヤらせろというのは無しなのか？　それは納得いかないぞ」

史上最強の魔術師という称号はどうでもいいが、ここの職員とヤれるという俺の期待感はどうしてくれる。

「いえ……あくまで公式記録としては残らないというだけです。今まで特別室を爆破したなどという魔術師は記録を見る限り一人もおりませんし、史上最強については私も疑っておりません。ただ、会員証には数値としての記録を残す決まりですので」

「じゃあ、どうなるんだ？」

「はい、通常は簡易鑑定で測るのですが……失礼ですが、レベルはおいくつで？」

「43だ」

「そうですか、んん？　そのレベルなら……ああなるほど、閲覧妨害のスキルをお持ちのようですね」

「ああ、この鎧か」

闇の竜はスキルの閲覧妨害の特性を持っていて、鱗もそれを引き継いでいるようだ。

「ですので、異例ではありますが、ギルド長の許可もありますので、アレックさんの自己申告という形にさせて頂きます。基本魔力値とＭＰを教えて頂けますか？」

「ああ。魔力は23、ＭＰは５５１だ」

「23と５５１ですね」

担当者がメモをする。

「それより、新記録で一発という話はどうなってる」

「そちらについてはギルド長とのお約束ということですので、ギルド長ご自身が責任を持って対応されると思います。今、未婚の若い女性職員を集めて一人一人面談されていましたから」

「ならいい。なるほど、ここのギルド長だったか」

魔法ギルドの長なら、レティも頭が上がらないはずだ。しかもここは上官命令が絶対の組織のようだから、これは美人のロリ処女が泣く泣く出てくるに違いない。実に楽しみだ。

「レティが会員だけあって、ろくでもないギルドね」

星里奈がディスっているが、お前ももうじきその一員に加入だぞ、と。

「では、すでにアレックさん以外の会員証はできておりますので、先にお渡ししておきますね」

担当者も軽く非難をスルーして皆の会員証を配った。

「これがオースティンのカードですか。えへへ……」

ネネが両手で持ってカードを見つめ、何やら嬉しそうだ。

「じゃ、アレック、私達は先に冒険者ギルドに寄って、そっちのカードも作っておくわね」

「ああ、そうしてくれ」

星里奈が皆を連れて出て、俺だけ残る。

「アレックさん、カードができました」

魔法ギルドの職員が戻ってきた。

「そうか。女の方はどうだ？」

「それが、少し難航しているようでして」

男性職員が意外なことを言う。

「なんだ、ギルド長の命令なら一発じゃないのか」

「いえ、一昔前ならともかく、さすがに今のご時世はセクハラにもうるさくなっていますからね。それにここの職員は貴族も多いですから。オースティンの魔法ギルド本部ですよ？」

「時代の流れか、どこも世知辛いな」

「まったくです」

長々と待たされてまでセクロスしたいわけでもなし、俺は担当者に言って、ギルド長の様子を見に行くことにした。

もう一押しで落とせる頃合いなら、もうちょっとだけ待ってみるつもりだ。

「そこがギルド長の執務室です」

執務室の前までやってきたが、ちょうど中から金髪のエルフが出てくるところだった。


「それでは失礼いたします。ふー、ありえないですわ！　ふざけないで頂きたいですわ！　誰が枕営業なんてするものですか！　しかも相手は中年の人族の冒険者って、冗談ではありませんわ」

前髪ぱっつんの金髪エルフはなかなか高飛車のロリで俺の好みだ。しかも外面だけは良いタイプらしい。

「オホン」

俺を案内してきた男性職員が、これは少々マズいと判断したようで咳払《せきばら》いしてこちらの存在を彼女に報《しら》せた。

「あっ、主任、ご、ごきげんよう、オホホホホ」

引きつった笑みで一礼した金髪エルフは、俺がお相手の本人だとは知らないようで、人の好い笑顔を俺にも向けてから廊下の向こうへ消えていった。

「今の子は？」

「アリエルです。昨年入って来た新人で、名門ジャッカル家の次女です。まあ、見ての通り性格に難はありますし、他の庶民の職員をいじめるしで面倒なのですが、能力的には問題ないので。うちではまだまともなほうです」

つまり能力の足りない者もコネで何人も入ってきているということか。魔法ギルドもなかなか大変だな。

「じゃ、ここまでで案内は結構だ」

「分かりました。ご用があればその辺の職員に声をかけて下さい」

俺はギルド長の執務室には入らず、アリエルが去って行った方へ向かう。

尾行だ。

決してストーキングでは無い。

特に理由があるわけでもないのだが、これも冒険者としての情報収集だ。

「だから、マリー、あなたが志願なさいな」

「ええ？　でも、私はそんなことはとても……」

「病気のお母さんがいるのでしょう。ギルド長が良い薬をくれるのではないかしら。私があなたの立場なら、絶対に迷わないと思いますけど。それにジャッカル家に逆らって無事で済むと思いまして？」

廊下の奥で、さっきのアリエルがさっそく同期の子を脅しているようだ。

「そんな……」

俺は【光学迷彩】と【気配遮断】と【浮遊】を使い、二人の背後に気づかれないように迫った。

「さ、どうなさいますの？」

「ご、ごめんなさい、私、やっぱりできません」

「はぁあ？　できないってどういうことですの？」

アリエルのお尻にタッチ。

「きゃっ！　ちょっとマリー、あなたは何をなさるのですか！」

「え？」

おっと、マリーが疑われてしまうのはよくないな。ここは平等に、マリーのお尻にもタッチ。

正当な理由だ。

「ひゃっ！　ええ？　今、何か、私のお尻に」

「ごまかさないで下さいな、きゃあっ！　くっ、な、何かいますわ！」

アリエルがロッドを出してきたので、いったん離れた。そこで【光学迷彩】を解き、歩いて戻る。

「悲鳴が聞こえたが、大丈夫か、君達」

ここで紳士アレックのご登場だ。

「ええ、大丈夫ですけど……」

「誰ですの。ここは関係者以外、立ち入り禁止ですわよ」

「俺はAランク冒険者のアレックだ。実は見えないモンスターを長年追っていてな」

「アレック？　あっ！　この人が、ギルド長の言っていた相手でしたの！」

「オホン、見えないモンスターを長午追っていてな」

人の話を聞けと。

「不審者ですわ！　誰か！　助けて！」

チッ、俺が主任と一緒にいたところはアリエルも見ただろうに、面倒なことをしてくれる奴だ。

駆けつけた職員に釈明しておく。

「誤解だ。ちょっとトイレを探していてね」

「では、こちらです」

トイレの後、二人の男性職員に両脇を固められ、ガチガチの警戒態勢でギルド長の執務室まで案内された。

まったく、これじゃまるで俺が不審者みたいじゃないか。史上最強のポテンシャルを持つ魔術師に失礼だとは思わないのか。

エピローグ　一夜のアバンチュール

オースティン魔法ギルド本部。

過去最高の魔力放出を見せた俺だったが、ちょっとした出来心で不審者扱いされてしまっている。

だが、アリエル達のお尻を触ったときは透明になっていたので、痴漢がバレたわけではないはずだ。

「お前達はもういいぞ」

執務室でギルド長が部下達に向かって言う。

「は、しかしギルド長、お一人では危険かと」

「構わん、素人にやられるワシではないわ。それにアレックはここの会員だぞ。期待の新人だ。不審者ではない」

「は、失礼致しました」

職員がドアを閉めるのを待ってから、俺は口を開いた。

「生け贄の女は決まったか」

「それが、相手が不細工の中年男ということで、皆も嫌がってしまってな。せめてお前さんが貴族か、名のある魔導師なら良かったのじゃが」

「そこはそれなりにカッコイイ男だと言いくるめるところだろう。美的感覚は個人差もある」

「なら、ワシの感覚で不細工の女でもいいか？　それなら当てが少しあるのだが」

「いや、前言撤回だ。俺の顔は不細工でいいが、やっぱり美人を頼む。アンタの美的感覚を信用しよう」

「まあ、そうじゃろうな。そこでじゃ！　考えたのじゃが、ワシが幻術で絶世の美女に変身してお前の相手をしてやろう」

「なに？」

「ワシもここの職員だ。それで手を打て」

「ダメだ、殺すぞ、ジジイ。俺は『女性職員』だと言っただろう。何が悲しくて男のジジイを抱かにゃならんのだ」

「見た目は完璧な女性じゃぞ。そこはちょっと触り心地が違うだけじゃ」

ダメだっつーの。

「却下だ。気持ち悪いことを言うな。それなら、俺に幻術の魔法をかけて、絶世の美男子にしてみたらどうだ？」

「ほう、ちょっと卑怯臭いが、一夜の思い出《アバンチュール》、ということなら、いいか」

「決まりだな」

さっそくギルド長に幻術魔法をかけてもらい、俺が気に入っていたアリエルを呼んでもらった。

新人の金髪前髪ぱっつん毒舌ロリエルフだ。

「失礼しますわ。お呼びでしょうか、あっ」

アリエルが、俺を見るなり少し驚いて頬を赤く染めた。行けるな。

「うむ、こちらはバーニア出身のア、アー……」

「アーバンです、よろしく、アリエル」

「は、はい、よろしくお願いします……」

いいね、惚《ほう》けたように見とれられるという経験は俺の人生には無かったので新鮮だ。

「アーバンはワシの大事な客人だが、これからワシは出かけなくてはならない用事があってな。アリエルよ、その間、お前が接待をしてくれるとありがたいのじゃが」

「ええ！　もちろん、喜んでお相手させて頂きますわ」

凄い乗り気だ。さっきの廊下では生ゴミでも見る目つきで俺を見ていたのに、今は素晴らしい美男子に見えているのだろう。

「では、この店を予約してあるから、そこでな。経費で落として良いぞ」

ギルド長がアリエルにメモを渡した。

「はい、分かりましたわ！」

「アレック、ワシの幻術魔法の効果は三十分程度じゃ」

ギルド長が小声で言うが。

「なに？　それはちょっと短すぎるぞ」

「一発だけなら十分もあれば良かろう。くれぐれもワシが訴えられんように頼むぞ」

「チッ、約束は約束か。まあいい、上手くやる」

部屋を暗くしてヤってしまえば、アリエルも気づかないだろう。

魔法ギルドを出てすぐに馬車に乗り込み、目的のご休憩の店に向かう。

「あの、アーバン様は、貴族でいらっしゃいますの？」

アリエルが俺に興味を抱いたようでさっそく質問をしてきた。

バーニアの貴族ならコイツも知らないだろうから……いや、後で調べるだろうから、迂闊に嘘は言わない方がいいか。

「いや、僕は冒険者でね」

「まあ、冒険者でしたか。ええ、その白い鎧、とてもよくお似合いですわ！」

黒い鎧だが、おお、今見たら、白い鎧になっている。幻術魔法のおかげだな。

「ありがとう、アリエル」

「いえ、そんな、お礼だなんて……きゃ」

両手で頬を押さえて恥ずかしがるアリエルを騙すのはほんの少し可哀想になってきたが、コイツの地は知っているからな。

騙されるな、猫を被っているだけだ。

貴族御用達と思われる店に案内され、ベッドのある個室にやってきた。

「アーバン様、何かお飲み物でも頼まれますか」

「そうだね、ちょっと酔いたい気分だから、強い酒を頼むよ。レディーキラーがいいな」

「わ、分かりましたわ」

猫耳メイドの店員がボトルで酒を持ってきたので、グラスに注いで乾杯をやる。

「あの、私、そんなにお酒、強くないのですの」

「大丈夫、ここで休めば良いよ」

「は、はあ。じゃ、お言葉に甘えてしまおうかしら……」

顔を赤らめたアリエルは【鑑定】では処女だっ

たが、なかなかの遊び人のようだ。

「さ、アリエル、君ももう一杯、飲んで」

「は、はい、でも、はふう、酔っちゃいましたわ」

「大丈夫だよ」

抱き寄せる。

「あっ。だ、ダメです、私、そんな軽い子じゃありませんの」

「そう？　じゃ、もう一杯、飲もう」

「いえ、お酒はもういいですわ。ところでアーバン様のお父様は何をなさっている御方ですか」

「残念だが、父はもう亡くなっていてね……」

異世界へ飛んできたのだから、そういうことで良いだろう。

「ああ、それは余計な事を聞いてしまってごめんなさい。お家は広かったですか？」

「うん？　ああ、前は狭い家だったが、今は貴族が使うような高級宿屋暮らしだよ」

「わあ。私、宿屋の暮らしってあんまりしたことがないので憧れますわ」

アリエルの瞳がハートマークになってきたが、相手が金持ちだと好みの様子だ。

「冒険で大金を手に入れてね。ほら、これが手に入れた金貨だ」

ベッドの上にアイテムストレージに収めていた金貨をばらまいてやる。

「まあ！　す、凄い……」

「君は貴族だと聞いたが、これくらいのお金は見たことがあるんじゃないのか？」

「いえ、祖父が私が小さい頃に事業に失敗したかで、私までギルドで働かないといけなくなってしまって……お恥ずかしい話ですわ」

「そう、それは可哀想にね。君の責任では無いのだし」

「ええ。でも、お金持ちの冒険者の妻に転職して永久就職も有りかなって」

「いいかもしれないね。だが、結婚となると、やっぱりお互いの趣味を知ることも大事だろう?」

「ええ、そうですね。アーバン様のご趣味は何を?」

「ふふ、女遊びかな」

「あっ、や、やだ、あんっ」

キスすると、アリエルも抵抗せずに応じてきた。彼女もやる気満々のようだ。

俺も金だけなら本当にあるから、素顔で口説いても可能性はありそうだが、まあ失敗しても面倒なので、このままアーバンで食ってしまうとしよう。

華奢《きゃしゃ》な体を舐め回し、できあがったところを見て正常位で挿入する。

「くっ、ううっ……」

「痛いか?」

「いえ、ちっとも」

痛がっているようだが、なかなか根性の据《す》わっている奴だ。

ま、男嫌いになっては元も子もないので、優しくしてやるか。

俺はゆっくりと腰を動かし、アリエルのほとんど膨らんでいない胸の先端をつまむ。

「ああっ! そ、そんな、アーバン様、あんっ! そんなところ、こりこりしないで下さい、だめぇっ!」

「ふふ、気持ちが良いだろう。正直に言え」

「そ、そんな、言えません、くうっ!」

下が締まり、身をよじるアリエールは確かに感じている。

これは男好きになったたな。

「可愛いよ、アリエル。エロい君も魅力的だ」

「そ、そんなぁ、やっ、み、見ないで下さっ、あああ――――っ!」

毒舌だったくせに、なかなか純真な処女で良い味だった。

「さて、次は後背位で……んん？」

鏡を見ると、もう元の俺の顔に戻っていた。もう三十分が過ぎてしまったようだ。

このまま部屋を暗くして続行しても良いが、アリエルは処女で痛がっていたし、今はもう気絶しているので、危ない橋は渡らない方が良いだろう。

アーバンなんて男はこの後捜しても絶対に見つからないわけだから、失恋で傷心のところをアレックが口説けば、フフ、行ける。

俺はメモ書きに、甘くてキザな別れの台詞《せりふ》を書き込んだ。ついでに金貨三枚をお小遣いとして一緒に机の上に置き、アリエルを寝かせたままで店を去る。

アデュー、アリエル。また会う日まで――。

第二十一章　潜入、魔法学園

✧プロローグ　ネネの願い

　無事に魔法ギルドと冒険者ギルドの身分証を手に入れた俺達は、上等な宿に宿泊して毎日セクロスを楽しんでいる。

「あうっ、アレックぅ、ん、私、もうダメ、我慢できないのぉ、は、早くぅ、お願いぃ」

「いいぞ、リリィ、お前の好きなときにイけ」

「う、うん、ああっ、イっくう――っ！」

　ふう。小生意気なリリィが素直にせがんでくると燃えるな。

「アレック、ちょっといいかしら？」

　星里奈がノックした。

「いいぞ」

　ネネも一緒に入ってきた。

「ちょっとネネが真面目な話があるそうなの」

「そうか。なら、着替えてからでもいいか？」

「そうね」

　星里奈もローテーションについては特に反対していないし、俺のやりたい放題だ。

「それで、ネネ、話というのは何だ？」

　宿の食堂で俺はスープを掬いながら聞く。

「は、はい、あの、私、もっとアレックさんのお役に立ちたくて」

　俺の向かい側に座ったネネがモジモジしながら言った。

「充分、役に立ってるぞ。もっと自信を持て」

ベッドで健気《けなげ》に頑張るネネは、フェラチオも上手くなったし騎乗位の腰使いもエロくなってきた。

まあ、たいていは自分で動けず、俺に突きまくられて絶頂に達するのがオチだが。可愛いロリだ。

「いえ、でも、魔術ではレティ先生に遠く及ばないですし……」

「アレは気にするな。実力だけは折り紙付きの天才だぞ。魔法王国でもエリート中のエリートらしいからな」

「はい。レティ先生はこの国にある王立魔法学院でたくさん魔術を学んだそうです」

「そうらしいな。——ああ」

ネネが何を言いたいか、俺にも分かった。

「そ、それで……あの」

「いいぞ。王立魔法学院に入学したいって言うんだろ？」

「は、はい！　そうです！」

「ね？　アレックならすぐ許可してくれるって言ったでしょ」

星里奈もニヤニヤしながら言う。

「はい、星里奈さん。良かった……ふう」

「だいたい、今のお前なら、授業料も払えるんじゃないのか？　高いのか？」

「えっと」

「授業料は普通科初等部コースなら月額五千ゴールド、今のネネちゃんなら払えるけど、ちょっと高めの学校ね」

「そうか、まあ、それくらいなら俺が出してやっても良いが……待て、前にバーニア王国の魔法ギルドで受付のお姉さんがオースティンの学校を薦めてたが、全然無理じゃねえか」

今の俺達なら余裕でも、初心者の冒険者パーティーに月額五千ゴールドなど払えるはずもない。

「それが、奨学金枠ってのがあるみたいなの。それに入れれば授業料は割引。それから授業料・入学金すべてタダで寮付き、お小遣いまでもらえる特待生枠もあるらしいわ」

「ほう。寮があるのか」

うら若き女子生徒が住まう女の園。女子寮。

その秘密の花園は男の冒険者であれば誰もが挑戦したくなる場所だろう。

「よし！　ネネ、お前は全力で奨学金を取って女子寮に入れ」

「は、はい、頑張ります！」

というか、俺も入学するかな。黒の魔術師の情報や、その他にも色々調べたいこともあるし、俺自身の魔法も強化しておきたいところだ。

俺とネネはオースティン王立魔法学院の入学試験に挑むことにした。

「お師匠も魔法学院に入学するというのは本当の話ですか？　でもお師匠は剣士ですよね？」

俺を師匠と勝手に崇めているノエルが話を聞きつけたようで聞いてくるが。


「そうだ。剣士だから魔法を学んでいけないというルールはないぞ」

今のクラスは賢者なのだが、部外者にあれこれ教えるのもどうかと思うので、そう言っておく。

「な、なるほど、だからあんな技まで師匠は会得できたのですね」

「あれは、まあ、そうだな」

【瞬間移動】はモンスターからのコピースキルだったが。

「では、私も入学します！　お師匠」

「好きにしろ」


しかし——

「お前も入学するのか……」

試験日当日、俺は赤毛をポニーテールに結んだ白衣の剣士を見て唸《うな》った。

「まさかあなたまで入学希望だなんて思わなかったわ、アレック」

星里奈があきれ顔で俺を見ながら言う。

コイツがいると、チッ、女子寮に忍び込むのが難しくなりそうだ。いや、コイツは宿屋通いだから行けるか？

「ちなみに星里奈、お前は、もちろん、宿屋からの通学だよな？」

「うーん、できれば特待生枠で入りたいのよね。だからそうなったときは女子寮だけど」

「なにぃ？　なんで特待生がいいんだ!?」

「だって、入学金や授業料も免除だし、実力があるならその方が良いでしょ」

「ふん、そういうのは貧乏人の実力者のためにあるものだ。金持ちのお前がその枠を奪ったら、制度の意味が無いだろうが」

「うーん、でも、誰でも奨学金枠は取れるって聞いたわよ」

「そうだとしてもだ」

「ええ？　あっ、分かっちゃったかも。あなた、女子寮に忍び込みたいのね、アレック」

「何を言う。変な疑いをかけるのはやめたまえ」

「もう、口調がおかしくなってるし、最低のスケベ親父ね。あなたが退学になったらネネちゃん達まで巻き添えを食うかもしれないわよ」

「大丈夫だ。そんなへまはしないぞ。万が一の時も、俺だけ退学すればいい話だ」

「うーん」

「えー、それでは時間になりましたので、そろそろ入学試験を始めたいと思います」

青いローブの魔法使いが前に出て来て拡声魔法を使って言った。

ここはオースティン郊外にある兵士訓練場だ。魔法学院の敷地内では試験をやらないらしい。

周りを見てみるが、やはり、子どもや若者が圧倒的に多い。戦士系の冒険者も割と多いようで、鎧と剣を装備した者もあちこちにいる。

俺を見て笑う奴もいたので真顔で睨み返してや

った。怖がって顔を背けやがった。

「くそっ、今回も無茶苦茶、人が多いな……千人くらいはいるんじゃないか?」

「だな。まあ、入学自体は基準に達しなきゃ全員不合格だから、数は関係ないけどな」

「だが、奨学金枠は上位だけだろ」

「そうなんだよなぁ」

近くにいた魔法使いの二人組が渋い顔で話している。

「せ、先生、僕、緊張してきました……!」

「大丈夫だ。ウーファ魔法学校で君はトップで卒業したんだ。実力はある。自信を持て」

結構歳の行った魔法使いが弟子の若者に声をかけていたが、なんだ、こいつはタダの付き添いか。ますます俺が浮くな。

「ノエル~、みんなも頑張ってね~、ファイト!ファイト!」

試験場の外でオリビアがチアリーダーよろしくフサフサを持って息子を応援しているが、若いな。

「や、やめて下さい母上! 恥ずかしすぎますって……うあああ!」

本人は拷問気分のようで精神的ダメージがもの凄いようだが、まあ頑張れ。

「それでは第一試験、『ふるい分け』から始めます。その前に、付き添いや保護者の方は線の外に出て下さい」

試験官が言うと、結構な数の大人達が子弟に激励の声をかけてからぞろぞろと移動する。

「おい、見ろよ、アイツ、親じゃなくて生徒みたいだぜ」

「マジかよ。うちの親父より年上じゃんか。プッ」

小学生くらいのガキが俺を指差して笑っている。

「アレック、あなたもネネちゃんを激励して向こうに行った方がいいんじゃない?」

星里奈が言うが。

「余計なお世話だ」

「えーと、そちらの黒い鎧の戦士の方。早く外に出てもらえますか」

試験官まで俺に言ってくるし。

「俺は受験生だ」

「そ、そうですか。ちなみにお名前は？」

「アレックだ」

「ふむ、アレックさんですね……アレック、アレック……お、有った！　あなたはこちらへどうぞ」

「何？」

どうやら試験官の名簿に俺の名前がマークされていたようだが……

「仕方ないわね。牢獄に入れられたら、私があとで面会に行くから」

星里奈がそんな心配をする。

「ふん、勝手に牢獄行きと決めつけるな」

牢獄に入れられるような事をした覚えは無いのだ。

俺は堂々と試験官に連れられ、別の場所に移動した。

✧第一話　入学試験

オースティン王国の郊外。王立魔法学院の入学編入試験が行われている。

年二回、春と冬の初めにやるそうだ。

春の方が受験生が多いそうだが、冬の今でも千人近い大人数がいる。

だが、そのうち合格できる者はたった六十人程度だというから、東大も真っ青の超難関だ。

広場ではさっそく最初の試験が始まり、集まった受験生を試験官が十数人で囲み、呪文を唱えていたが。

俺一人だけ別の場所へ移動させられている。このままお帰り下さいと言われたら抗議しないとな。

受験資格に年齢は無関係だと聞いている。

「監督官、アレックさんを連れて参りました」

「おお、来たか」

白い天幕の中には見覚えのある老魔法使いがいた。

「なるほど、ギルド長、アンタの差し金か」

「そうじゃ。たまたま名簿を見ていたら、知った名前があったのでな。一言先に言っておいてくれたなら、手間も省けたぞ」

「で、俺の試験はどうするつもりだ？」

「もちろん、ワシの推薦でテストはパス、合格じゃ！」

白ヒゲのジジイがニヤリと笑って言った。

「ほう」

「千年に一度の逸材が入学したいと言っておるのじゃ、そこは融通を利かせないとな。じゃが、合格した後、学院の中ではワシの力は通用せん。サボっていればすぐに退学になるから気を付けるのだぞ」

「分かった。礼を言う」

魔法学院では俺もやりたいことがいくつかある。強くなるために新たな魔法を覚えたいし、例の黒魔術師を捜したり、魔法剣士についても調べたい。好都合だ。

「なに、お前さんの実力ならば、普通に試験を受けても合格するじゃろうからな。こちらも試験官達の手間を省いてやっただけじゃ」

ギルド長が笑顔で言う。その場にいた試験官も納得顔でうなずいているからには、手続き云々よりも魔法の実力と効率を重視する学校なのだろう。

彼の目の前には大きめの水晶玉があり、広場に集まっている受験生達の姿が映し出されていた。

「どうじゃ、アレック、お前さんもここで試験の様子を見ていくか？」

「そうだな」

ネネが合格するかどうかは少し気になるので、

俺は試験の様子を見てみることにした。

「ギルド長、その水晶玉、特定の人物を追いかけることはできるか？」

「造作もない。誰を見たいのじゃ？」

「赤毛の女の近くにいる、草色のローブの犬耳族だが……、確かこの辺にいたはずだ」

「ふむ、ここをズームじゃな」

「そう、そこだ」

星里奈と並んで【ファイアボール】の呪文を空に向けて唱えているネネの姿が映し出された。

さらに受験生達の頭上には、別の魔法によってだろう、一人一人青色の丸バツが表示され、合否が示されているようだ。

「これは魔力量を測るテストじゃ。お前さんの知りたい子は見事合格したようじゃな。ただし、まだ第一関門、これからが試験の本番じゃぞ」

「ふむ」

続いて、合格者が三人ずつのグループを組まされ、近くにある七階建ての塔へと走り出した。

「あれは『試練の塔』じゃ。さまざまな罠を魔法と知恵で潜り抜け、最上階にある羽根をゲットして無事に生還したら合格じゃ」

「生還？　今までこの試験で命を落とした者が何人もいるのか？」

「いや、そこは失格とギブアップだけじゃな」

あくまで用意された試験ということか。

生ぬるい、と思ってしまった俺は、『帰らずの迷宮』のハードさに少々毒されてしまったのかもしれない。

第二話　裏ボス

「んん？」

ネネと星里奈ともう一人のパーティーが塔の六階へ上がったとき、水晶玉の映像の端に別の人影がちらりと見えた。向こうの階段を駆け上がっていく黒いローブ姿の女。

黒い魔術師か。

足から下だけで彼女の顔は見えなかったが……

まさかな？


「この敵を倒せば良さそうね」

広間には全長一メートルくらいのナメクジが映っている。真っ黒でその表面は光沢が有り、あの黒いイソギンチャクと似た質感だ。

「メリッサ、嫌な予感がするの。その敵は危険かもしれないわ。気を付けて」

水晶玉からは音声も入ってきたが、星里奈が同行者に忠告していた。銀髪の前髪ぱっつんの少女だが、魔法ギルドで俺と一夜のアバンチュールを過ごしたアリエルによく似ている。

「予感？　下らないわね、私にかかればこの程度の敵なんて余裕よ。――怒れる雷神トールに願い奉る、その紫紺の威光をもって、雷鳴の戒めとすべし！【サンダーフレア！】」

メリッサが中級の雷呪文を使った。彼女が向けたロッドからまばゆい電撃が放たれ、ナメクジに直撃する。

だがナメクジは動き続け、ダメージが入っているような感じではなかった。

「そんな！　効いてない!?」

「電撃はダメみたいですね。でもっ、慌てないで下さい。モンスターには効く属性と効かない属性があるとレティ先生が言っていました。それなら、私の風魔法で――風よ、刃となりて敵を切り裂け！【ウインドカッター！】」

今度はネネが風魔法で攻撃した。

だが、これもまったくダメージが入った様子はない。

この敵、ひょっとすると魔法が効かないタイプかもしれないな。

だが、魔法学院の試験中なのだから、剣で倒し

ては失格の可能性がある。まずは色々、他の呪文を試してからだろう。

「風もダメね。私に任せて。四大精霊がサラマンダーの御名の下に、我がマナの供物をもってその爪を借りん！【ファイアボール！】」

星里奈が炎の呪文でナメクジに命中させたが、やはり吸収している。表面が炎上しない。

「な、なんなの、この敵」

「電撃も風も炎も効かないなんて、そんなはずは」

「他の属性も試しましょう」

炎と土の属性も試したが、やはりダメだった。

「うぬう、相反属性もダメとは。誰じゃ、あんな凄いモンスターを召喚したのは？」

どうやらギルド長にとっても手強いモンスターだったようだ。

「分かりません。た、直ちに調べます！」

試験官が走っていったが、あの黒魔術師の可能性が高い。

「黒ローブの女魔術師だぞ！」

俺は試験官の背に向かって叫んでおく。

「黒ローブの女魔術師じゃと？」

「その話は後だ、ギルド長。いったん試験を中止しろ。あれは死人が出るかもしれないぞ」

「おお、そうじゃった。試験は中止じゃ！」

俺も塔に向かって走る。ネネや星里奈も心配だが、何よりメリッサという前髪ぱっつん少女の危機を救ってやれば、「まぁ、助けてくださってありがとうございます、ポッ」なんて展開もありえるかもしれないからな。大チャンスだ。

「アレック、向こうへ行かずとも、ここから塔の試験官に連絡すれば――うぬっ、おい、返事をせんか！」

ギルド長が塔に連絡を取ろうとしているが、通じないようだ。ますます想定外《アクシデント》の可能性が強くなったな。

これは学院側が用意した試験とは違う。

「メリッサ、もう魔法で倒すのは無理よ。私が剣で倒すわ」

「ダメだと言っているでしょう。これは魔法学院の試験です。ならば、魔法で倒さないと失格になってしまうではありませんか」

塔の六階に俺が辿り着いたとき、星里奈とメリッサが言い争っていた。ま、みんな無事で何よりだ。

「試験は中止だ」

「アレック！」

「誰ですの？　あっ、試験前に追い出された不審者！」

「違う。俺は特別にギルド長から合格をもらっただけだ。それより、こいつはあの黒い魔術師が召喚したモンスターで間違いない。学院側が用意したものじゃないぞ」

「やっぱり！」「はえぇー！」

「どういうことですの？」

「話は後だ」

「いいえ、試験の妨害でないと証明していただかなくては。ギルドカードを見せて下さい」

俺のことを知らないメリッサが疑《うたぐ》るので、魔法ギルドのカードを見せてやる。

「仕方ないな。ほれ」

「ま、魔力23ですって？　そんな馬鹿な」

驚き顔で硬直したメリッサを放置して、俺は黒いナメクジに【亀甲縛り】のスキルを使った。

上手く縛り上げたと思ったが、ナメクジは酸の粘液を出しているのか、ロープが煙を上げて千切れてしまった。

「はわ！　どどど、どうしましょう?!」

「お、落ち着きなさいネネ、何か手はあるはずです！」

「そうね、ここは私の【スターライトアタック】で……」

「待て、星里奈」

「なんでよ」

俺がいいところを見せられないから、という理由では彼女も納得させられないいな。

「部外者が見ているようなところでその切り札を使うな。他の攻撃を試してからだ」

「ええ？　そうね」

俺は【瞬間移動】でナメクジの反対側に回り込む。

「ま、まさかテレポート!?　そんな伝説級の呪文……いいえ、幻術ね。そうに決まってるわ！」

試しにナメクジを剣で斬りつけてみたが、かなり硬いものの、傷は付けられる。

分裂するかもしれないが、トロいし、あのイソギンチャクほど手強い相手ではなさそうだ。

「手伝います！」

メリッサがロッドでナメクジを殴ろうと近づいてきたので俺は制止する。

「よせ、こいつの粘液は――」

ヤバいぞ、と言おうとした瞬間、ナメクジが急にメリッサの方を向いて粘液を発射しやがった。

「よけろ！」「よけて！」

「きゃっ、痛っ！」

ナメクジが飛ばした粘液を食らって、メリッサが腕を押さえて痛がった。シュウシュウと白い煙が上がっていて、強力な酸だ。

俺はメリッサを抱きかかえて【瞬間移動】で避難する。

「おい、腕を出せ」

彼女にハイポーションをかけて洗ってやった。

「うう、染みる……」

「それくらい、我慢しろ。よし、運が良いな、腕は失わずに済んだぞ。あとは神殿でみてもらえ」

「ど、どうも」

「アレック、私がやるわ」

星里奈が前に出る。

「いや、もう少し待て。スキルを使う」

俺は再び剣を抜き、黒ナメクジの前に立ち、精神を集中させた。

構えはウェルバード水鳥剣の『星眼』。

剣先を相手の目の高さに合わせる攻守のバランスが取れた構えだ。

ゆっくりと動く黒ナメクジは俺の位置は見えているようで、こちらに向かって近づいてくる。

まだだ。

この敵に対してはノーダメージで行きたい。

だからこそ、俺はまだ動かない。

奴が粘液を吐いて飛ばしてきたところで初めて素早く動く。

「【斬鉄剣！】」

一度脇を締めて左下から右上へと斬り上げる剣筋で、粘液ごと黒ナメクジを斬った。

「あっ、凄い、真っ二つに」

ボフンと――。

黒ナメクジは黒い煙と化して消えた。

俺は分裂を予想して次の攻撃に備えていたのだが、そこまでの敵ではなかったようだ。

「やったわね！」

「やりましたね、アレック様！」

星里奈とネネが喜んだが、これでひとまず危険は去ったな。

✧第三話　準備をする新入生

『試練の塔』にいた危険なモンスターが排除され、安全が確認されたことで入学試験は再開の運びとなった。

もちろん、星里奈のチームは合格だ。あのアクシデントがあっても時間内で羽根を取り塔をクリアしている。

そのあとで試験官に詳しい話を聞いたが、六階の監視を担当していた試験官は何者かに眠らされていたそうだ。

七階にいた試験官も黒い魔術師は見ていないと言うし、どうもスッキリしない終わり方だ。

だが、この学院内に黒魔術師がいたことは間違いないのだ。

一応、俺はシューベル山での目撃情報を試験官に伝え、黒魔術師に注意するよう学院側に伝えておいた。

彼らも半信半疑のようだったが、黒ナメクジが入り込んでいたのは事実だし、あのモンスターは魔法も効かず、普通ではなかった。

厳正なる試験が妨害されてしまったのだ、今後は学院側も注意するだろう。


「それではこちらが男子寮となります」

「ほう」

翌日、俺は無事合格したノエルら他の新入生と一緒に、王立魔法学院の男子寮を訪れていた。

外壁は色がくすんでいて古い建物だったが、しっかりした造りで内装も悪くない。ちょっとしたお城のようだ。

吹き抜けのロビーや、立派な魔法使いの彫像など、高級ホテルのサロンのような趣がある。

「ちなみに女子寮はどこだ？」

俺は情報収集を怠《おこた》らない。このためにここに潜入したのだから、当然だ。例の黒魔術師も女だしな。

「え？　向こう側にありますけど、なぜですか」

「ああいや、うちのパーティーの女子も合格していてな」

「ああ、なるほど。それでしたら、昼食の時にでも外の食堂で話ができるかと思いますよ。この男子寮は夜間は女子禁制ですので、なるべく外で話をするようにして下さい」

「分かった」

いきなり追い出されないよう、表向きは紳士に返事をしておく。

「では、ここから先は寮長のクレッグ君に案内してもらいましょう」

「やあ、よろしく。僕は魔導師課程二年生のアルフレッド＝フォン＝クレッグだ。入学おめでとう」

ゴツい体格の青年がそれぞれ握手を求めてきた。

「ありがとうございます。あの、魔導師課程というのは……？」

新入生の一人が聞いた。

「ああ、魔術師課程を終えた者が受ける、上級の魔導師になるためのカリキュラムだよ」

「なるほど……クレッグさんは凄いんですね」

「いやいや、試験に合格して魔導師の単位が取れればそれなりだけどね。じゃ、寮の説明をさせてもらうよ。ここでの規則は特に難しいものじゃない。他人の研究の邪魔をしなければそれでいい。君達の部屋に案内しよう」

案内してもらったが、部屋にはベッドが二つある。

「ここがアレックとノエルの部屋だ」

「なに、相部屋なのか？」

俺は意表を突かれて聞き捨てならぬとばかりに問う。

「えええっ!?」

ノエルも驚いた様子。

「そうだ。文句は受け付けないぞ。貴族でも相部屋だ。導師課程に進めば個室になるが、術士はルームメイトと仲良くやってくれ」

「そ、そんな……」

相部屋だと面倒だな。

女を連れ込めないというのもあるが、学院でいろいろと調べたいことがある俺にとって、正式メンバーでないノエルに行動をいちいち詮索されたくはない。

ノエル自体は問題ではないが、腹芸ができそうにないコイツだと、学院側にこちらの動きが筒抜けになってしまいそうだ。あの黒い魔女がどこに潜んでいるかもまだ分かっていないのだ。彼女がここの教授の一人であっても不思議はない。

「その導師課程に進むにはどうすればいいいんだ？」

俺は個室を得る方法を聞く。

「おいおい、アレック君、君はまだここに入学したばかりの新入生じゃないか。まずは学院生活に慣れることを考えた方が良いね」

笑ったクレッグはまともに教えてくれそうにないな。後で別の人間を捕まえて聞くか。

「いやー、でも結構良い部屋ですね。ちょっと狭いけど、うん、このベッドはふかふかだ。あとはここに衝立《ついたて》を置けば……」

ノエルはベッドの具合を確かめて気に入ったようだ。まあ、ベッドは悪くないが、高級宿住まいをしていた俺にはやはりグレードダウンだな。

「あれ？　師匠、どこへ？」

「職員室に行ってくる。ちょっと聞きたいこともあるんでな」

「そうですか。じゃあ、私はどうしようかな……他の新入生に挨拶でもしてこようかな。よし！　そうしよう」

ノエルは割と社交的な奴のようで、ま、放っておけば良いだろう。

男子寮から外に出て、職員室の場所は分からなかったが、適当にその辺の生徒を捕まえて教えてもらった。

職員室に入ったが、ちょうどレティがそこにいて、にへらにへらと変な笑いをしていた。

「レティ、ここで何してる」

「ああ、アレック。ふふ、聞いちゃう？　それ、聞いちゃう？　聞いちゃうんだぁー」

「いや、やっぱりいい」

なんかウゼェ。

「待って！　そこは後生だから聞いてよ！　お願いだから！」

「なんなんだ」

「私ね、先生にお礼参り……じゃなかった、ご挨拶に来てたんだけど、そしたらね、ここで先生をやってみないかって言われちゃってさぁ～。やー、参っちゃった」

「引き受けたのか？」

「うん。あ、でも非常勤で、ここにいる間だけの臨時の先生だから、冒険には支障ないと思うよ。アレックもしばらくはここにいるんでしょ？」

「ああ、そのつもりだ」

「良かった。ふふ、生徒をビシバシ鍛えてやるわ！　超ムズのテストを出してやろうっと！　ヒヒヒ」

「恨まれてお礼参りされないよう、ほどほどにしとけよ。ところでレティ、お前は導師課程に進むにはどうすればいいか、知ってるか？」

「ああ、良い成績を取って論文を書いて、それが教授会で認められれば、魔導師課程に進めるよ。教授の推薦人も要るけどね」

「成績と論文と推薦人か。最短でどれくらいだ？」

「んー、普通は術士で三年くらいだけど、アタシは二年目で魔導師課程に行けたよ。でも、魔導師称号をもらうのに四年もかかってさぁ」

別に俺は魔導師称号はどうでもいいので、魔導師見習いで個室が取れればそれでいい。

だが、レティで一年かかったとなると、時間がかかりすぎるな。

「手っ取り早く魔導師課程に行く方法を探してくれ」

「ええ？　無理だと思うよ。ここ、お金や家柄の賄賂は利かないしさあ」

「正攻法でもいい」

「じゃ、勉強と独自研究だね」

「ああ。ついでに、アレも調べておかないとな」

俺は徹底的に魔導師課程について調べ、準備を整えた。

第四話　中等部のクラス

翌日、かったるい魔法学院長の長話を【千里眼】を使って女子生徒のお尻を眺めるテクニックで乗り切った俺は、中等部の教室にいた。

魔法学院の入学者は年齢や魔術のレベルに応じて、初等部、中等部、高等部と割り振られるようだ。

「はーい、みなさん、初めまして。私が中等部のひまわり組を受け持つ担任の、キャロラインです、よろしくね！」

三十代と思われるそれなりに美人の女性教師が明るく挨拶した。

「「よろしくお願いします」」

「良いお返事ですね！　これから一年間、みんなで頑張って魔術をお勉強していきましょう。まずは自己紹介からしてもらいましょうか。じゃ、そっちの赤いポニーテールの人から」

「はい、私は星里奈と言います。バーニアの冒険者で、今は各地を渡り歩いているわ。好きな物はサイドプランクとボランティア、苦手な物は化学添加物かしら。剣術と炎魔法が得意よ。みんな仲良くしてね！」

真新しいローブ制服姿の星里奈が明るい笑顔を振りまきながら挨拶した。拍手と共に、疑問の声も上がる。

「サイドプランクって何？」

「ああ、ごめんなさい、サイドプランクというのはこうして体を斜めにして体幹の筋肉を鍛える方法で、本を読みながら時々トレーニングしているわ」

　星里奈が机に片手をつき、両足をそろえたまま体を傾け、45度の角度を維持して斜め立ちする。運動会の組体操「扇」を思い出すな。

「「「へぇ〜」」」

　本を読むときは寝転がって読むのが一番だろうに、そこでわざわざ体を鍛えようという発想が理解不能だ。

「はい、星里奈さん、ありがとう。一番手なのに完璧な自己紹介でしたね！　みんなも健康のために体も鍛えましょう。じゃ、次の人」

「あっ、ネ、ネネと言いますっ、犬耳族です。え、えと、えと、あう……あっ、出身はたぶんポルティアナで、冒険者クラン『風の黒猫』に所属しています。尊敬する人はアレック様とレティ先生でですっ。よ、よろしくお願いします」

　草色のとんがり帽子をベレー帽に替えたネネが頭を下げる。

「はい、最後までよく言えました、拍手〜。レティ先生って私も昨日、職員室で会いましたよ。ここの卒業生で第七位の成績だそうで、とっても優秀な方みたいですねー」

　この言い方だとキャロライン先生は最近、よそからやってきた先生なのだろう。ま、今は何も言うまい。いずれレティの本性はバレると思うが。

「第一位じゃないのに優秀なの？　まあ、犬耳の先生なら、優秀かもしれないわね、フフ」

　前髪ぱっつんの新入生、メリッサが皮肉を言う。

「オホン、ダメですよ、メリッサさん、そんなことを言っては。ちなみにレティ先生は人族です。まだ若い先生でしたね。じゃ、次、メリッサさんの番ですよ」

　指名され銀髪の少女が優雅に立ち上がる。左右のツインドリルに似た巻き髪が綺麗に整っていて、騎乗位やフェラチオで揺らすとどうなるか、ちょっと試してみたいものだ。

「私はメリッサ＝フォン＝ジャッカル。ジャッカル家の三女よ。見ての通り純血エルフ族で、出身地は今の説明でもう皆さんお解りね」

「あ、待って下さい、メリッサさん。確かにオースティンではジャッカル家は有名だそうですけど、他の国から学びに来ている人も多いので、きちんと説明してあげて下さいね」

「ええ？　それは教師の役割でしょ」

「ええ？」

この歳で堂々と教師に言い返すメリッサも大した奴だ。

「フフ。好きな物は宝石と甘ーい苺のミルフィーユ、嫌いな物は田舎者です」

クスクスと教室の何人かが笑うが、渋い顔をした者もいる。

「あの、メリッサさん、田舎を馬鹿にしてはいけませんよ」

「なぜですか？　先生」

「ええ？　なぜって、それは……ううん」

この手のモラルというのは理屈じゃない事が多いからな。この先生では荷が重そうだ。

「入学式で学院長が言っていたが、この学院では魔術で偉いかどうかを決めるんだろう。なら都会だの田舎だの、そんなのはどうでもいいことだ」

俺が代わりに言ってやる。

「あ、そうですね！」

「あらそう。では、やはり私がこのクラスでは一番を取りそうね、フフフ」

大した自信だが、そりゃ無理だな、メリッサ。このクラスには大物の魔術師がたくさんいるぞ。

「ええ、頑張って下さいね。はい、拍手。じゃ、次の人」

「はいっ！　ボクはマリリンと言いまっす！　ロズキール出身でぇ、魔法はいまいちだけど、明るさなら誰にも負けません！　なんて、えへっ。友達百人作るのが目標でーす。みんな、協力してね！」

ウェーブがかかった赤毛ショートのマリリンが元気良く笑顔で自己紹介した。

俺もお友達作りに協力してやるとするか。もちろん、セック○フレンドだ。

「はい、いいですねえ、たくさんお友達を作って下さいね。次の人〜」

「……はー、自己紹介とか……マジ萎えるんだけど。あー……楓《かえで》＝フォン＝クレッグ、ギラン帝国出身ってことで、ふうぅ」

ため息をついてけだるそうに立ち上がったのは十八歳くらいの黒髪ロングの美少女だが、この名前と顔立ち、日本人か？

俺は【鑑定】をすぐさま使ったが、名前以外は閲覧妨害ときた。

要注意の奴だな。

着ているローブは、黒色では無く灰色だ。俺達が追っている魔術師とは色が違うが……。

偽名では無かったので、クレッグ家の養子か何かだ。クレッグという名前は男子寮の寮長も確かそんな名字だったが、まあ、たまたま同姓……という偶然ではないはずだ。この世界で名前に『フォン』が付くのは貴族だけだからな。おそらく奴の妹だろう。

「あー、以上」

「ええ？　それだけ？　楓さん、好きな物とか嫌いな物とか、ほら、何かあるでしょ」

「あー、好きな格言は『働いたら負け』、嫌いな物はウザくて無能な教師、これでいい？」

「うっ……それ格言なの？　聞いたことがないですけど……」

格言ではないな。だが、楓が日本人で元ニートなのは確実だ。異世界勇者の可能性もあるな。

「働いたら負け、くっ、何かカッコイイ響きだ！」

「オレは、間違って……いたのか？」

クラスメイト達も感銘を受けた奴が何人かいるようだ。

「ふー、先生、座っていいかって聞いてるんですけどー」

「あっ！　ええ、いいわよ。は、はい拍手～、じゃ、じゃあ、次の人」

続けて何人かが自己紹介した後、俺の番になった。

剣こそぶら下げているが、魔法の学校なので、俺もここでは鎧姿ではなく制服のローブを新調している。色は深みのあるブルーにしてみた。

「アレックだ。バーニア出身、冒険者をやっている。以上だ」

「は、はい、拍手～」

明らかにキャロラインが引き気味だが、まあ、俺も授業を妨害したいわけじゃないからお互い尊重し合って行けば良いだろう。

「では、後ろのピンク色の髪の人」

「はーい！　にひっ、私はリリィだよ！」

「なにっ？」

俺は思わず後ろを見る。確かにそこにリリィがいた。だが、コイツは魔術なんぞ使えなかったはずだが……、疑問に思って本人を問い質そうとしたとき、何もない上から紙片がはらりと落ちてきた。

紙にはこう書いてある。

『詮索無用　佐助《さすけ》』

なるほど、旧ヴァレンシア王国の家臣団の仕業か。どうにかしてリリィが魔法を使ったように見せかけて合格させたようだ。将来、リリィが女王になる場合は、オースティン王立魔法学院卒という肩書が有利になるとでも考えたのだろう。本人が途中で逃げ出しそうだが、まあいい。

「じゃ、最後に白い髪の犬耳さんね」

「はい、私はミーナと言います。ご主人様の、アレック様の奴隷です」

ミーナまで入学してきたか。俺に内緒とは反対されると思ったのか。別に反対したりはしなかったのだが。ミーナも忍術で上手くごまかしたようだ。

「ど、奴隷……」

「や、やっぱり、そっちの……」

クラスの全員がざわつく。

「は、はい、ミーナさん、自己紹介ありがとうございました。拍手！　みんなここは拍手ですよっ！」

キャロライン先生が必死な様子で、クラスの生徒達を静める。

「オホン。では、皆さんの座学の実力を知っておきたいので、いきなりですけど筆記の小テストをやりまーす」

「「ええー？」」

小テストの後は、魔法理論の基礎の授業になり、俺は『あくび』という名の手強いモンスターをかみ殺すのに失敗し、ぐっすりと眠ってしまった。

「アレックさん、アレックさん」

「んあ？　ふう、ネネか、どうした」

「あの、お昼の時間です」

「おお、もうそんな時間か。じゃ、飯でも食いに行くか」

「はい！」

「なーんだ、アレックってそんなに恐そうな人でもないんだね！　キャロライン先生はなんだか凄いビビってたけどさ。メリッサが『先生ー、アレックさんが寝てまーす』と言っても『ね、寝てません！』って言ってたし、あはは」

赤毛のマリリンがおかしそうに笑って言う。

「そうか。起こしてくれても良かったが、まあ、あの授業じゃキツいか」

「んーと、そこまで難しくは無かったよ？　丁寧に説明してくれたし」

マリリンが言うが。

「いや、逆だ、簡単すぎるって話だ」

「お、おおぅ、ソ、ソウデスカ……」

　俺はここに来てからスキルコピーで【魔法知識】を手に入れていた。だから、ある程度の魔法知識はもう覚えてしまっている。

　四大属性や相反する属性の作用なども、ゲーム知識の応用で事足りるし、これは早めに魔導師課程へ進みたいところだ。

　食堂に行くと、先に席を取っていた星里奈が手を上げた。

「アレック、こっちよ」

✧第五話　学院の落ちこぼれ？

　オースティン王立魔法学院での授業初日、午前中はほとんど眠ってしまった俺だが、朝飯はもちろん大事だからな。

　星里奈達が座っているテーブルにバイキング形式のトレーを持って合流する。

「あれ？　アレック、星里奈と知り合いなの？」

　ちょっとアホ毛のマリリンが不思議そうに聞く。

「ああ。俺のクランのメンバーだからな。ネネやリリィもそうだ。ノエルはクランの一員じゃないが、今は一緒だな」

「はい。お師匠に同行させていただいています」

「よろしくぅ、ひまわり組のマリリンだよっ！」

「よろしく、百合組のノエルだ」

「へえ、それにしても冒険者のクランかぁ。いいなぁ。ボクも何度かパーティーに交ぜてもらったけど、クランみたいな大きな組織には入ったことは無いんだよ」

　マリリンはクランに憧れがあるようだ。

「なら、お前も俺のクランに入ってみるか？」

「うん！」

　無邪気にうなずいたマリリンに星里奈が言う。

「待って、マリリン、私達のクランは、そのぅ……いろいろと危険なのよ」

「ええっ？　強い敵と戦ったりするの？」

「そういうこともあるけど、あとできちんと説明してあげるわね」

「うん！　これでお友達も一気に増えそう！　やった！」

「ふぅ、そういえば、マリリンはお友達を百人作りたいんだったわね」

「うん！　百人目指すよー？」

「じゃ、私がお友達になるから、コイツだけはやめておいた方が良いわよ、マリリン」

「えー、なんで？　アレックは悪い人には見えないよ」

「いや……」

「その通りだ。そういう意地悪は良くないぞ、星里奈君、俺は仲良くしたいんだ」

「ちょっと……私は純粋な善意で言ってあげてるのよ。まあ、この子は感じが良いけど、マリリン、あなた、好きな人はいる？」

「ふえっ？　そ、それってお友達として？　そそそ、それとも」

「ああ、いい、その答えで分かったからもういい」

　星里奈も諦めたようだし、心置きなく処女のマリリンと仲良くセフレになれそうだ。ネネも苦笑している。

「しかし、俺が中等部とはな。微妙に納得が行かないな」

「そうね、私達の実力で言えば高等部で良いと思ったのだけれど……」

「私が初等部なのは実力的に納得なのですが、周りが小さい子ばかりで、先生の助手みたいなことをやらされてますよ」

　肩をすくめてノエルが愚痴ったが、こいつは初等部に振り分けられたか。基本は魔法使いじゃなくて騎士だしな。

「魔法の実力ではなく、何か別の要因があるのかもしれません。調査してみましょうか？　ご主人様」

ミーナが言うが、今更だ。

「いや、調べるなら、例の魔術師や、新しい魔法についてにしておけ」

「そうですね。分かりました」

「ところで、アレック。エルヴィンのことだけど……」

星里奈が声を落として聞いてきたが。

かつて俺達と同時に呼び出された六人。異世界勇者にして、未来で再会する予定の金髪イケメン。奴が敵性なのかどうかもはっきりさせておきたい。実力も含めて。

「ああ、それは昨日レティと職員室で名簿を見て調べたぞ。奴はもうここを卒業したそうだ。魔導師課程も終えてな。先月のことだから、一足違いだった」

レティが五年のところを半年足らずで卒業したのだから、奴も凄まじい天才だ。それも第一位、首席の成績を収めていた。

「そう。入れ違いか……でもなんだか、ちょっとほっとしてしまうわね」

奴は黒いイソギンチャクを呼び出した疑惑がある。俺達と一緒にこの異世界に来て、特に星里奈とは一時期だがパーティーも組んでいたからな。

「エルヴィンって？」

マリリンが首を突っ込んでくるが、ま、疑惑の段階であれこれ言わない方が良いだろう。

「昔のコイツの知り合いだ」

「あなたもでしょ」

「俺は会ったことはあるという程度だからな。ほとんど何も知らないのと同然だ。奴がここで何を研究していたのか、それも調べておきたい」

「そうね。入学試験の黒ナメクジについては何か分かったの？」

「いいや、そっちの情報は進展無しだ。黒魔術師についても、俺はそいつの足を見ているが、ここの関係者は見ていないと言うしな」

「でも、彼女がここにいるのは確実ってことだから」

「そうだな」

「黒魔術師とエルヴィンは何か関係があるのかしら？」

「さあな」

まだ何も分かっていない状況だ。

「それと、楓＝フォン＝クレッグという女がうちのクラスにいるが、奴はおそらく日本人だ。まだ接触していないが、アクティブな奴じゃないだろうから、もう少し様子見でもいいだろう」

「そう。でも日本人ならスキルは気を付けてね」

「ああ」

「ねー、日本人って？」

「こっちの話だ、マリリン、気にするな」

俺達は普通の雑談に戻り、飯を食ってから解散した。

◇◆◇◆◇

体を乱暴に揺すられた。

「師匠、起きて下さい、このままじゃ遅刻ですよ！」

「んん？　くあ……お前か」

男のノエルに起こされた。

「くあ……お前か、じゃないですよ！　もう、朝ご飯も誘おうとしたのに、死んだように寝てるし、昨日、いつ帰ってきたんですか？」

「明け方だ」

俺が禁欲寮生活など送る予定はハナから無い。

ここの門限は緩そうだと見切ったので、昨晩は宿の方へ戻り、ミーナとたっぷりイチャイチャしてからこの寮に戻ってきた。だから眠い。

「ええ？　そりゃ眠いでしょうけど、何の用事だったんですか」

「大人の用事だ。さて、せっかく起きたんだから、学院に行くか」

魔導師課程に上がれば個室がもらえるから、それまでの辛抱だ。

「師匠は中等部だったんですよね。授業、どうでしたか？」

ノエルはそれが聞きたかったのか、質問してくる。

「簡単だったな。ま、ほとんど寝てたから難しい内容もあったのかもしれないが」

「ええ？　初日から寝るとか、凄い人だなぁ……」

あきれるノエルと別れ、中等部の俺の教室、ひまわり組の教室に行く。……ひまわり組って。

「ふー、このプレート見ると、帰りたくなるね」

背後から楓がやって来てため息交じりに言うが、ま、コイツも高校二年生くらいの歳なら、そんな感想になるだろうな。

俺が日本人かどうかの探りを入れてきた様子だが、まあ、ここで立ち止まってプレートを見上げてしまった以上、ごまかすのも今更だ。

「そうだな」

そう言って教室の中に入ると、生徒達が一斉にこちらを見て静まりかえった。俺が先生ではなかったと気づいてから雑談を再開する。

「んだよ、アレックかよ、脅かしやがって」

「昨日も最初、先生かと思ったよな」

「でもよぅ、あの親父、昨日は授業で寝てたし、何しに学院来てるんだろうな。初日だぜ？」

「まったく、顔を見るだけで不愉快ですわ。腐ったリンゴですわね」

「ええ、先生もきちんと叱って下されればいいのに」

「名門にあんな生徒はふさわしくありませんわ」

厨房のガキ共め。

わざわざ聞こえるように言うのは、お前ら俺に喧嘩でも売ってるのか？　と思うが、爆睡しても先生が注意しなかったのが効いているのだろう。

不公平に感じてのことだ。

なら、今日は頑張って起きておくか。あまり自信は無いけど。何か言い返そうとしたミーナにも、やめておけと手で合図しておく。

「メリッサ様もそう思いますわよね？」

「――いいえ、ここに入学してきた以上、彼の実力は疑いようがないわ。高度な魔術も使えたようだし……あなた達も他人に気を取られるより、自分の魔術の研鑽に集中したほうが良いわよ」

ほう、あの銀髪ぱっつん、まともなことを言う。

「セーフ！　間に合ったぁ！　おはよー、みんな！」

「おはよう、マリリン」

「よう、マリリン！」

マリリンの方はクラスの受けも良いようで、男子女子問わず笑顔の挨拶が返ってきている。

と、彼女が俺の席へやってきた。

「おはよー、アレック」

「おう」

「なんか今日も眠そうだね？」

「まあな」

「よしっ。アレックがいてくれるとボクは安心だよぅ」

握り拳でガッツポーズをするマリリンだが。

「マリリン、お前、下を見て安心してるんだろうが、学院の成績は自分の成績がすべてだぞ。それから俺はお前より上だから勘違いするな」

「えー？　またまたぁ」

「とりあえず、お前はそのアホっぽい寝癖を直しとけ、気になって仕方がない」

「うっ、この寝癖、結構手強いんだよー、朝、遅刻しそうで時間なかったし」

髪の毛を一生懸命に撫でるマリリンだが、ぴろんっと、アホ毛は何度も復活している。

「はーい、みなさん、おはようございます！」

そんな中、昨日と同じようにキャロフイン先生が明るい笑顔でやってきた。

✧第六話　黒ローブの教師

今日も魔法学院で授業だ。

キャロラインは明るいピンクのふわっとしたローブを着ているが、何か……似合わないな。もっと大人っぽい服が似合いそうだ。

ひまわり組の先生だからこういうファッションなのかもしれない。ため息が出そうだ。

「はい、じゃあ、昨日の小テストを返しますねー」

「うえ」

「うーん」

「ドキドキ……」

「実はなんと、この中で満点の人が一人だけいました！」

「「おおっ！」」

「いやー、先生もびっくりです。みんなのレベルを測るために、かなり難しい問題も交ぜてあったんですけどねー」

「誰だ？　満点取ったの」

「きっとメリッサ様ですわ」

「ふふっ、さあ、どうかしら」

メリッサも自信があるのか、余裕の笑みを浮かべている。

「じゃ、成績の一番の人から順番に名前を呼ぶので、前に取りに来て下さいね」

「えっ、成績順!?」

「うえー、マジカー」

「そんなぁ」

成績公開とは結構エグい学校だな。一番はいいが、最下位は恥ずかしくてキツいだろう。

自分の相対的な順位を知っておくことは重要でも、それを晒し者にするのは『罰』であって『教育』では無い。

「では、一番、満点、アレックさん」

「えーっ!?」

「おおおおおお?!」

「なにぃーっ!?」

さすがに予想外だったのか、クラスのほとんどが驚きの声を上げた。

俺の方はといえばテストの出来には自信があったので、悠々と前に出てテスト用紙を受け取る。

百点に、たいへんよくできました！　と花丸まで付いていた。懐かしいな。……ってか、ここ、地球で言えば中学校くらいだよな？　まあいい。

「えっと、授業もちゃんと聞いてくれると、先生、嬉しいかなって思います……」

目をそらして言うキャロライン。そこはビシッと言って良いぞ。

「ああ」

俺は軽く返事だけして自分の席に戻った。

『嘘だッ！　カンニングか不正か、あの男が何かやったに違いありませんわッ！』

「ネ、ネネさんっ!?　証拠も無しにそんなことを言ってはいけませんよ。それに、カンニングも無理です。先生は筆記試験をこの目で監督していましたし、アレックさんしか正解していない問題が三つあったので」

「あ、あう、ごめんなさい、つい」

ヤバイ殺されるぞオマエみたいな視線がネネと俺に集中して、しーんとしてしまい、教室が緊迫してしまって空気がおかしい。

仕方ないので、俺も事態収拾に乗り出しておく。

「ははー、ネネ、冗談キツいぞ。しかもお前、思い切りスベってるじゃねえか」

「あうあう」

「そ、そーね、スベっちゃったわねー。じゃっ、次の人」

　まだ空気がおかしいが、キャロラインは自分を立て直したのでそれで良しとしよう。

「この裏切り者」

　授業が終わり小休憩になったが、マリリンが俺の席に来ると涙目で睨《にら》んでくる。

「アホか。誰も裏切ってない。お前の成績が悪いのはお前の自己責任だ」

「そこは否定しないけど、初日から爆睡してる不良で、成績が良いって反則じゃん〜」

「そんなルールは知ったことか。ともかく俺は優等生を目指してるからな」

「うわ、優等生って。ネネちゃん、一生親友でいようね〜。この耳のモフモフ感も、もー最高〜」

「はわわ、み、耳は弱いのですぅ〜あぅ」

　マリリンはどうもネネを見くびっているようだが、そこも忠告してやるか。

「言っておくが、ネネは今までレティが実技中心で教えてたから、筆記が追いついてなかっただけだ。こいつは真面目だし、俺も教えてやるからすぐ上位に上がってくるぞ」

「ええ？　そ、そんなの困るよ」

「知るか。お前も分からないところは俺が教えてやるから、まずは自分でしっかり勉強しろ」

「ボク、勉強は苦手だし、嫌いだもん」

「ま、それは自分の好きにしろ。俺はお前の保護者じゃないからな。それより、そろそろ授業に行くぞ。次は実技だろう」

「あっ、校庭に集合だってキャロりんが言ってたね、ヤバっ！」

　広い学院なのでどの校庭か迷ってしまい、ようやく見つけたときにはすでに授業が始まっていた。

　先生はキャロラインではなく、別の冷たい目をした教師で、しかも黒ローブの女ときた。まさかな……。

「ふう、あらあら、まあ。今日は実技の初日の授業だというのに、遅刻者が三人とは……やはりキャロライン先生が受け持つクラスはどうしようもないクズばっかりですねぇ……」

前髪ぱっつん髪型のエルフ教師が、汚物でも見るような目つきで眉を歪《ゆが》めた。髪の色は濃いワインレッドだ。

「すみませんでした！　ちょっと迷っちゃって」

マリリンが頭を下げて謝る。

「言い訳は結構！　ここの生徒なら【マッピング】の呪文くらい常識でしょ。ああもういいわ。あなた達は私の授業を受ける価値もありませんからそのままサボってて下さいな」

「えええ？」

「それで単位はくれるのか？」

俺は聞くが。

「まさか！　目を開けたまま寝言をほざかないで下さる？」

「じゃ、やる気はあるんだから授業をやってもらおうか。こっちは金を払ってるんだ、そっちも真面目にやれ」

「なっ……！」

「うえ、ア、アレック、言い過ぎ！　先生にそれは無いってば」

「ビクビクするな、マリリン。この学院は魔術至上主義、教師への態度なんて二の次だ。あのレティが卒業できたんだからな」

星里奈にも調査させてこの学院のことはしっかり把握している。

他の生徒達の後ろに交ざると、楓が小声で囁いてきた。

「気を付けた方が良いよ、アレック。魔術至上主義はその通りでも、このクソ教師はこの学院では一、二を争う要注意人物だからね」

「なぜそれを知っている？」

「兄貴が言ってたからだよ。兄貴もここの生徒なんだ」

「ああ、男子寮の寮長か。会ったことがある。ま、忠告ありがとな、楓」

「別にアンタを助けようと思ったわけじゃないし、礼は要らないよ。コイツ、連帯責任とかやってきそうだから、巻き添えが嫌ってだけ」

「ああーもう！　やっぱり黒髪はどうしようも無いクズばっかりです。そこの二人！　私語が聞こえていないと思ったら大間違いですよ。あの『授業クラッシャー』レティも忌々《いまいま》しい黒髪でしたけど、彼女以来の忌々しさですねぇ！」

クラッシャーの由来はそこか。

「チッ、そう言えば、二年前の卒業生に停学と罰金の学院記録を塗り替えたモンスター生徒がいたって聞いたけど、そいつも黒髪かよ……良い迷惑だ」

楓が言うが、私語を注意されてるのにまだ喋るとか、お前もなかなかの逸材だぞ。

「いいでしょう……そこまでこの私、ヴァニラ＝フォン＝ジャッカルの授業で傍若無人に振る舞うと言うのであれば、こちらも考えがありますわ。今から試験をやります」

「「ええっ!?」」

「ふふ、当然でしょう？　それだけ自信があるから余裕を見せていらっしゃる訳なのだし。ですから、一人でも不合格者がいれば、クラス全員、単位は無し、つまり仲良くみんなで留年して頂きますよ……ククッ」

深紅の瞳に軽蔑の笑みを湛《たた》え、黒ローブの女教師は言い放った。

第七話　留年と単位を賭けた一発勝負

「なあっ?!　全員留年って！」

「ええ？　一度の試験で？」

「そんなの無茶苦茶だ！」

「おい、アレック、どうするんだよ！」

「勘弁しろよ……」

「テストも何も、まだ何にも習ってないぞ」

「抜き打ちだわ」

「うう、どうしよう、私、お父様に留年だけはするなって言われたのに……」

「私も授業料、三年分しかもらってないのに」

クラスメイト達も驚いて、口々に不安と不満の声を漏らす。

「ヴァニラ先生、俺と楓の授業態度が気に入らなかったのなら、それは謝るし、俺達を留年にするだけで充分だろう。だが他の奴は黒髪じゃないぞ」

「おい馬鹿っ、私を巻き込むなっ！」

楓が怒るが、お前を巻き込んだのはこの女教師だ。いや、黒髪が理由だから、レティが全部悪いな、うん。

「それに、一度の試験で単位の認定を決める最終試験だ。となれば、一発で合格すれば全員の単位は約束されるってことだよな？　残りの授業はサボってもオーケーだ」

俺は【話術　レベル5】で攻めに出る。

「何をおかしなことを。これはあなた方が私の授業を受けるにふさわしい資格が有るかどうかを見極めるだけのこと。だから合格したからと言って、単位は差し上げません」

「なんだ、この学院は諸国に名を轟かせる名門校だと聞いていたが、ブランドネームにあぐらを掻いて、先達の努力と栄光をかすめ取る無能教師しか残っていないのか。残念だ」

「なんですって！　私を『無能だ』などと、入ったばかりの新入生ごときが、増長も甚《はなは》だしいです！　私の実力を知りもしないくせに！」

「それだ。ヴァニラ先生、アンタは一流の教師に必要な能力はなんだと思う？」

俺は目を鋭く光らせて問う。

「ええ？　……それはもちろん、優れた魔術を教えられるかどうかですよ。ここ魔法学院においては、大魔法を熟知し、理論も実技も完璧にこなす一流の魔導師だからこそ、私はここで教授をしているのです」

「違うな。あくまでそれは教師として最低限必要な資格、前提の能力でしかない。ただ大魔法を知ってるだけなら、それはその辺の魔導師だっていい。一流の学校にふさわしい教師であれば、それプラス、『教える技能』が優れていなくてはならないッ！」

俺は断言してやった。

「ふう、何をさえずりになるかと思えば、そんなくだらないことですの？　私は教える能力においても一流です」

「授業態度が真面目で、優秀な生徒にしか教えられない奴が、か？　笑わせる」

「なっ！　一流の教師が、一流の生徒に教えるのは、当たり前ではありませんの！　授業が不真面目で馬鹿な生徒では、いくら優秀な教師であろうと成績を上げることは無理ですわ」

「本当にそうかな？　一流の生徒ならその辺の三流教師でも勝手に育つだろう。イージーモードだ。授業を真面目に受けさせる能力も、教える能力の一つじゃないのか？」

「くっ、それは……」

「なるほど、確かに初めから優秀に育つと決まっている者を集めて教える教師より、不真面目な奴も引き上げられる教師の方がレベルとしては上だな」

楓も納得した。あるいは納得するフリをして俺の論理を援護したようだが。

「言われてみれば……」

「アレックの言うことも間違ってはいないよな」

「教師が生徒を選ぶってなんか、ずるくね？」

他の生徒達も一理あると思った様子。

「そ、それは、理想であるかもしれませんが、現実問題としてクラッシャー・レティのような学校崩壊を引き起こす問題児や、学ぶ気も無い者に教えるのは無理ですわ！」

言質《げんち》は取った。

「お前ら、学ぶ気はあるよな？」

俺はクラスメイトを見回して問う。

「「もちろん！」」

「くっ、でしたら、遅刻などと、学ぶ姿勢が根本から疑われることをしないで頂きたいですわね」

「そこは反省している。やる気があってもこの歳だからな。尿が近いんだ」

「嘘おっしゃい！　そこまで高齢でもないし、さっきあなた方は迷ったと言ったではありませんか！」

「分かった分かった。軽いシニアジョークだ。それで、試験はどうするんだ？　まだやるつもりなのか？」

「もちろん、行います。あなたの言い分も採り入れて、これに合格すれば全員の単位取得は認めます。ただし、フフ、落ちれば即時留年ですわ」

底意地の悪い女だ。

「よし、受けて立とう」

「「ハァ!?」」

クラスメイトが怒りの籠もった声を上げるが、仕方ないだろう。ヴァニラは教師として試験を行う権限があるし、成績評価についても本来、生徒ではなく教師が決める事。条件交渉もこれが精一杯だ。

文句があるなら、自分で交渉してもらわないとな。

「自分の力を信じろ。それに、不合格でもみんなで留年すれば恐くない。授業料は俺が持ってやる」

「そういう問題ではありません！　お姉様、まさか私もですか？」

メリッサが姉と呼んで問うたが、ヴァニラもジャッカル家の一員だったか。まあ、前髪ぱっつんの髪型は一緒だな。ドリル・オプションが無いだけで。あと胸の大きさも違うな。

「ええ、それはそうでしょう。身内だけえこひいきしたのでは教師が務まりません。数々の大魔導師を輩出したジャッカル家の一族でありながら、高等部入学を逃し中等部などと、恥さらしにはちょうど良い罰です」

「くっ、あれは……」

拳を握りしめ、俺を恨めしそうに睨んだメリッサだが、まあ、入学試験でアクシデントがあったからな。謎の黒魔術師が召喚した黒ナメクジに妨害されタイムロスしている。それが成績に響いたのだろう。

だが、メリッサは文句までは言わず、ため息をついて黙り込んだ。

「試験は大地魔法です。二人ひと組で協力し、魔力交換をして三センチの木の芽を一メートルの高さまで伸ばすこと。制限時間はこの授業が終わる時間までとします」

「そんな！　成熟した木ならともかく、芽から伸ばすなんて難易度が高すぎですわ」

「オレ、大地魔法なんて使ったことないぞ……」

「私も……」

「ああら、この程度もできないなんて、ここを自主退学して三流魔術学校にでも入り直した方があなた方の身のためかもしれませんわねぇ。フフフ」

教師ヴァニラが手を口に当てて意地悪そうに笑

う。

「その大地魔法の呪文は教えてもらえるんだな？」

「ええ、もちろん。お手本も見せます。――母なる大地に根ざす芽よ、その恵みを集め、マナを糧として伸びよ！【ウッドグロウ！】」

ヴァニラが赤い宝石のついたロッドを軽く振って地面を指し示すと、そこに生えていた植物の芽がみるみるうちに大きくなり、高さ五メートルほどの立派な木に育った。

この魔法、思った以上に高度なようだ。植物の生長《せいちょう》をいじるとは。

木を触ってみたが、やはり幻術では無かった。実体がある。

「す、凄い！　魔法陣も触媒も使わない言霊《ことだま》だけで、ここまで育てるなんて！」

「一瞬だったわね……」

「……無理だ。オレなんて毎日五年唱えても、背の高さにしか育てられなかったんだぜ？」

「皆さん、感心して泣き言をぼやく暇《ひま》があるなら、先に呪文を唱えなさい！　私達の実力では、時間がいくらあっても足りませんわよ」

メリッサが率先して促すが、まあ、自分も留年になりたくないだろうし、リーダーシップの発揮とは少し違うだろうな。協調性がある子には見えないし。

「お待ちなさい、二人ひと組と言ったでしょう。交互に呪文を唱えるか、魔力の受け渡しが無い場合は、即失格としますよ」

ヴァニラが言う。二人で一本の木だから一見、ハンデを与えてくれたようにも見えるが、協力前提というのは厄介だ。

このクラスはまだ昨日顔合わせしたばかりで、能力もばらつきがある。

「鬼……！」

メリッサがロッドを握りしめて呻《うめ》くように言う

が、姉のヴァニラはそれを見て薄笑いを浮かべただけだ。

彼女はそれ以上何も言わないし、入学試験とは違って、組分けはこちらで決めないといけないようだな。

「じゃ、みんな頑張りましょう。ペアを組んでね」

「よし、お前ら、基本魔力値の高い順に並べ。高い者と低い者が組むぞ」

星里奈の他に誰も具体的な指示をしないので、俺が仕切ることにした。

第八話　抵抗するクラスメイト

教師ヴァニラの科目で、単位と留年を賭けた一発勝負の実技試験をやる羽目になってしまった。

要注意人物の教師らしいが、ま、今は実技をこなしてどうにかするしかない。

一人でも不合格者が出れば、このクラスは全員留年決定だからな。

『二人ひと組で』という制限もついているので、俺は能力が平均になるよう、基本能力値の魔力値を基準にパートナーを決めようとしたのだが。

「あ、じゃあ、ボクがドベだね。魔力値は1だし」

マリリンがあっけらかんと言う。

「「「1!?」」」

「マジか。ドワーフの戦士でもそんなに低い奴なんて、なかなかいないだろ」

「お前それ、魔術師を目指していいレベルじゃねーだろ！」

クラスメイト達が怒って言うが、確かに1の奴はあまり見ないな。

「むー、いいじゃん、うちは代々魔術師の家系だったんだから。魔法はちゃんと使えるし」

頬を膨らませたマリリンは自分のアホ毛を指で

いじった。

「そうだぞ。今はあれこれ言ってる場合じゃない。マリリンは俺と組め」

俺もマリリンの肩を持って言う。

マリリンも入学試験の『ふるい分け』を突破してここにいるのだ。基本能力値は低くとも、レベルを相当鍛えたか、魔術の熟練度が高いはずだ。

「おお、ありがとー。ちなみにアレックの魔力値はいくつなの？」

「23だ」

「えっ！」

「「はあああ?!」」

「またまたご冗談を」

「ふう、事実よ。私がギルドカードを確認して、魔法ギルドにも問い合わせて偽造じゃないことは調べたから」

メリッサが言うが、お前、あれからわざわざ問い合わせに行ったのか。よほど疑り深い奴だ。

「フッ、ちなみにアタシも23だ。驚け、そして褒めろ」

楓がニヤついて言うが、お前もリセマラ勇者かよ。

「凄い奴らがいるな……」

「あ、じゃあ、オレも3で低いから……」

「待ちなさい、それ嘘でしょ。エルフで5を切る奴がいるわけないじゃない！」

生徒の一人が言うので俺も【鑑定】してそのエルフを見たが、確かに11だった。

おい……。この組み合わせだと、パートナーに魔力値の高い奴が来るから、わざと低く申告したんだな。

「こいつは11だ。いいか、全員が合格しないと意味が無いんだぞ。自分だけ楽をしようと思うな。だいたいMPやレベルもあるんだから……もういい、俺が【鑑定】で全部並べ替えてやる」

俺がスキルを使って嫌がるクラスメイトを引っ

張って順番に並べていく。

「嫌ぁ、並べないで！　魔力値を知られたら、アタシお嫁に行けないわ。うちは代々魔術師ってのが売りなのに！」

「うるさい、レベルを上げてMPで勝負しろ。というか、料理修業でもメイクでも何でも良いから女子力を高めて能力の高い魔術師を婿にもらえ」

「くっ、アレックめ、大事な個人情報を！　僕の最高レベルスキル、【基本能力値・魔力限定の閲覧妨害　レベル4】を舐めるなよ！」

何でこういうときに限ってニッチなスキルを持ってるかな。

だが、俺の【鑑定】はマックスのレベル5だからな。それでも余裕だ。

「お前は魔力値8だ」

「ば、馬鹿な……み、見破られただと!?　今まで親父にも内緒にして、城の鑑定人にも見破られたことが無かったのに！　くう、僕の自慢のスキルが……ああ、生きていく自信を無くした！　絶望したっ！」

「もう後で勝手に死になさいよ、そんな使えないクズスキル。ほら、ぼさっとしてないで、組んだ人から早く唱えて！　時間が無いでしょう」

メリッサも協力してクラスメイトを移動させる。

「どうせ無駄だろ」

「そうよ。私達がいくら頑張っても、マリリンみたいな落ちこぼれがいたら無理よ」

「いいや、マリリンは俺がカバーする。いいからやれ。手を抜いた奴、美人の女子は俺が【レ○プ】で犯すぞ」

「「「ええっ!?」」」

「そうよ。他の男子も本気出さないと、私がお父様に言いつけて闇討ちや、卒業後もコネ・シャットアウトにしてやるから、覚悟することね」

「くそ、闇討ちって汚《きたね》えぞ」

「ジャッカル家に睨まれるのかよ……」

「ど、どうしましょ。一生懸命やっても手抜きと言われてレ○プされちゃうかも……アタジは今まで三十二年間も頑張って清い体を守ってぎだのに、こんなところで処女を奪われるなんて、あんまりだわ！」

相撲取りの横綱みたいな女が頬に両手を当て体をブルブルと震わせるが。

お前はストライクじゃ無いからどうでもいいぞ。

俺は「美人の女子は」って言っただろ。

「ミーナ、お前はやれそうか？」

「はい、ご主人様、忍者は初級の魔法なら使えるクラスですので」

「ほう」

となれば、リリィも佐助が勝手にカバーするだろう。

組分けが済んだので、俺はそこに生えている芽に【ウッドグロウ】の魔法を唱えようとしたが、嫌な予感がした。

後ろを見ると、勝ち誇った顔でヴァニラ先生がこちらを見ていた。

そうか、二人交代で分担して育てないと失格という条件だから、俺が一発で一メートルの高さにすると、それを理由にして留年させるつもりだな。

汚え女だ。

「マリリン、お前から先に呪文を唱えろ」

「うん、分かった。ええと、――母なる大地に根ざす芽よ、その恵みを集め、マナを糧として伸びよ！【ウッドグロウ！】」

筆記の成績は悪かったくせに、呪文はとちらずに一発で復唱しやがった。しかも魔力のコントロールも良い。

コイツ、思っていたよりずっと筋がいいな。

ただ、マリリンの魔力値が最低のため、五ミリ程度しか生長していない。

「次は俺がかけるが、構わないな？」

「ふん、交代か魔力交換と言いました。ご勝手にどうぞ」

　プイッと面白くなさそうに目をそらしたヴァニラは、不快さを隠しもしないようだが、試験の判定はそれなりに公正にやるようだ。

　こんな奴が、フォックス村に『白い鳥』を召喚して村人を襲わせたり、魔法学院の入学試験を妨害したりするだろうか？

　何か違う気がしてきたが、ま、それを調べるのはあとだ。

　さて、一気に片付けるか。

　俺は【魔法知識】のスキルも使い、さらにクラス『賢者』も活かして魔法文字《ルーン》選びからやり直すことにする。

　強い言霊を使えば、それだけ時間短縮が可能で、俺以外のクラスメイトも同じ呪文を使えば合格しやすくなるのだ。

　教えられたことしかできない人間はマニュアル型人間で、それでは人類の発展も無いからな。

　まず『大地』――

　これはもっと大きな言霊が良い。

　大地だと、イメージとしてはせいぜい見える範囲の表面上の土ということになるが、もっと範囲を広く大きく深く使うなら、ここは『惑星』だろう。

　だが、俺の【魔法知識】がそれは様式から外れていると指摘するので、こちらの世界の様式に合わせ、『星』という言霊に変換する。

　『芽』にも修飾語をさらに付け加え、『生命の』という力強い言霊を選び出す。

　『集める』ももっと強烈に、手段を選ばず、効率だけを重視して『奪い』に変える。

　あとは『伸びよ』だが……。

　これも『天を突け』と攻撃的な文言にして、生長速度のみを重視する。

　完璧だ。

　これで時間を掛けずに合格基準の一メートルま

で育てられるだろう。

「——母なる星に根ざす生命の芽よ、その恵みを奪い、マナを糧として天を突け！　【ウッドグロウ！】」

俺が唱えると、カッ！　と芽が光り、ドゴン！　と地面が派手に割れ、直径一メートルくらいの太い幹となって木が伸び始めた。

いや、伸びるなんて生やさしいスピードではなかった。これはまるで弾丸かロケットのように気持ち悪いくらいの速さだ。木が垂直に飛んで伸びていく。

「うわっ！」

「な、なんだぁ」

「あ、あれはまさか、オリジナルルーン!?」

「お、おおぅ」

自分で唱えておいてなんだが、ちょっとビビった。危うく伸びる木に巻き込まれてアッパーカットを食らうところだったが、そこは剣士としての修行も積んだ俺だ。動体視力もスキルで上げているから普通によけられた。

近くにいたマリリンも素早い奴で、割とコイツもレベルが高いよな。さっき【鑑定】したときレベル38もあったし、冒険者としての経験も豊富そうだ。

とにかく怪我人が出なくて良かった。

「よし、クリアだな。おーい、もういいぞ、木」

魔力は停止したのだが、まだ伸びている。全然スピードが落ちない。

「ちょっと、もういいでしょ。何やってるのアレック。早く止めなさいよ」

メリッサが咎《とが》めるような声で言うが。

「いや、止め方がよく分からん」

俺も正直に言う。

第九話　団結するクラスメイト

実技試験をクリアするため、俺はちょっとオリジナルを混ぜた呪文を唱えたが、木の生長が止まらなくなった。

「ええっ？　知ってる魔術ではないの？」

メリッサが驚いて聞き返す。

「まあな。即席でルーンを変更した。ふむ………いささか、まずかったか」

「いえ、アレック、のんびりしてる場合じゃないでしょう！　これは、さっきのルーン、この星の魔力を全部使って伸びているのでは？」

それは、凄くまずそうだ。

「オホン、ヴァニラ先生、何とかして下さい」

ここは生徒として頭を下げる。

「クッ、信じられません……あと、アレックさん、ルーンの変更は危険ですから一度に複数はおやめなさい。それで成功させるなんて、レティと言い、あなたと言い、一文字違う『天災』魔術師ですわね」

レティと同列に語られるのは納得が行かないが、先生の言うことはもっともだ。

いや、ここまで凄いスピードで伸びるとは普通思わないだろ？

「了解です。すんませんした」

「ふう、とにかく、魔力の供給を遮断するしかありませんね……これだけの術式、ＭＰが５００あっても普通は起動なんてできないはずですのに、もう……。――ジャッカルの血族が命ず、我が声が届くマナよ、正常な流れに戻れ！」

木の生長がピタッと止まった。

「さすが先生」

「「おおー」」

俺も生徒も尊敬の眼差しになる。

「ふう、何とか魔力の流れは止められましたけど、これ、後片付けがどうにもなりませんね。アレックさん、片付けの魔法は？」

「いやあ、自信ないです。やれと言われればやってみますが、何も保証はありません。強く推奨されません」

「ええ、もう結構です。下手に刈り取ると倒れて危険でしょうし、燃やすのもダメですね。学院長にご報告して対処を考えて頂きましょう。はい、他の生徒さんは実技を続けて」

あっさりした対応だが、ま、誰かが何とかできるのだろう。

生徒達が気を取り直して呪文を唱える。もちろん、先生が教えてくれた安全でノーマルな呪文でだ。

しかし――。

「くそー、一回で三センチしか伸びねえぞ！」

「これじゃ時間は間に合っても、ＭＰが持つわけ無い」

「なら、アレしかないわね……」

「そうね……面倒臭いし」

クラスメイト達が目を合わせ、確信犯的な表情でうなずく。

「ハッ！　ダメですよ！　それはいけませ――」

「「「――母なる星に根ざす生命の芽よ、その恵みを奪い、マナを糧として天を突け！【ウッドグロウ！】」」」

クラスメイトが全員で斉唱し、俺とメリッサと楓と星里奈その他全員の強者もこっそり魔力を融通し合う。

地面が派手に割れた。

やるな、このクラス。手でルーンを形成している者もいて全員ハイレベルだ。

全員が術の起動に成功とは。

「お、お馬鹿さんですか、あなた達はァアアア――ッ！」

ヴァニラ先生の怒りとあきれと悲痛の入り混じ

った絶叫が辺りに響き渡った。

「よし、全員一メートルは突破だ、合格！　ということでずらかるぞ！」

俺はそう言って走り出す。

「ええっ、いいの？」

マリリンが先生を見て迷うが。

「叱られたい奴はその場に残って優等生でもやってろ」

「ごめんですわね。お姉様の性格からして、ネチネチ叱るのは目に見えていますわ。完全にキレてましたし」

メリッサも走る。

「良くないけど、あの先生はちょっと苦手だもの」

星里奈も走る。

「にひっ！　私、知～らないっと」

リリィも走る。

「仕方なかったのです！」

ミーナも走る。

「うわあ、それはヤバイと思う……」

と言いつつ、マリリンも走る。

「はわわ、『これやべえけど、ま、アレックが全部悪いし――』『そうそうアレックのせいですわ、私悪くないし』」

クラスメイトの心ない言葉を代弁しつつ、ネネも必死で走る。

「お前ら、馬鹿だろ！　本気で馬鹿だろ！」

と言いつつ、楓も走る。お前も呪文、唱えてたな。

「ああっ！　嘘ッ!?　呪文が干渉して流れが止まらない!?　まずい、まずい、まずいですわ！　ちょっとあなた達、手伝いなさい！　叱らないから、お願い、誰か助けて！」

ヴァニラ先生の声が懇願に変わるが俺は足を止めない。

「アレック、本当に大丈夫なのか？」

楓が走り続けながら真顔で聞いて来るが。

「問題ない。ここはプロフェッショナルの教授陣がたくさんいるんだぞ。素人が下手に手を出して悪化させては事だからな。ほら、もう飛翔魔法で援軍が来た。俺達は先生の指示に従って避難しているだけだ。素人の俺達にヴァニラ先生ができないことをできるはずもないしな。足手まといだ。つまり避難指示が正解なんだ」

きっとヴァニラ先生はそんなこと言ってないと後で主張するに違いないが、俺達は混乱の中でそんな幻聴を耳にしてしまったのだ。

あるいは誰かのイタズラかもしれないが、それを聞き間違えたからと言って、叱られることでは無いだろう。

「なるほどな、お前、頭いいな。よし、先生の指示通りに避難だ！」

「「おう！」」「「はい！」」

息の合った返事だ。

すべてを知っていて、後で個別に尋問にかけられようとも、口裏を合わせて墓場まで秘密を黙って持って行く――そんな信頼できる声だ。

翌日の放課後、俺は職員室に呼び出された。

木の生長は止まっていたのでここの教授陣はやはり魔法には長けているようだ。ただ、大木が生えたままになっているので、片付けまではすぐとは行かないらしかった。

「ああもう、なんなのかしら！　あのアレックって人は！　せっかく苦労して名門校の教師になったって言うのに、問題児だなんて！　ヴァニラ先生にはネチネチと嫌みを言われるし、だいたいそんな一日二日で指導できりゃ苦労しないっての！」

担任のキャロライン先生が自分の机に向かってキレ気味にぶつくさ言っているが、ま、呼んだのはそっちだしな。

「先生」

「うひぃ！　あ、アレックさん、いつからそこに？」

「今さっきだ」

「そそそうですか。あ、校長先生がお呼びでしたよー」

笑顔で言う先生だが、そんなに俺がヤバそうに見えてるのかね。

「分かった」

職員室の奥に見えているドアに向かう。

「アイツがアレックか……」

「世界樹を生み出す天災魔術師か。やれやれだ」

「いい歳だが、すでにどこかの弟子ではないのか？」

「冒険者をやっていると言うぞ」

「クラッシャー・レティのような生徒は二度と出てこないだろうと思ったが、なるほど、世の中は広い」

「入学三日目で学院長室行きとはな」

「なかなか興味深い」

ローブ姿の教師達がひそひそ話をしているが、さほど怒っている教師はいないようだ。

「待ちたまへ、アレック君」

白地に銀糸のきらびやかなローブを着た若い男性教師が俺を呼び止めた。どうでもいいが、変な言葉遣いだ。

「何だ？」

「うっ……オホン、君はあれほどの呪文をどこで覚えたんだい？　師の名を教えてくれないか」

「師匠はいないぞ。ちょっと思いつきで呪文をアレンジしたらああなっただけだ」

俺はありのままに言う。

「お、思いつきで……!?　いやいや、まさか、そんな馬鹿な」

「話はそれだけか」

「ま、待ってくれ。君にはその……何か秘密があるんだろう？　そうでなくては、あんな世界級《ワールドクラス》の呪文を使えるはずがない」

「秘密か……無いとは言わないが、それをアンタに教える義理はないな」

「なにっ！　な、生意気だっ！　僕は君を指導する立場としてだね！」

「およしなさい、チェリー先生。ここでは魔術がすべて。たとえ相手が生徒であろうとも、教えを請《こ》うからには怒らせてはねえ。上手く行きませんよ」

年配の女性教師がニコニコしながら言うが、物の道理が分かってる人だな。

彼女がお行きなさいとばかりにうなずいてくれたので、俺はチェリーボーイを放置して学院長室のドアを開けた。

「いえ、教えを請うなどと、僕はただ、事情を調査してですね、あっ、まだ話は終わってないぞ！アレック君！」

エピローグ　魔法学院の学院長先生

うるさいのでさっさとドアを閉めようとしたら、チェリー君は何か呪文を使ったようで、素早く学院長室に割り込んできた。ガン！　と鼻を派手にドアにぶつけていたが。

「ふぐうっ！　おおおお……！」

「大丈夫か？　ほれ、ポーションだ」

スゲえ痛そうな当たり方だったから、同情して俺も親切にポーションを出してやる。

「フン。結構だ、持ち合わせくらいは僕にもある。いいかい？　今のはたまたま失敗しただけだ。弘法にも筆の誤り、と言うだろう」

ウザいのに捕まってしまったな。さすがに教師とあっては出て行けとも言えないか。

「それはどうでもいいが……」

俺は学院長室の中を見回した。立派な調度品が置かれているが、そこは魔術の学校たるゆえんか、棚には色とりどりのポーションが並べてあり、中にはぶくぶくと泡立っているヤバそうな薬も置いてある。

プルプルと赤色の粘着質の液体が瓶の中で震えているが、何に使うんだ、あれは。気持ち悪いな。

正面の大きなデスクには黒猫がちょこんと座っているが、肝心の主はお留守のようだ。

俺は待たされるのは嫌いなんだがな。

「よく来たの、アレック」

むっ、猫が喋った？

いや、わずかにだがデスクの後ろに気配がある。

「何をやってるんだ」

俺は【浮遊】でデスクを飛び越え、ひょいと猫ではないそいつを掴み上げる。

「ひゃっ！　ホホホ、もう見つかってしまうとは、なかなかじゃな、おぬし」

小学生みたいなロリっ子がだぶだぶのローブを着て笑っている。

「お前が学院長なのか？」

「おい、アレック君！　失礼だぞ！」

後ろでチェリー先生が怒っているので、どうやら本当にこのロリっ子がここの学院長のようだ。

白ヒゲの厳《いか》めしいジジイを予想してたんだが……まあいい、ジジイよりは美少女がいい。

じゃあ入学式の時に長話をしていたあのジジイは何だったんだ……？　ま、どうでもいいか。

「よいよい。いかにも、妾《わらわ》がここの学院長、校長先生じゃ。ルナちゃん、とフレンドリーに呼んでくれてもいいぞ」

「学院長、説教ならさっさと始めてくれ」

「つれない奴じゃな。めっ！　ハイ、終わり」

……俺も地球ではたくさんの教師に接してきたが、一秒で説教が終わったのは初めてだ。

「学院長！　いくらなんでもそれはあまりに。学院の威厳に関わります」

「チェリー、おぬしはここに来て日が浅いから仕方ないが、ここでは魔術がすべて。威厳も魔術を示してこそ、じゃぞ？　たとえば――流転の理《ことわり》より開け、古《いにしえ》の主従の儀をもってアレックに命ず、回れ」

学院長が杖をこちらに向けて呪文を唱えてきた。

「くっ!?」

俺の体が無重力にでもなったようにクルクルとその場で回転し始める。

これは、重力魔法？　いや、言霊はそんな感じの類《たぐ》いじゃないな。コイツと主従の契りを結んだ覚えは無いが……何かチート級の因果律を用いている様子。

レジストもダメ。

【浮遊】で姿勢をコントロールしようとしたが、これも全然、上手く行かない。

【酔い止め】があるから酔って吐くということはないが、いいように体を回されては面白くない。

なら、魔術には魔術で、だな。

「――四大精霊がシルフよ、その羽ばたきを突風となせ！【ウインド！】」

俺は風魔法を使って自分の姿勢を制御する。もちろん、結界を張ってスマートに。俺の体以外は飛ばさない。

「おやおや、力業じゃのう。初級魔術では面白みに欠けるが、魔力のコントロールは『賢者』クラスと言ったところか」

「こ、こいつ！　無詠唱の結界魔法も同時に扱えるというのか！　中等部に入学したての一年生が？　馬鹿な……」

チェリーは驚いてくれたのだが、俺の体がランダムであちこちの方向へ回転するので、風で制御するにしてもワンテンポ遅れて直立姿勢が保てない。

スキルを取って対抗すればどうにかできるかもしれないが、説教や威厳の争いなんかでそこまで全力を出してもスキルポイントがもったいないだけだな。

「降参だ、学院長」

「ふむ、よかろう。冒険者だけあってこの程度では目も回さぬか。もっと必死になる試練を与えた方が伸びそうじゃが、これはきちんと舞台を整える必要もありそうじゃな」

ロリ学院長がおっかないスパルタ教育をほのめかしてくれるが。

「それもお断りだ。俺はある目的があってここに入学している。魔術は適当でいい」

村におかしなモンスターを召喚した黒魔術師やら、一年後に現れる黒いイソギンチャク。奴を倒すための【次元斬】スキル。その習得について魔法剣士へ転職して確かめる必要があるのだ。

もちろん、女子寮への侵入というのも大きな目的の一つだが。

「ホホホ、それで良いのかえ？　勇者アレック。おぬしのハーレム王国は未だ滅びの運命《さだめ》の途上にある。アレを倒すのには、まだ足りぬの」

「てめえ、なぜそれを知っている！」

「フフ、それを教える義理は妾にはないのう」

ムカつくガキだ。魔法で争えってか？

いいだろう。受けて立ってやる。

「ジャジャジャジャジャジャジャジャジャジャジャジャジャジャジャジャジャジャ！」

【超高速舌使い】による【アイスジャベリン】の連打。

この至近距離の飽和攻撃ならば、いくら相手が魔法学院の学院長であろうと、ノーダメージってことはないだろう。

バリアを張ったら、瞬間移動で内側へ跳んでぶちのめしてやる。

「ちょーっ！　アレック君、よさないか！　先生に、よりによって学院長に刃向かうなんて、退学どころじゃ済まないよ、君！」

チェリーが動転して止めに入ってくるが、邪魔だな。学院長の話を聞いてなかったのか。

　ここでは『魔術がすべて』だろう。

ただ、実力としてはチェリーもこの学院の教師を務めるだけあって、無詠唱で肉体強化の魔法を使ったか、動きは俊敏だ。

　こちらもよけきれないと判断して【瞬間移動】で躱す。

「てっ、テレポートだとぅ!?　で、伝説級魔法を無詠唱でぇ!?」

　いや、スキルだから。

「ホホホ、これは楽しませてくれるのう。今年の入学生は粒ぞろいじゃ」

　笑う学院長は最初こそバリアで受けたが、そこからファイアボールを無詠唱で連打し、アイスジャベリンにぶつけて蒸発させてきた。

　初級魔法で、リセマラ勇者の中級魔法を上回る威力とは恐れ入るが……。

　だが、勝ったな。

　俺に炎の呪文は効かないぜ？

【火炎耐性　レベル5】があるからな。

「あ、あちっ！　つめてっ！　二人とも、ここは神聖なる学び舎にして知識の最高学府、野蛮な争い事はいけません！　こういうときこそ、お互い冷静になって話し合いで平和的に！」

「チェリー、お前に当てるつもりは無いから中途半端によけるな。邪魔だ」

「チェリー先生、魔法で熱く語り合うのがこの学院の伝統じゃ。この学院の創設者にして希代の魔《ま》砲師《ほうし》、怒れる魂《レイジング・スピリッツ》ナノハもそう説いておいでじゃ」

「そんな無茶苦茶な！　これは語り合いじゃなくて、ただの撃ち合いじゃないですか！」

　その通りだ。だが、魔『砲』師などと、そんな職業もあるとは、魔術も奥が深いな。

「おや、ダメージが入らぬのう。属性バリアの呪文ではなさそうだから、アーティファクト級のレアアイテムか天恵《ギフテッド》か。いいのう、鑑定縛りはこれだから面白い」

学院長は【鑑定】を自ら封印して戦っているようだが、俺の運命を読んだのは【予知】系のスキルか魔法だろうか。

――それよりも。

「チッ、まだ弾切れにならないのか？　くそっ、【魔力生成】持ちじゃないだろうな……？」

俺が持っているスキルを、このロリ学院長が持っていないとは限らない。

「ホホホ、そんな悪魔みたいなスキルは持っておらんぞえ。各種ブースト装備と日々のＭＰ健康飲料の賜《たまもの》よ」

となれば底があるか。

だが、ロリ学院長も弾切れまで同じ魔法を使う訳がなく、電撃魔法に切り替えてきやがった。

これは俺の【魔法知識】によると、中級の【ライトニング】だな。

「ホホホ、ほれほれ、よけろよけろ。良い的《まと》じゃ」

俺の方のアイスジャベリンは魔法障壁《バリア》によって防がれているが、その内側へジャンプして手を伸ばしても、奴はさらに内側に障壁を作って後ろに下がるので、いたちごっこになっている。

「くそっ！」

奴の電撃が次々と俺の体を貫き、ダメージも半端では無い。さすがに名門魔法学院の長、攻撃魔法の威力は手加減していてもかなりのものだ。

コイツが最初から本気を出して大魔法を使っていたら、俺も勝ち目が無いか。

だが、このまま降参でも面白くない。

一矢報いて、一撃は与えておかないと『風の黒猫』の面子《メンツ》に関わる。

いや、少し違うな。

面子なんてものはどうだっていいが、全滅の運命を抵抗もしないで良しとすると思われては、生き方の沽券にかかわる。

誰だって、少しくらいはあがいて見せないとな。

俺はそう考え直し、バリアを張っている相手に最高のヒット率が期待できる呪文を使う事にした。

圧倒的な力で完全に魔法を防ぐ魔法障壁《バリア》を持つ相手に、どう対処するか？

【瞬間移動】を手当たり次第に使って体当たりする手もあるが、学院長を殺したいわけじゃないからな。

それにこのスキル、人間同士の体が重なったときにどうなるか、慎重を期する俺は一度も試したことは無い。

となれば、コレだ。

「――大地に墜ちるリンゴの呪いを幾重にも重ねよ、さすれば意に沿わずとも汝の頭《こうべ》を垂れん！

【グラビティ・ヘッドショット！】」

『賢者』たる俺が【魔法知識】と現代知識を総動員し、レティが以前に使った魔法もヒントにして使った魔法。

それはカスタマイズ重力魔法だ。

これならば、障壁を越える事ができるはず。

もちろん、相手は超一流の魔法使いである。

同時詠唱で爆裂の呪文も唱え、陽動と圧力も掛けておく。

「むっ、この呪文は、いかん！」

ロリ学院長は俺の詠唱する呪文がどんなものかを途中で見抜いたのか、顔色を変えるとすぐさま別の呪文を唱えてきた。

だが、俺の方が一歩早かった。

学院長室が閃光に包まれ、衝撃がすべてを圧倒した。

ズゥウウン……！

と思った以上に派手に爆発し、気がつくと壁が綺麗に無くなり、青空が見えていた。

室内は瓦礫《がれき》の山だ。

……いかんな。ちょっとやり過ぎた。

「ふう、やれやれ、この学院長室を吹き飛ばしたのはお前で二人目じゃぞ」

瓦礫の下から出て来たロリ学院長は……信じがたいことに、傷どころか埃《ほこり》一つ、付いていなかった。

俺の付け焼き刃のオリジナル呪文ではこんなものか。

——面白い。

徹底的に魔術を学んでやろうじゃないか。

間章　アレックの気ままな学園生活《スクールデイズ》

第一話　ミーナと音楽室

　この学院のどこかに黒き魔女がいる。

　放課後、俺はミーナを伴って学院の中を捜索していた。

「ミーナ、奴の臭いはするか？」

「いえ、ここにもいないようですね……」

　シューベル山で後ろ姿だけ見せて去っていった魔女。召喚魔法に長《た》けているはずだが、手がかりがあまりにも少ない。人相も分からないときた。

　ミーナの嗅覚だけが頼りだ。

「そうか。念のため、黒いナメクジがいないか、捜しておくか」

「はい、ご主人様」

　誰もいない教室に入り、物陰を一つ一つ確認していく。ここは音楽室で、手前には大きなグランドピアノがあった。

「ご主人様、全て確認し終わりました。モンスターもいません」

「よし。……ピアノか。懐かしいな」

　俺はピアノの蓋を開けて、前に座る。黒鍵を一つ二つ押してみて、音程を確かめてから、『ねこふんじゃった』を弾いてみる。

「わぁ、ご主人様、ピアノも嗜《たしな》まれるのですね！」

　ミーナがパタパタとしっぽを振って感激するが。

「弾けるのはこれだけだがな」

「でも凄いです。あの、私も一度弾いてみたいのですが、構いませんか」

「もちろん、いいぞ」

ミーナと席を代わってやり、弾く鍵盤の音程を指さして一つ一つ教えてやる。

「ここですね。ああ……指がもつれて上手く弾けません」

「まぁ、誰だって初めはそうだ。練習しなけりゃ上達しないからな」

「ご主人様も練習を？」

「ああ、やったな」

「そうですか。では、また時間を見て挑戦しようと思います」

「うん、それがいいだろう。ところで……」

俺は座ったままのミーナのお尻に手を伸ばす。

「あん♥　ご、ご主人様、ここで？　ですか？」

「ちょうど誰もいないんだ。誰か近づいてきたら臭いで教えろ」

「わ、分かりました」

やや緊張した面持ちのミーナの真後ろに回り、まずは服の上から撫でまわしていく。

「んっ、ああ……ん」

時折、ビクリと体を震わせながら、目を閉じて俺の与える快楽を堪能するミーナ。

俺の求めに応じ、唇を合わせて舌を絡めた。

二人とも期待が高まったところで、ミーナの服を脱がす。

「ああ、ご主人様……」

悦びに胸を膨らませてか、頬を紅潮させたミーナが微笑《ほほえ》む。

こちらもはちきれんばかりに膨らんだ性剣を入れてやろうとするが、このピアノの椅子だと少しやりにくい。

「私が立ちましょうか？」

察したミーナがそう言うが。

「いや、もっといい方法があるぞ。任せておけ」

「はい、ご主人様。あっ！」

ミーナの体をこちら向きにして、鍵盤の上に乗せる。

「あの、ご主人様、これでは鍵盤の音が」

「構いやしない。ここは音楽室だ。防音はしっかりしてるだろう」

「で、でも、ピアノが壊れたりしたら」

「その時は、弁償してやればいい。だが、丈夫に作ってあるはずだ。いくぞ」

「は、はい。ああっ♥」

ぐっと入れると、ガーン♪　とピアノが不協和音を立てる。大丈夫そうだ。

「それそれ」

「あっ、あっ、あんっ♥　ああん、ご主人様ぁ♥」

俺が腰を振ってミーナに打ち付ける度に、ピアノが激しくリズムよく鳴る。それをＢＧＭにしながら、俺はミーナの柔らかな肢体を心行くまで味わう。

メゾフォルテ、やや強く。

「あんっ♥」

ピアニッシモ、繊細に。

「んっ」

フォルティッシモ、奥まで強く！

「ああんっ♥」

ミーナが俺の指揮に合わせ、彼女の体とピアノを震わせる。

「ご、ご主人様、もう、私、イキそうです……！」

「いいぞ、合わせてやるから、いつでもイけ」

「は、はい」

ラストはだんだんと強く、クレッシェンド、クレッシェンド、クレッシェンド！

「ああっ、イクッ、イキます♥　ご主人様ぁああああ――――♥」

ひときわ大きく胸を反らした彼女が両手で鍵盤

を強く鳴らす。

愛の二重奏、完成だな。

◇◆◇◆◇

「そういえば、アレック、この学院の七不思議って知ってる？」

数日後、星里奈がそんな話を振ってきた。

「なんだそれは。例のアレか、夜中に階段が一段増えるとか、そんなのか」

「ええ。最近、放課後になると誰もいない音楽室で、ピアノが独りでに鳴り響いて、しかも中から女性の悲鳴が聞こえるって話よ」

それを聞いたミーナがうつむいて顔を真っ赤にしている。

「そうか。じゃあ、星里奈、その噂にこう付け加えておくんだ。その女はピアノに執念を持っていて、演奏を邪魔する人間は呪われて不幸になるってな」

「ええ？　勝手に話を付け加えるのはどうかと思うけど、でも、そうね、そういうことはあってもおかしくないわね、うん」

星里奈も何やら納得した様子でうなずく。

これで放課後の音楽室は使い放題、連れ込み放題だな。フフフ。

第二話　保健室

ひまわり組の教室で、二時間目の授業が始まった。

「はーい、いいですか皆さん。今日はマナの効率のいい集め方について学んでいきますね！　空気中に、あまねく存在するマナ、それを取り込むためには精神集中が大切です。では精神を集中させるためにはどうしたらいいでしょうか？　一つの良い方法として、深呼吸がありますよー？」

キャロライン先生のためになる話ではあるのだが、【魔法知識　レベル4】を手に入れている俺にとってはやや退屈な話だ。しかも、なんだか小さい子向けっぽい喋り方をするので、聞いていると自然とまどろみの中に意識が溶け合っていく。

「はい、そこっ！」

急にキャロライン先生が指さしてくるので少し俺も焦った。

「大きなあくびをしているリリィさん。先ほど言った、マナを集める方法について、スタンダップ！　答えてもらいましょう」

「あぅ、えぇっとぉ、あっ、深呼吸でござる！」

「ござる？　まぁいいでしょう。正解です。ちゃんと授業を聞いてくれていて先生、とーっても嬉しいですよ。はい、座っていいです」

「はふぅ」

ホッとした様子で席に座るリリィだが、どこかに潜んでいる忍者佐助がこっそり教えたのだろう。

いくらあいつらにとっての次代の女王とはいえ、甘やかしすぎだ。本人も女王をやりがたっているようには見えない。

「では、精神集中の大切さがどのように魔術に影響するか、今日はそこを詳しくやっていきましょう。教科書の三百五十六ページを開いてくださいね！」

「せんせー」

「何ですか、リリィさん」

「ポンポンが痛いのでぇ、保健室に行ってもいいデスカー」

「またですか？　仕方ないですねぇ。リリィさん、拾い食いをしたり、アイスをたくさん食べすぎてはダメですよ。あと、野菜をバランスよく食べて、腸活も考えてみてくださいね」

「はぁい。フヒッ」

席を立つとき、先生に背を向けニヤリと笑ったリリィは、仮病でサボる気らしい。見た目は純真無垢といえなくもないというのに、なかなか腹黒い奴だ。

ふむ、ここは俺も授業を抜け出すとするか。

「先生、俺も胃が思わしくないので、保健室に行きたいんだが」

「あっ、アレックさんもですか。もちろんいいですよ。さ、遠慮せずにどうぞどうぞ。痛みが治まらないようなら、神殿に早めに行くか、胃の魔術検査を受けてみることをオススメしますよ」

気づかわしそうな目で、本気で心配されてしまった。ちょっと悪いことをしたな。

だが、今回の授業はすでに俺の知っている内容なので、この場でグースカと寝てしまうよりは授業の邪魔にならないだろう。星里奈の話だと、寝ていると俺は時々「フゴッ！」と体をビクつかせることがあるので、みんなの注意を逸らしてしまうことがあるそうだ。

保健室に向かうと、リリィがベッドの上に座り込んでお団子を食べていた。

フリーダムだな。

他には誰もいないようだが。

「リリィ、保健の先生はどうした？」

「んー、私が来たときに、他の生徒が慌ててすぐ来てくれって、呼ばれていったよ」

ふむ。佐助の仕業かな。お団子もあることだし。

「一つ寄越せ、リリィ」

「いいよー」

お団子がたくさんあったせいか、いつもはイヤ！　と断るリリィも気前よく分けてくれた。

「ほう、これは旨いな」

やや甘みが強すぎるが、上品な味と、もっちり感が癖になる。それでいて手にベトつかないよう、表面には粉が振りかけてある。食べやすい。

「んまー」

バクバクと二人で食べているとあっという間にお団子はなくなってしまった。

「佐助～、お代わり～。あれ？　佐助～？」

どうやら佐助はここにいないようだ。保健の先生を足止めするために彼も忙しいのだろう。

それなら保健室でやることは決まっているな。

「リリィ、ヤるぞ」

「うわ、エロ親父ってすぐソレだ。ヤバすぎぃ！」

「だが、他に誰も邪魔する奴はいない。別にヤバくないぞ。どうだ？」

「フフ、いいよ？」

リリィもその気になっていたようで、蠱惑的な笑みを浮かべると自分から制服のローブを脱ぎ始めた。

「んしょ、んしょっと」

「少しブカブカだな。制服のサイズが合ってないんじゃないのか、リリィ」

「私もそう言ったけど、星里奈が成長期はすぐ大きくなるから大きめがいいんだって」

「そうか。まぁ、大きくなる……かな？」

リリィの場合、どうもこれからぐんぐん背が伸びるという感じではない気がする。

「なるもん！　おおぅ、ポンポンがお団子でパンパン～、キャハッ♪」

自分のお腹が膨らんでいるのを楽しそうに見つめるリリィ。ま、ダイエットせずに喜んでいられるのも今のうちだけだろうしな、好きに喜べ。

俺も制服を脱ぎ捨てると、ベッドに上がる。

「にひっ！　アレック、今日はどうするの？」

「そうだな、まずは抱っこしてやろう。リリィ、ここに座れ」

「うん！」

俺があぐらを掻いた上に彼女を座らせ、まずは膨らんだお腹をさすってやる。

「キャハハ、くすぐったい～！」

体をもそもそと動かして面白がるリリィ。

だが、肩や胸、太ももも撫でてやると、彼女も調子が変わってきた。

「んっ、はぅ、アレック、そこ、いいのぉ」

「ここがいいのか。よし」

リリィの気持ちよくなる部分を、丁寧にねっとりと愛撫していく。

「んんっ、はふ、あぅ、はぅん」

声に湿り気が混じり始めた。その小さく華奢《きゃしゃ》な体を隅々まで撫でまわし、軽く汗を掻いてきたところで、こんどはプリっとしたお尻をベロンと舐める。

「アハッ、もっとぉ、もっと舐めて！」

小ぶりのお尻をヒクヒクさせながら、リリィが悦ぶ。

こちらも思う存分に少女を味わい、バキバキに戦闘態勢になってきたセクシャルなソードをリリィの体に押し当てる。

「行くぞ」

「う、うん、来て」

小さな割れ目にヌプリと押し入ると、リリィが体を震わせた。

「んんっ！」

中はしっかりとトロトロなので、こちらも遠慮せずに腰を動かす。

「んっ、んっ、んっ、んぁう！　はぁん！　はにゃーん♥」

快楽に耐えようと最初は我慢していたリリィだが、押し寄せる感覚に耐えきれなくなったようで、舌をだらしなく垂らして流れに身を任せ始める。

こちらもすぐに出してしまわないようにこらえながら、リズムを少女の体に刻み込んでいく。

快楽への集中。

目を閉じ、感じるのはリリィの息遣いと俺の息遣いだけ。

その呼吸の果てに、体の奥底から何かが急速に湧き上がってくる。

「そろそろ、イクぞ、リリィ」

「うんっ、ハアッ、ハアッ、ハアッ、いつでも、来ていいよ、アレックぅ！　ああっ、凄いのが来ちゃうのぉおおお――――！」

リリィが切ない嬌声を腹の底から上げると、大きく何度か痙攣してイった。

こちらもいつになく大量の精が出た。

「ふぅ、何か掴《つか》めた気がするな」

後で魔術で試してみるか。

心地よい倦怠感《けんたいかん》の中、俺は腕の中のリリィを抱きしめると、ひと眠りすることにした。

第三話　三者面談

ビクッとして目が覚めると、そこは教室だった。

どうやら授業が始まるやいなや、俺は眠ってしまったらしい。

昨日は遅くまでセクロスをやっていたからな……仕方ない。睡眠は大切なのだ。

「あのぅ……、アレック様」

「ネネか、どうした」

学院の制服を着たネネがおずおずと話しかけてきたが、少し言いにくい事のようだ。

俺の寝起き顔は不機嫌が出やすいので、ここは努めて穏やかな声で聞いてやった。

「その、それが……」

ネネが困った顔をする。よほど気まずい事らしい。

「まさか、クラスの誰かにいじめられたか？」

「い、いえ！　そういうことでは無いです」

「そうか」

「……実は、今朝のホームルームでキャロライン先生が進路指導をするので、保護者が近くにいる人は連れてくるようにって」

「ふむ、保護者か」

ネネは俺達と出会ったときにすでに天涯孤独の身だったので、代わりに面談するとなれば、やはり師匠のレティだろう。

「レティには話していないのか？」

「それが、キャロライン先生から『レティ先生は絶対にダメですからねー』って、頬をピクピク引きつらせた笑顔で言われてしまって……」

「ははぁ、そろそろ天災クラッシャー・レティの正体がバレたかな」

「うーん、レティ先生もここでは先生という立場なので、その関係ではないでしょうか」

ネネが小首を傾げて良い方へ解釈しようとする。ま、その可能性もゼロとは言わないが、レティの事だ。すでに何かをやらかしたあとだろう。まあいい、星里奈が俺に報告せず放置プレイしていることなら、俺達にとってそれほど深刻な事柄ではないはずだ。

「あの、それで……三者面談はアレック様に来ていただけないかな、って」

ネネがモジモジしながら、俺を見上げて言った。

なんだ、そんなことだったか。

「うん、俺か。まあ、いいだろう」

「わ、ありがとうございます！」

パッと明るい表情に変わったネネ。この様子だと言い出すまで結構悩んでしまったのだろう。

「それから、お母さん役はオリビアさんに頼んでおきました、えへへ」

一人いれば進路相談としては充分だと思うが、ネネもここは張り切ったようだ。オリビアは彼女の本物の息子である騎士ノエルの三者面談にやって来るだろうから、そのついでだな。ノエルはクラスが違うし、そこはオリビアもうまく調整するだろう。


当日、三者面談が始まり、俺とネネは順番の最後に呼ばれた。できればさっさと済ませて遊びに行くなり、書物を調べるなりしたかったのだが……キャロライン先生も苦手な相手は後回しにしたかったようだ。そこは俺も似たもの同士なので、咎《とが》めるつもりはない。最初に苦手なものをやって～などというのは、最初にくじけたときに後々まで引きずってしまうことがあるからな。苦手なことは後回し、可能ならばそのままずっとやらない、上手くバックれる、それが人生をちょっとだけ楽しく、そしてスリリングに生きるコツだ。

三者面談の教室へ向かうと、廊下でオリビアも待っていてくれた。正式な場ということで、やはりオリビアも聖職者服を着ている。胸がやたらボインなので、性職者かＡＶのコスプレのようにも見えてしまう。

「あ、あの」

「大丈夫ですよ、ネネちゃん。さ、中でキャロライン先生が待っています。三人で行きましょうか」

「はい」

「「失礼します」」

教室のドアを開け、三人連れだって中に入った。

「心頭滅却、火もまた涼し、心頭滅却……」

中央の席で目を閉じブツブツと念仏のように精神集中の言葉を唱えているキャロライン先生。別に俺をそこまで警戒する必要も無いと思うが、少しだけ同情するぜ。

「あの、先生？」

「ハッ！　は～い、皆さん、よく来て下さいましたね。では、そちらにお掛け下さい」

笑顔に素早く戻ったキャロライン先生もそこは手慣れている様子。

言われたままに右に俺が座り、ネネを中央に挟んでオリビアが反対側に座る。

「では、ネネさんの授業態度からお話ししますが……授業中、とても真剣にノートを取っていて、素晴らしいです。魔法理論の中で難しいところもあるようですが、やはりレティ先生が師匠を務めておられただけあって、基本はすべてマスターしていますね」

高評価のようだ。ネネは緊張してしまっているのか、背筋を伸ばしたままなので、俺は一声掛けてやる。

「良かったな」

「は、はいです」

「次に進路ですが、ネネさんは将来、どういう魔法使いになりたいですか？」

キャロライン先生が聞いてくる。

「わ、私は、クラン『風の黒猫』の中でお役に立てる魔法使いになりたいです！」

ネネが気合いを込めてハッキリ言った。

「そうですか。クランということは、冒険者ですね。戦闘をこなすバトルマジシャンは高度な知識と、とっさの判断力が求められます。いざというときに慌てないために、しっかりとした基礎知識で準備して、実技や実践も大切にしていきましょうね」

「はい！」

実にまともな先生だ。俺はウンウンとうなずいておく。

「で、では……保護者の方から特に何もなければ、これで終わりにしたいのですが」

キャロライン先生が俺の顔を窺《うかが》いながら引き気味に言う。

「ああ、こちらは特に――」

「待って、アレックさん。ネネちゃんの交友関係も聞いておかないと」

オリビアが言うが、なるほど、こういう場では保護者が気にしても不思議は無い。

「はい、交友関係ですね。教師の私から見て、お友達とよく話していますし、クランのメンバーとも仲が良さそうですから、問題はないのではないでしょうか」

「そうですか。分かりました」

「はい。ではこれでネネさん、三者面談は終わりですよ」

「は、はいです『おっしゃー、乗り切ったぁ〜』」

ネネが明らかにキャロライン先生の心を読んでしまったが、ここは深く突っ込むまい。

「はは、ネネ、よく頑張ったな」

「あう、は、はいです」

「じゃ、帰るか」

学院の寮へ向かう。途中、オリビアが立ち止まった。

「あら、私ったら、バッグをさっきの教室へ忘れてしまいました」

「そうか。キャロライン先生が鍵を閉めてなきゃいいが。彼女がバッグに気付いていれば……ま、ちょっと先に教室を確かめに行こう」

「ごめんなさいね、アレックさん」

「構わんさ。ネネは先に女子寮へ戻っててていいぞ」

「いえ、私もお供します」

夕暮れに染まった校舎の廊下を三人でのんびりと歩く。他に生徒は誰も残っていないようだ。

「ああ、やっぱり鍵が掛かっていますね。困りました」

「任せろ」

俺は二人と手をつないで【瞬間移動】で教室の中に入る。弾《はじ》かれるかとも思ったが、この教室は特に魔法障壁は張っていない様子。

「ああ、ありました。良かった！」

オリビアが椅子に引っかけてあったバッグを取り、中身を確かめる。ヴィイイインと、小刻みに震えるピンク色の棒が出て来た。お前、オナニーグッズを三者面談に持ってきていたのかよ！　驚くわ。

「は、はわ、そ、それは」

ネネもすぐにそれがナニ目的だと察した様子。

「だって、急にシたくなったときに困るじゃありませんか」

見た目はそれなりに清楚なのに、エロい女だ。

「今は俺がいるぞ」

俺はボリュームたっぷりのオリビアのヒップを下から撫で上げてやった。

「んっ、そうでしたね。じゃあ、アレックさん、よろしくお願いしますね」

自分の唇を舌で期待したようにペロリと舐めながらオリビアが言う。

「は、はわ。人よけの結界を張っておきます！」

いつの間にかそんな魔法まで習得したのか、ネネも頼もしくなってきた。

「じゃ、オリビア、そこの机に両手を突け」

「はい。あん♥」

両肘を机の上に置いたオリビアの後ろから聖職者服をまくり上げてやり、魅惑的な内ももをさするように下から上へ撫で上げていく。

「んっ！」

敏感なオリビアは迫力のある太ももとお尻の肉をぶるんと震わせる。俺はぺちぺちと軽くその白い柔肌を叩いてやり、両手の指でこねるようにも み上げる。

「あぁ、そこ、良いです、アレックさぁん……♥」

甘い息を机に向かって吐きかけるオリビア。さながら、熟した芳潤な果実と言ったところか。俺はまだ青いままの果実が好きだが、こちらはこちらで食べ応えがある。熟した白い果実は、その間から蜜をとろりと垂らし始めた。俺はそれをローション代わりに指に纏わせ、まずは手マンでオリビアの内側をいじっていく。

「んんぅ、あはぁん♥　アレックさん、もっと奥までいじって下さいな」

「分かった分かった」

舌までだらりと出して、娼婦でもなかなかこういう淫乱な奴はいないと思うが、オリビア様々だ。これで現役のクレリックだというのだから、恐れ入る。ノエルは実の母の正体を知っているのだろうか？　ま、知らないだろうな。あの潔癖症だ。

だが、人生は楽しむためにある。

これが不倫ならけしからんが、オリビアは夫に先立たれてフリーとのこと。この熟れた肉体を日々持て余しているのだ。優しく寄り添ってやらないとな。

「よし、そろそろ突っ込むぞ」

「ハァイ、いつでもお好きにどうぞ♥」

エロボイスでそう言い、俺が入れやすいように開脚して待ち構えるオリビア。

俺は自分のベルトを外し、伸縮自在のスゴイ棒を出す。玩具《おもちゃ》と違って本物は適度な温かさもあり、自動でぬめりも追加する機能があるから、セクロスには持って来いだ。やはり、使うなら本物だろう。

「あぁあん、ホンモノぉ！　私はこれを待っていたのぉ♥」

然《しか》るべきところに然るべき棒を突っ込まれ、悦びの声を上げるオリビア。こりゃもっとローテーションの回数を増やしてやらんとな。玩具の棒に我慢できなくなって他の男に浮気されては敵《かな》わん。

「そら、存分に味わえ」

俺は最初はわざとゆっくりと、焦らしながら肉棒を動かしていく。

「ダメダメダメ、アレックさん、そんなの、ダメなのぉ。後生ですから、もっとグッと入れてぇ。早くぅ」

舌足らずの子どものような声でオリビアが懇願する。やれやれ、堪《こら》え性の無い女だ。

「いいだろう」

俺はお望み通りにグイッと奥の奥まで挿入してやる。

「あん♥　もっと、もっと子宮の奥まで」

オリビアがさらに求めるので、俺も腰に力を入れ、オリビアのケツを押しのけるように後ろから突き上げてやる。パンパンと肉と肉がぶつかり合う音が教室に響き渡る。

「んぐぅ、ふふっ、ああ、コンコン当たってるぅ♥」

自分の胸を自分で揉みながら、オリビアが快楽を貪る。

「それ、たっぷりとくれてやるぞ、オリビア」

「ああ、ああ！　びゅびゅって熱いの来るのが、もう最高♥　んんんんん――――！」

ブルブルと痙攣したオリビアは恍惚の表情のまま、だらしなく口を開け、机を抱きしめながらイった。

「あ、あの、アレック様、私もぉ」

手をスカートの中に突っ込んだまま、ネネが体をモジモジとよじらせながら言う。

「よし、じゃあ、そのまま壁に手を突いていろ、ネネ」

「は、はい」

彼女を壁に向かせたまま、俺は制服のスカートの中へ手を突っ込む。中にある小ぶりな桃を撫でて形を確かめる。

「んっ、はぁん」

ネネが切なそうに吐息を漏らし、ふるふると体を震わせる。俺は調子に乗ってわきわきと指を動かしながら、ネネの恥骨から尾骨までの肉をいじっていく。

「んはっ！　あぅ！」

俺の指に押される度に、ネネが可愛らしい嬌声を上げ、制服のスカートを揺らす。

充分に濡れてきたところで、下着とスカートを脱がす。可愛らしい小ぶりなしっぽも掴んで撫で回してやることを忘れない。

「はにゃーん、しっぽ、あう、そんなに撫でられたら、気持ちいいでしゅう」

とろける声を出すネネは肉体がリラックスして良い感じに仕上がってきたようだ。

「よし、入れるぞ」

「は、はい。んんっ！」

相変わらずキツいが、しっかりぐしょぐしょにしてやったので、スムーズに俺を中に受け入れるネネ。そのまま腰を動かす。

「あぁ、くぅっ、はぁ、はぁ、はぁ、んくっ！ああんっ！　んん～！」

俺の与える快楽を持て余し、耐えきれないというように小さなお尻としっぽを左右に振るネネ。だが、彼女の限界は何度も交わって俺も心得ているから、この程度では緩めたりしない。

「動くな、ネネ」

「む、無理でしゅう、あん♥」

左右に逃げ、上下に動く小さな的《まと》を壁に押さえつけるようにして俺はその都度、照準を合わせていく。

「あぁ、あぁ、アレック様、私、もう、我慢できないれすぅっ！」

上に向かって叫んだネネはそろそろ限界のようだ。

「よし、フィニッシュだ。いつでもイっていいぞ」

「は、はい、イキます、ああ、イキそう、イっちゃいますですぅうううううううううう
――――――！」

大きく全身を痙攣させたネネがか細い嬌声を上げると、快楽の天国へ直行したのか、ぐったりと意識を手放した。

教室には俺と二人の女。白い練乳を体にたっぷりとかけたまま、気持ちよさそうに目を閉じている。

こりゃ、あとの掃除が大変そうだ。

だが、ふう、実に良い三者面談だった。

俺はエロ色に染まった教室を眺めつつ、俺が教師側の三者面談もいいいな、とほくそ笑んだ。

第二十一章（裏）ルート　天空城

✧プロローグ　移動方法の謎

学院生活の醍醐味はサボりだ。

いつもいつも全力で学ぼうとしたって、それは脳科学的にも効率が悪い。

だからこそ、他の生徒達が真面目に授業を受けている間に、俺は学院側が決めたルールを一人で超越し、本物の自由を思う存分に味わう。

持つ者と持たざる者の違い、それは何も目に見えるモノや金だけの話ではない。

無形の富というものもあるのだ。

誰からもガミガミ言われずに、本能の求めるまま、己の気の向くままに潤沢な時間を使える、それが真の『持つ者』だろう。

もちろん、俺が手に入れている【魔法知識　レベル４】によって、授業を受けなくても落第しないことを見切った上での話だ。

「さて、今日はあそこに向かうか」

俺は学院のお気に入りの場所へと向かった。

広大なオースティン王立魔法学院。その静かな木漏れ日を踏みしめながら歩き、開けた芝生の丘に出る。

周りはうねる草原が広がり、なかなかの開放感だ。

魔法による結界のためか、ここはモンスターが出てこないセーフティーゾーンになっている。

心地好い新緑の草木の香りが風に乗って俺の頬

を撫でていく。

「どっこらしょっと」

ふかふかの芝生に腰を下ろして足を伸ばすと、ゆっくりと寝転がった。

魔法陣でこの世界に召喚されるよりもっと前、一度ぎっくり腰をやったことがある俺としては不用意な腰の使い方はしたくない。腰やヒザをいたわる、それが地獄の痛みから逃れる術《すべ》だと知っているからだ。

あの、四つん這いになったまま痛みで一歩も動けなくなる状態は恐怖以外のなにものでもないからな。尿管結石も地獄の深みを分からせてくれる痛みだが、あっちは動ける分だけまだマシだ。

そして、自由に動けるのに、あえて何もしないひととき――

ぽかぽかと照らす穏やかな陽光を全身で感じながらの日光浴――

すぐに俺はウトウトとまどろみに誘《いざな》われ意識を手放した。

「アレック、アレックってば」

少女の声と共に体を揺すられ、俺は目を覚ました。

「うん？　セーラか？」

寝ぼけ眼で起き上がり、俺を起こした少女を見つめる。

明るい色の金髪に奔放な笑顔とヘソ出しルック。

「そうだよっ」

やはり、セーラだったか。

「いや、だが、お前は東の国へ向かっていなかったか？」

俺はバーニア王国で彼女と別れたときの会話を思い出す。確か東のソルテイル王国へ向かっていったはずだ。

「うん、ふふ、そうなんだけど、どうやって私がここに来たか、教えてあげよっか？」

「おう。馬車か？」

「ブブー、ハズレ！　ヒントはねぇ、今朝はソルテイルの宿の朝ご飯を食べてきた、かな」

「うん？　ということは俺の夢か？」

バーニア王国よりも東の国なら、ここに来るまで一日やそこらでは絶対に無理だ。

「あはー、それも面白い答えだけど、ハズレだね。正解は……」

「ソルテイル王城の地下にあった転移魔法陣ですよ」

緑の髪のほんわか僧侶《クレリック》、シエラが言った。

「あ、ちょっとぉ、シエラ、それ私が言おうと思ってたのにぃ！」

「ふふ、ごめんなさい、セーラ。あなたが名称を忘れてるのかと思って」

「覚えてるよぉ」

「ほう、ここからソルテイルの城まであっという間に移動できるのか」

「そうだよ」

それは随分と便利だ。

「だが、転移魔法陣はこの世界では珍しいものじゃないのか？」

『帰らずの迷宮』にも第九層へワープできる魔法陣があったが、うちのパーティーの連中はそのほとんどが驚いていた印象がある。

「珍しいですよ。私も、『帰らずの迷宮』の第一層と第九層を結ぶあの魔法陣しか、それまでは知りませんでしたし、ギルドや神殿の記録にも記されていないですから」

シエラが言う。そうだな、冒険者ギルドで情報として売られていないなら、王族など限られた関係者しか知らない存在か。

「そうか。それで、その魔法陣はどこにあるんだ？」

俺は辺りを見回すが、それっぽい建物や魔法陣は見当たらない。辺りはのどかな芝生が広がるだけ。

「向こうだよ」

セーラが、俺が歩いてきた校舎の方向を指で示す。

「学院の地下室に魔法陣があるんです」

「最初はこの先がダンジョンかと思って恐る恐る扉を開けたら人がいるんだもんねぇ。もうちょっとでモンスターと間違えてやっちゃうところだったけど」

「途中で気付いて良かったですね。危うくこの国でお尋ね者になっちゃうところでしたよ」

セーラとシエラの話だと、ここがオースティン魔法王国だと知らずにやってきたらしい。

「どれ、それなら俺もその魔法陣に乗ってみるか」

「うん、じゃあ、案内するよ」

「こちらです」

セーラとシエラに案内してもらい、俺はソルテイル王国をひと目見ておこうと思った。

第一話　転移魔法陣の連絡路

校舎の奥、本棚が並ぶ部屋にやってきた。ここは普段は使われていないのか、少し埃《ほこり》っぽい。

「この本棚の向こうだよ」

セーラがそう言って本棚を正面から引っ張ろうとするが、動かない。

「あれぇ？　開かないや。どこか引っかかってるなぁ」

「どこでしょう？」

二人が本棚の仕切り板を調べている間、俺は少し離れてその本棚を観察する。おそらくこの本棚が隠し扉の役割を果たしているのだろう。

なら、簡単だ。

「分かったぞ、二人とも。ちょっとどいてろ」

「うん」「はい」

俺は一冊だけ埃があまり付いていない本の背表

紙を押してみた。

するとカコンと音がして、自動で本棚が扉のように動き、奥へ通路が現れた。

「やるぅ、アレック」

「さすがです。知っていたのですか？」

「いいや、この本だけ埃が付いていなかったんでな」

「「へぇー」」

二人が尊敬の眼差しを向けてくるが、ホラー系アドベンチャーゲームだとお約束みたいなものだからな。

本棚の裏へ向かう通路は、灯りの魔道具が設置されており、青白く道が照らされている。

罠が仕掛けられていないかどうかを警戒したくなるが、セーラとシエラはお構いなしにさっさと歩いていく。

パーティー名『笑う幸運の女神』は、セーラの確実に死を回避する直感と、シエラの高度な回復魔法のおかげで、罠など障害にはならないのだろう。

ただし、死なない程度の痛い罠に引っかかりまくるであろう前衛の戦士ジェイミーには同情するが。

「他のメンバーは一緒じゃないのか？」

俺はもう一人の彼女達のメンバー、赤毛の魔術師ルネットのことを聞く。間違ってもゴツい筋肉女には興味が無い。向こうも俺の事を毛嫌いしているようだしな。

「ああ、ルネットが魔法陣をもっと調べる～、学院長にも聞いてみる～って言ってて、その間私らはヒマしてたんだ」

「ルネットはここの卒業生だそうですよ」

「そうか。ま、アイツも実力はありそうだからな」

「うちの頼れる魔法使いだからね！」

「羨ましいな」

「ええ？　アレックのところもレティがいるじゃん」

アイツは実力はあるが、頼りにするには一抹の不安が残るからな。

「あ、そこが魔法陣の部屋ですよ」

シエラが言い、扉を開けると、そこに正方形の小部屋があり、中央に青白く光る転移魔法陣が見えていた。この魔法陣は『帰らずの迷宮』とは違い、キーアイテムも必要なく、常時発動状態のようだ。

ただ、その前にびしょ濡れでゼェゼェと言っている女戦士がうずくまっていた。

「ジェイミー！　だっ、大丈夫ですか？　すぐに回復をしますね。――無限の慈悲と愛を生み出す女神エイルよ、切たる我が願いを聞き入れたまえ。奇跡よ顕現《けんげん》せよ！　【グレートヒール！】」

「平気だ、回復は必要ない、ゲホッ、ゲホッ！」

「そうは見えないけど、いったい、どうしちゃったのさ、ジェイミー」

「何でもない。ちょっと転移陣の先が海の底だっただけだ」

それもおっかないな。

「ええー？」

「もう、ルネットが戻って来てからにすれば良かったのに。セーラ無しで進むと危険ですよ、ジェイミー」

「ああ、もうやらないよ。ペッ！」

ジェイミーが水をその場に吐き出すと、ピチャピチャとピラニアのような小魚が床で跳ねた。

「行き先はランダムなのか？」

「うんにゃ、ルネットの話では、台座に行き先が書かれているから、固定だろうって言ってたよ。いくつかの部屋に行き先の違う魔法陣があったから。プフッ、ちなみにジェイミー、海の底はどの魔法陣だった？」

「フン、この先の右から二番目の部屋さ。それより、セーラ、なんでコイツを連れてる？」

「ああ、ちょっと外へ出てみたら、アレックが寝転んでたから」

「だからって、いちいち拾ってくるんじゃないよ」

人を犬っころみたいに言うな。

「まあまあ、いいじゃありませんか。せっかく見つけた魔法陣の連絡路ですし、情報交換ということで」

「冒険者は仲良しごっこのお遊びじゃないよ、シエラ。じゃ、アタシらが一つ情報を教えたんだ、アレック、そっちも何かそれなりの情報を出しな」

「そうだな……魔法学院の試験中、黒いローブの魔女が魔法の効かないナメクジを召喚していった。奴には気をつけろ」

「黒い魔女だって？　まったくのデタラメとも思えないけど、そいつはどんな顔だい？」

「残念ながら、俺は足しか目撃していない」

「召喚術ですか。ルネットにあとで詳しい話を聞きたいところですけど、彼女もあまり召喚術は得意じゃないんですよねぇ……」

「うん？　前に風の精霊を呼び出してなかった？」

「あれは魔道具による契約らしいですよ」

「ふぅん。お、ウワサをすれば、ルネット、おかえりー」

「待たせたわね、みんな。んん？　なんでアレックがここにいるの？」

赤いローブを纏った魔術師が俺を見て怪訝《けげん》な顔をする。

「ちょっとこっちに野暮用があってな。今は学院の生徒だ」

「ええ？　ここはエリートの魔術師しか入学できないのよ？」

「俺は魔法も使えるぞ。ジャジャジャジャジャジャ！」

床に跳ねていたピラニア風の小魚が俺に飛びかかろうとしたので、アイスジャベリンの連打で倒してやった。

煙と化したので、どうやらモンスターだったらしい。

「ああ、そうだったわね。まったく、高速詠唱の連続だなんて、デタラメな……」

「あはー、アレックってホント、面白いよね！」

「ところで、ルネット、お前はローブの色を変えたのか？」

俺は記憶違いかと思って、確認する。

「ああ、なんか黒いローブの魔術師が変態行為で指名手配されてるって聞いたから、誤解されないように新調したのよ」

「そうか」

「ねぇねぇ、ルネット、アレックにソルテイル王国を見せてあげたいんだけど」

「別に構わないわよ。というか、ここに連れてきちゃったら、もう意味ないじゃない。せっかく私達だけで転移魔法陣の情報を秘匿《ひとく》できると思ったのに」

「あー、でも、この学院に通じてるなら、誰かがもう知ってるかと思ってさぁ」

「その可能性もあるわね。学院長にはその辺の情報をはぐらかされちゃったけど。あのチビジャリ、ホント食えないわ」

「あ、じゃあ、あの残りの魔法陣がどこに通じているか、分からないままですか？」

「超古代文字《ハイ・エンシェント》で判読可能なところは、もう分かってるわよ。二番目の部屋は幻の大陸ニュー・アトランティス、きっと凄いお宝や新しい文明の国があるはずよ！」

「あ、それって……」

「ですよね……」

セーラとシエラが気遣わしげに目を交わす。

「ルネット、さっきアタシが確かめてみたが、あの二番目の部屋は海の底に通じていたぞ。探索は無理だ」

「ええっ!?　ジェイミー、なんか濡れてると思ったら、勝手に進まないでよ。何があるかも分からないのに」

「悪かった。ちょっと先を覗いておこうと思っただけだ。だが、ちょうどいいじゃないか。このアレックに、フフ、三番目の部屋を覗いてもらったらどうだ？」

　ニヤリと笑ったジェイミーは、にゃろう、俺を水浸しレベルの同じ目に遭わせたいらしい。

「いいだろう。ちょっと付き合ってやるぞ」

　何が待ち受けているか分からない魔法陣だが、今の俺ならたとえ空気のない宇宙空間でも結界を張って、数分は持ちこたえられるだろう。

　魔法陣が生きているなら、移動先の魔法陣も崩れていないはずだから、そこまでの危険はないはずだ。

第二話　その名はラピ○タ

　もちろん、行くからには準備万端、整えてからだ。

　俺はいったん戻り、一軍メンバーの何人かを連れていくことにした。

　索敵のミーナ、一撃必殺の星里奈、微妙だが一応魔導師のレティ。セーラ達もいるので、それほど大所帯である必要はない。

　本格的なダンジョンがあるなら、一軍全員をまたここに連れてくれば良いのだ。

　今回はちょっとした物見遊山であり、どこへつながっているかの調査——先遣隊だ。

「アレック、ボクも美味しいグルメぶらり一人旅に付き合うよ！」

　オレンジ色の髪のマリリンがひっついてきてし

まったが、行き先は飯屋じゃねえぞ。飯屋もあるかもしれんが。

だいたい、なんだそのテレビ番組の題名みたいな旅の名称は。二人以上で行く時点で一人旅じゃねーし。

「あはっ、面白そうな子だね。いいよ、じゃあ、私達と一緒に行こっ！　私はセーラ、アレックのセフレだよ」

自己紹介でセフレだなんて言う奴は初めて見たな。シエラとルネットが「えっ」という表情になり、次に顔を赤らめた。

「ほぇ？　セフレ？」

「仲のいいお友達という意味だぞ、マリリン」

俺は微笑《ほほえ》みを絶やさず、優しく教えてやる。紳士だ。

「ああ、なるほどぉ」

「ちょっと！　いや、間違ってはないけどさ！」

ルネットが何か言いたげだが、彼女もセフレなので仲間の手前、何も言えない様子だな。

「じゃ、ボクも仲間に入れてよ。お友達の輪！」

「いいとも」

中に入れまくってやる。

「ふふっ、いいよー？　3Pだね」

セーラが意味ありげに笑うが、いい女だ。

「あのねマリリン、アレックの言ってる意味は……ふぅ、あとで私がちゃんと教えてあげるわね」

澄まし顔の星里奈は、落ち着き払ったままで言う。対応がこなれてきたようで手強いな。

「星里奈、余計な事はいい。じゃ、全員、準備は整ったな？　行くぞ」

邪魔されないよう、俺はさっさと出発することにした。

廊下の奥の小部屋に、セーラ達が教えてくれた三番目の魔法陣があった。

ここはまだ誰も行き先を調べていないという。

「学院長はこの行き先を知ってるはずなんだけど、私の試練がどうのこうのって、教えてくれなかったのよ」

ルネットがぶつくさ言っている。

「ま、行ってみれば分かるよ。嫌な予感は今のところは全然しないし、まだ大丈夫」

あっけらかんと言うセーラだが、突然、「あ、やっぱりヤバイ」と言い出すらしいからな。そこは注意しておこう。

「じゃ、ククッ、栄《は》えある第一歩は、大魔導師である私が行くわね。みんなの安全のためにはちゃんと調べないと」

レティが殊勝なことを言ってるが、一番乗りしたいという見栄が見え見えだ。口元と目が嫌らしくニヤけてるし。

「いいぞ、レティ。お前が最初に行って戻ってこい。俺なら死なない自信があるが、お前も結界は張れるだろうしな。ドラゴンのボス部屋に直結していても、大丈夫だろう」

「いや、ちょっと待って。ドラゴンがいるなんて聞いてないし。え？　そんなヤバイところにつながってるかもしれないの？」

レティの聞き返しに、誰も何も答えない。

この先は未知のルートなのだ。学院長はいざ知らず、今の俺達にとっては。

「あ、あ〜、なんかちょっとお腹の調子が悪くなってきたかも。呪文の詠唱に影響が出るといけないから、仕方ないわね、アレック、栄えある第一号はあなたに譲るわ」

「ま、いいだろう。まずは俺が行く。もともとそのつもりだからな」

「お気を付けて、ご主人様」

ミーナも俺が無事で帰還することを信じて、待ちの態勢だ。

『帰らずの迷宮』第十層のあの『扉』でも、俺はミーナのもとに無事に戻ってきたのだ。

お互いに信頼もある。

今回はセーラの直感もあるから、それほどの心配はしていない。

「よし、じゃ、出発する。十秒で戻ってくるからそれまで待っていろ」

「はい」

「気をつけてね、アレック」

「ああ」

星里奈にうなずき、俺は魔法陣の上に立つ。

青白く光る線が力強く輝きを増し、音もなく俺は次の場所へと転移した。

「ここは……」

見回す。

正面に石壁に挟まれた通路があるが、天井はない。上には青空が広がり、どこかの祠《ほこら》か神殿のような場所に出たようだ。

匂いを嗅いで、深呼吸してみるが、毒の類《たぐ》いはなさそうだ。あったとしても俺には【毒耐性　レベル5】があるので、無効だが。通路の先に草むらと花、ひらひらと飛ぶ蝶が見えたので安全と判断した。

戻る。

「ご主人様！」

「どうだったの？」

「ああ、まったく問題なさそうだ。野外に通じている。付いてこい」

今度は全員で魔法陣の上に足を踏み入れる。

「ここは……」

「見た事が無い場所ね」

「私も」

「どこかしら？」

皆が見回して自分の記憶と照合する。ま、おそらくここに来た奴はいないだろう。

オースティン魔法王国の隠された連絡路の先にある場所だからな。

セーラ達が魔法陣でやってこなければ、俺も気付きもしなかっただろう。

「あれっ？　見て！　雲が地面を這ってるよ」

最初にセーラがそれに気付いた。靄《もや》のようにも見えたが、確かに言われてみればこれは雲だ。

どうなってる？

「どれどれ。あむあむ」

地面に這いつくばって、マリリンがその雲を口に含む。斬新な調べ方だ。星里奈とルネットが怪訝な顔で結果報告を待つ。

「んー、味がしない」

そんなもんだろうな。

「ご主人様、特に危険な臭いはしません。近くにモンスターはいないようです」

代わりに信頼できるミーナがあっさりと索敵を済ませた。

「よし。少し見て回るぞ。全員、あまり遠くへは行くな」

「「「了解！」」」

少し先へ歩くと、横の石壁がなくなり、周りが見通せるようになった。

後ろには尖塔がいくつも連なり、大きな城があった。長きに渡って手入れがされていないのか、緑色の蔦《つた》や苔があちこちを覆っている。

この広場は円形になっているが、よく見るとその先が断崖絶壁になっていた。危ねえな。

「うひゃあ！　アレック！　ここ、空に浮いてるわ！　これだけの規模の城なのに！」

レティがへっぴり腰で広場の端を覗きながら報告した。

「下に支えている柱もなさそうなのに、どういう仕組みなのかしら？」

星里奈が首をひねるが、城の中央にドデカい飛空石でもあるんだろうな。

「ん？　あれは……」

俺は広場の一角に、茶色い何かが横たわっているのを見つけた。近づいてみるが、奇妙な形のロボットだった。

だが、金属のボディは完全に錆びきっていて、動く気配は全くない。

「こ、これは……間違いない、歩く鉄、意思を持つ古《いにしえ》のゴーレム！　ソルテイル王国の地下書庫で見た古文書の通りだわ！　ああ、素晴らしいわ！　ここが私が求めていた『天空城』よ！」

ルネットが体を震わせながら叫ぶ。

「ほう。それはおめでとう」

彼女も長年、夢見て探し続けてきたのだろう。

俺が両手を広げると、彼女も感極まったように笑顔で抱きついてきた。

そして見つめ合った二人は、熱烈にベロチュー。

「んちゅっ、ちょ、ちょっと、アレック、このっ！」

さらにルネットのお尻を揉んでいると、彼女が突然暴れ出した。

「なんだ、ルネット。感動のあまり、おっぱじめようとしたんじゃなかったのか？」

「そんなわけあるかっ！　もう、感動の思い出のワンシーンが、ああもう！　信じられないっ！　このスケベ親父は！」

「アレック、あなたの常識を押しつけないで。こっちへ来なさい」

星里奈が俺の手を引っ張る。やれやれだ。

敵も近くにおらず、ちょっとしたピクニックだろうに。雲が漂い、そよ風も吹いて野外プレイには最適だろう。

「ねえ、こっちに階段があるよ！」

今度は星里奈をプレイに誘ってみようかと思った俺に、向こうでセーラが手を振った。

第三話　城内

場内へと通じる階段を下りると、グランソード
やバーニアの王城とは違う点がいくつかあった。
「随分と廊下が広いわね……」
星里奈もそこが気になったようで、やや圧倒さ
れたようにつぶやく。
一度に百人が横に並んだままで通れそうな広々
とした空間。天井も吹き抜けになっており、俺達
の歩く足音や鎧の音が反響している。
「ミーナ、敵はどうだ？」
「はい、ご主人様、今のところは大丈夫です。モ
ンスターの臭いはありません」
ま、ミーナの嗅覚に頼らずとも、これだけ視界
が広く取れれば、不意打ちを食らうことはないか。
「でも、誰もいないねぇ。ここのお城はやっぱり
放棄されたのかなぁ？」
セーラが見回して言う。城の外壁を蔦や苔が覆
っていたのだから、もう何年も前に人がいなくな
ったのだろう。あるいはもっとずっと長く、何百
年という年月が過ぎているのかもしれない。
「見て、壁画があるわ。超古代文字が彫り込まれ
てあるし、この城は超古代人が使っていたのよ！
凄い発見だわ！」
ルネットが興奮した声で指さした。両脇の壁に
は、見上げる角度だけで首が痛くなりそうなほど
巨大な壁画があった。描かれているのは神々の戦
いだろうか？　翼の生えた神が炎や雷を口から吐
き、争っている。地面には何やら小さな点が大量
に描かれており、虫か闇の精霊と戦っているよう
だ。
「でも発動用の魔法文字《ルーン》がどこにも書かれてない
わね。残念」
レティはあまり興味がなさそうに言う。
壁画を眺めながら広間のような廊下を奥へと進

むと、巨大な両扉があった。最初は壁に見えていたのだが、よく見ると取っ手も付いている。特大サイズで、とても人間が使えるものではない。人の身長の何倍もありそうだ。

「ちょっとアレック！　あれって黄金じゃない？」

レティが目を爛々と輝かせてギョロリとこちらを見るが。

「ひとつ、良い事を教えてやるぞ、レティ。純金は柔らかいんだ」

「んん？」

「つまりな、あれだけの重量だと、ひん曲がってしまう可能性がある。金は鉄の三倍の重さだからな。おそらくメッキだろ」

「でしょうね。あんなに大きいんだもの、真鍮か別の金属でしょ」

ルネットも同意した。

「エエー？　チッ」

「金って味が全然しないから全然美味しくないんだよねー」

マリリンが言うが、お前、純金を食ったことがあるのか。

「アハハ、この扉、普通に押しても、んんっ！　よいしょー！　駄目だねえ。開きそうにないや」

セーラが押してはみたが、びくともしない。

「別の入り口があるんじゃないの？　ほら、よくある建築デザインのお飾りやパロディみたいなものよ」

星里奈が言う。実用を度外視して、何かよく分からないものを造りあげる、芸術肌の設計士が提案し、ここの王様が採用したって感じかな。

どうせならオブジェは取っ手じゃなくてデカい女のケツにしろと。

皆で手分けして別の入り口を探すことにする。

「こっち！　見つけたよ！」

巨大な両扉から離れた場所に、やはり小さな扉があった。ただ、巨大な扉が豪華な装飾入りだったのに比べると、この扉は実に素っ気ない。

「これ……木でもないわね。でも、軽いわ。何かの骨を削り出して作ったのかしら？」

ルネットが材質にも興味を覚えたらしく首をひねる。

「いやー、壁と同じ色だから、最初は気付かなかったよ」

ここでもデザイン性を重視して同じ色で統一……いや、待て、何かがおかしい。

うなじの後ろがチリチリとするような感覚――

これはスキルの【予感】だ。

「気をつけろ、何かヤバイ」

「ええ？」

「なんだい、アレック。ヤバイなら何なのかハッキリ言いな」

ジェイミーが苛《いら》ついた声で言うが、俺だってそれが何なのか分かっていれば即座に言っている。

「待って、私も嫌な予感がするわ。それに、何かこう……この扉っておかしくない？」

星里奈も言い、改めて皆でその扉を見る。

いかにもテキトーに削り出しました！　という感じの粗末な灰色の石扉だが……。

「全員、扉から離れろ。ミーナ、周辺警戒は怠るな」

「はい、ですが、敵は近くにいません」

「ハッ、相手にしてらんないね。臆病風に吹かれすぎだよ、アレック。セーラ、先に進もう」

「んー、まいっか。じゃ、ジェイミー、セーので開けるよ。モンスターが出て来てもいいように、みんな準備よろしくー」

セーラが石扉を開ける。

ジェイミーも大剣を持って身構えたが、何も出てこない。

「よし、進むよ」

「オッケー」

「大丈夫でしょうか……」

「先に行くわね、アレック」

セーラのパーティーが先に進んだ。

「どうするの、アレック」

「あのセーラが平気だったんだ。俺達も進むぞ」

「ええ、そうね」

狭い通路を進むと、小部屋があった。

「宝箱発見～！　ルネット、罠を調べてよ」

「ええ。――四大精霊にして、大地の森に隠れる小さきノームよ、その幸運をもって不幸の木石を見分けたまえ！　【センス・オブ・トフップ！】」

ルネットが魔法で罠の有無を調べ、ジェイミーがそのまま宝箱を開けた。

「ん？　何だこりゃ。石板か？」

「あっ、呪文かも！　どれどれ……『中央ナントカ部屋は、目が……辛い？　厳しい？　光の源は切ること能《あた》わず』……んー、呪文じゃなさそう」

「んじゃ、ガラクタだね。次行ってみよー！」


通路を進むと、再び広い通路に出た。

「ふふっ、なんかこれってあの猫とネズミのアニメみたいね」

星里奈が扉を振り返って言う。俺達がネズミか。

「そうだな。んん？　だが、星里奈、お前の子ども時代に再放送なんてやってたか？」

「ああ、再放送じゃなくて、英語レッスンの動画サイトでちょっと見ただけだから」

「ふうん」

実につまらん鑑賞方法だ。アニメでお勉強しようという発想では、アニメに失礼ではないか。もっとアニメは真剣に純粋に楽しむべきだ。

「あれぇ？　ここで行き止まりみたいだね。というか、ここは広間？」

巨大な空間に、中央には塔、その奥には不思議な形の建物がある。奥の建物はなんというか、こう……ビルというか、巨大な石の椅子に見えてしまう。

「でっかい椅子だねー。誰が座るのかな？」

マリリンが言うと、ルネットが笑った。

「やあねえ、あんなの、人が座れるわけないし、椅子じゃないわよ」

「そっかぁ、えへへ、そうだよね」

「チッ、この塔、入り口が無いじゃないか。おい、ルネット、隠し扉をアンタの魔法で見つけてくれ」

「はいはい、ジェイミー、そんな焦らなくたっていいでしょうに。――封印されし扉よ、我が万能たるマナとトリックスターの悪魔によって、いざ開かん。【開け降魔《ゴウマ》！】」

だが、魔法が発動して金色のオーラが見えたにもかかわらず、何も起きなかった。

「あれ？　何も起きないわね。レベル不足だったり、無効なら警告表示が出るのに。ちょっと待って、この塔、内部に通路がないわ」

「何？　じゃあ、どうやって上に行くんだ？」

「知らないわよ。飛んでいくしかないんじゃない？」

「ククク……ようやくダイマッドゥシ！　たる私の出番ね」

レティがウザくローブをひらめかせ、邪眼のポーズで言う。

「いや、ルネット、お前、飛行の魔法は使えないのか？」

「ちょっとアレック！　なんで他パーティーの魔法使いを当てにするのよ！　いいから私にやらせて」

「お前の魔法はなぁ……」

不安が残る。

エピローグ　塔の上

レティがうるさいので結局彼女に任せたが、例のケツから火を噴くロケット魔法のおかげで全員、生きた心地がしなかった。

ルネットが途中で風魔法でサポートしてくれなかったら、塔の頂上に上手く着地もできなかったし。

「アハハ、面白かったー」「うん、最高〜！」

と喜んでいるのはセーラとマリリンだけで、他は皆、青い顔だ。

「それにしても、ここって……」

塔の頂上は、奇妙な形になっていた。赤や黄色のぽっこりした二メートルくらいの出っ張りが、いくつも等間隔に配置されている。

「残念、これも隠し扉じゃないわね」

「レーダーのアンテナ……なのかしら？」

星里奈が言うが、それなら城の外側に設置すべきだろう。

「ふん、こんなもの、こうして割ってみればいいのさ！」

ジェイミーが赤色の出っ張りに大剣を振り下ろした。だが、カキン！　と妙に甲高い音がして弾かれる。

「くっ、固い！　傷すら付けられないなんて！」

「あ、でも、へこんだ」

と言うよりも、出っ張り全体が下がった感じだな？

「よし、行ける。おりゃあああ！」

ジェイミーがスキルを使って出っ張りを無理矢理にへこませた。

ブゥウンと、何やら動き始めた音がする。

さらに――

『エマージェンシー！　エマージェンシー！　緊急信号が発信されました』

低く野太い音声が大きく響いた。

「なに、今の声。知らない言語だわ。ひょっとして超古代言語？」

ルネットが緊張した顔で言うが、普通に俺は意味が分かるんだがな。

「緊急信号が発信されたって」

星里奈も言うが、やはり異世界勇者の翻訳機能だろう。

「それよりも、全員、急いでここからずらかるぞ。俺の予想が正しければ……とてつもなくデカい連中がここにやってくる」

巨人が使うサイズの城の通路。壁画に描かれた神と普通サイズの人間《ムシけら》、そしてここにある巨大な押しボタン。

あの扉を見たときの嫌な予感は、このサイズ感の違いだったのだ。

「ええっ！　ま、まさか、あの両扉と大きな金色の取っ手、普通に使う人間がいるっていうの？」

俺の懸念を理解したルネットが、引きつった顔になる。

「そいつらを『人間』と呼んでいいのかどうかは知らんが、そういうことだ」

あるいは『神』や『天使』と呼ばれていたかもしれないデカ物――。

「そうとなればさっさとトンズラしましょ！　――軽くなーる、軽くなーる、羽毛より軽くなって、みんなふわふわー、肌触りもバッチリ、【フェザーボディ！】」

レティが機敏に動いた。

「よし、これで大丈夫だ。飛び降りるぞ！」

「ええっ、ほ、ホントに大丈夫なんですかぁ？」

「さっきみたいな滅茶苦茶な呪文じゃないだろうね!?」

シエラやジェイミーが心配しているが、構っている暇は無い。

すでに城の天井が真っ二つに割れ、開き始めていた。

ゴゴゴゴゴ……

「いけないっ、何か来るわ！」

落下しながら、星里奈が上を見て言う。

青空に浮かぶ雲間から一瞬、何かきらめいたかと思うと、城の中に巨人が凄い速さで落ちてきた。

「ＺｅＡＨ――――――！」

のっぺりした銀色の全身タイツに身を包んだ人間。

ただし、その身長は軽く百メートルを超えているだろう。

迫り来る巨大な圧迫感がハンパない。

しかもその背中には巨大な鳥の翼が付いていた。それが二体。

「ひえっ、なんじゃありゃあああああー！」

「マリリン、静かに！　チャンスよ。向こうは私達に気付いてないみたい」

きょろきょろと緩やかに首を動かしている巨人二体。奴に比べれば、小さすぎる俺達は蟻のようなものだろう。

巨人は塔の頂上をいじりはじめた。

『録画再生。やはり誰もいない……』

『いや、よく見ろ。ミクロネアンがいるゾ』

『おお、本当だ。なんだ、この原始人共が、我らの高度な文明のコンソールを誤作動させるとは……やはり駆除しなくては』

『うむ。動力炉をいじられたら堪《たま》ったものではないしな。細かい装飾を作らせる道具として役に立つかと思ったが、やはり駆除しておこう』

『ＡＩ、殺虫剤を散布しろ。ＡＩ？』

『しばらくメンテナンスしていなかったからな。なぁに、たかがちっぽけなミクロネアン数匹だ。こうしてやれば！』

巨人が大きく息を吸い込む。逃げようにも、まだ俺達は空中をゆっくりと滑空している最中だ。

「炎が来るぞ！　レティ！」

「任せて！　――流れ渦巻くは大気、其《そ》は古《いにしえ》より止《とど》まることを知らず。見えずとも力となる嵐よ、起きよ、巨人の吐く息のごとく、神竜の羽ばたきのごとく、特異点に黒き虚無の闇を召喚せよ！

【ブラックホール・トルネード！】」

巨大な炎が俺達を包む直前、レティの颪大魔法によって炎がそのまま吐いた巨人に跳ね返った。

「U、UOO――――――！」

『お、落ち着け、我らのスーツはこの程度の温度は耐えられるゾ』

『……そうだった。おのれ、小賢しい虫共が！　崇《あが》めるべき天使に逆らったらどうなるか、教えてやる！』

「待って！　あなた達は地球外生物、いいえ、知的生命体でしょう！　それなら、話し合えば分かり合えるわ！」

星里奈がそんな事を言い出したが……

『ふん、何かと思って音声を拾ってみれば、胸の谷間を見せる淫乱種が知的などと！』

『笑止！　しょせん、ケダモノと一緒の下等文明ゾ』

「ええ？」

「あきらめろ、星里奈。準知的生命体にいきなり殺虫剤を撒こうとする連中に何を言っても無駄だ。だいたい、全身を隠すあいつらからしたら、太ももやパンツをチラチラさせてるお前は相当な淫乱だぞ？」

「ちょっと、あなたは今黙ってて、アレック。ミニスカートは……とにかく！　地球、いえ、この惑星の存亡がかかっているわ、この世界の危機だと分からないの？」

「危機は危機だが、こいつらを始末して録画をどうにかすれば余裕だろう。対処の行動からして知的水準は大して高くなさそうだからな」

「ええ？」

『き、聞いたか、このミクロネアン、我らの知的水準が高くないと言ったゾ！』

『ＦＴＬ航法も持っていない原始人共が、プッ、笑わせてくれる！　ＨＡＨＡＨＡ』

「ちなみに、そのＦＴＬ航法というのは、次元と関係しているのか？」

俺は少し興味を覚えて聞く。【次元斬】という俺が存在だけを知っているスキルがあるが、人類の技術でまだ到達できていない航法となれば、ワープとかその辺だ。次元も関係してくるだろう。

『ほほう、次元の概念は理解しているようだな』

『だが、理解していると言ってもどうせ五次元や六次元のレベルだろう。いいか原始人、この宇宙──おっと、すまんすまん、宇宙などと言っては お前達には理解できないか。これは失礼したね』

『フフ、そうだぞ、そこはお空や大地、世界と優しく言ってやらねばな。聞いて驚け、原始人。この世界はなんと十一次元で構成されているのだ』

「ふむ」

長さ、高さ、奥行き、時間、で四次元だったか。そこに色や匂い──いや、色は粒子の大きさや形の違いにしか過ぎないし、匂いも同じだろう。それ以外の次元がまだ七つもあるということらしい。

例えば……いや、考えるのはやめだ。難しすぎて、頭痛がしてくる。

それよりも、今はこいつらをどうにかしないとな。そっちのほうが大事だ。

腹を抱えて爆笑している二人の巨人は油断しきっている。

「よく分からないが、炎を吐いてアタシらを攻撃してきたんだ。敵でいいだろ！　うりゃ！」

一足早く床に着地したジェイミーが大剣を巨人に向かって振るう。

「ま、待って、ジェイミー！」

『おお、見ろ、お前の足を剣で攻撃しているみたいだゾ』

『おっと、これはいかん。痛くもかゆくもないから、気が付かなかった』

「くっ、まるで効いてないって？」

「今のうちだぞ、星里奈。リーダー命令だ。さっさとアレを使え」

「そんな。下手をしたら彼らの文明と戦争になるじゃない」

「ならない。彼らが命を落とすのはちょっとした事故だ。彼らを殺せるレベルの知的生命体はこの惑星にはいないそうだからな。殺人事件なんてものは起きようがないんだ」

「ええ？　そ、それは確かにそうかもしれないけど……もっと寛容な手段は」

「ふん、向こうが非寛容な手段で来ているんだ。この城だって人間《ミクロネアン》を奴隷にして建てさせたに違いない。自分達の『非寛容』を棚にあげてあざ笑うような奴らの、不公平な『寛容』なんて当てにするな」

「……それでも！」

「まどろっこしいな。なら【マシンガンバイブレベル5】でご褒美ならどうだ？」

「ちょっと……そんなもので私に人類のファーストコンタクトを台無しにさせようというの？」

「大丈夫だ。あんな知的生命体とも言えない連中の吠え声は気にするな。どうせならもっとまともなファーストコンタクトがいいだろう。未来の歴史教科書に白石《しらいし》星里奈が『胸の谷間を見せる淫乱種と呼ばれました。最初に交わした言葉が淫乱です。』って書かれても良いなら、好きにすれば良いが。未来の小学生が『やーい、淫乱！　淫乱！』『星里奈ちゃんって、淫乱だって～』ってはしゃぎまくりだな」

「くっ、絶対駄目よ、そんなの！　私は谷間だって水着以外で見せてないし！　…………ええい、仕方ないわね。みんな、少しあいつらから注意をそらして！」

「「了解!!!」」

　かくして、派手な魔法が飛び交い、巨人二人が「おおっ」とか言ってちょっと余裕を見せながら、よけたふりをしたところで――

　星里奈が凶悪な一撃を放った。

「輝かしい人類史のために、無かったことにしてやるわ！　【スターライトアタック！】』

果たしてこの惑星の外からやってきた生物に効果があるのか……？

俺はそれを心配したが。

『んん？　お前の足が黒くなっているゾ』

『な、何だコレは。このスーツの対腐食性は原子番号79の一万倍以上だというのに!?　しかも、自動修復も効かない、だと？』

『は、早く新しいナノマシンをッ！』

『だ、駄目だ。ナノマシンも崩壊している。これは原子レベルの崩壊だと？　あり得ん……』

「【スターライトアタック！】　よし、二体とも当てたわ」

「よくやった。ついでだ、レティ。あの塔を壊しておけ」

「ラジャ！　そういうことなら、任せて！」

「よく分からないけど、あの塔を破壊すれば良いのね？　私も手伝うわ」

ルネットも協力し、城のコンソールを破壊した。

録画が他に残っていたり、クラウドにリンクされている危険性もなくはないが……連中はここに直接確かめにきたのだ。

たぶん、大丈夫だろう。

この星は取るに足らない準知的生命体が存在し、スーツ着用なら短期間滞在可能。生存可能領域《ハビタブルゾーン》ギリギリだが、わざわざ手を掛けて開発するほどの星ではない――大銀河を股に掛ける連中にとってはそういうレベルの星に過ぎない。

これからもずっと。

◇◆◇◆◇

手に入れたスキル
【全身タイツプレイ　レベル5】New！

第二十二章　禁呪封印区

プロローグ　狙われていたネネ

天空城での一件の翌朝、何食わぬ顔で教室に出て来た俺に、クラスメイトが駆け寄ってきた。

「アレック、どうなったんだ？」

「罰は？」

「どう叱られたんだ？」

何のことかと思ったが、前回の実技の授業がハチャメチャになっていた件か。天空城の事件については こいつらに教えていないのだから、クラスメイト達が知るよしもない。

世界樹を生み出した一件についてはこいつらも一枚噛んでるから、気になるのはそっちだろうな。

「何も無い。説教は少しだけ食らったが、それだけだ」

俺は淡々と事実を言ってやった。もちろん、それを聞いた奴らがどういう反応になるか予想しての格好つけだが。

「えっ！」

「ホントかよ？」

「でもあれだけのことをして……」

にわかには信じない奴らだが、まだこの学院の『常識』が分かってないんだろうな。

「そうじゃない。あれだけのことをしたから、お咎《とが》めはほとんど無しで済んだんだ。お前ら、ここが何をするところか、分かってるのか？」

「そんなの、魔術を学ぶ場に決まってるじゃないか」

「そうよ。馬鹿にしないでよ」

「学ぶと一口に言っても、教科書をただ読むだけなら、学院に来る必要は無いぞ？」

「それは……」

「独学じゃ分からないことだってあるでしょう」

俺はその反論にはうなずいてみせる。

「それはあるだろうな」

「ほら」

「だが、ここは魔術の学校だ。学ぶとは、研究することだ。技を研《みが》き、知識を究《きわ》める。実験し、失敗したって良い。そうして自分で試行錯誤して魔術を実践すること、それこそがここで求められてるんじゃないのか？」

俺は指摘する。

「う……」

「むう……」

「言われてみれば確かに」

クラスメイトが唸《うな》る。

「だから、生徒が少しくらい間違えたって、それは叱られることじゃない。堂々と構えていろ」

良いこと言った。

「さすがご主人様です！」

「ふぅ。それは授業で勉強を間違えた場合の話だし。学院長室を爆破なんて、それもう授業妨害やテロだろ」

楓が鋭い指摘をして話をひっくり返した。

さすがに俺もすぐには反論できない。

それにしても、こいつ、情報が早いな。

「ハァ？　学院長室を爆破って、何考えてるんだよ！」

「バカなの？　やっぱりバカなの？」

「いくら不良だからって、やって良いことと悪いことがあるだろう……」

さっきまで俺を見直しかけ、尊敬の眼差しすら向けていたのにクラスメイトの目があっという間に厳しい視線に変わってしまった。やれやれだ。

「楓、アレはちょっとした実験のミスだ。俺も何も爆発させようと思ったわけじゃない。ちょっと学院長と魔法合戦になってな」

「「「ええっ!?」」」

「それで生き残ってるってことが驚きだけどね。うちの兄貴は学院長に目を付けられて神殿に半年も入院したんだけど」

楓が言うが、兄貴とは寮長のクレッグのことだな。奴もがっちりした体格だったが、まあ、魔法でやられりゃ筋肉は関係ないか。

「おい、冗談だろ！　学院長に目を付けられただけで病院送りにされんのかよ」

「ちょっと、どうしてくれるのよ、アレック！」

「そうだ、元はと言えば、お前が変な呪文を使ったからだろ！」

世界樹の件で俺に矛先が向いてくるが、要するにこいつらは、自分が連帯責任を取らされるのが恐くて不安なだけだ。

「落ち着け、世界樹の件は学院長から俺が叱られたことでもう片は付いてる。どうあってもお前らにペナルティは来ない」

「そうだよ、みんなも唱えたのに、アレックだけを責めるのは、なんか違うとボクは思う」

マリリンが俺を擁護してくれた。良い奴だ。

「アレックが本当のことを言っているかどうかは、すぐ分かりますわ。お姉様は――いえ、ヴァニラ先生はすぐ留年の通知を担任に報《しら》せてくるでしょうし」

詰問には加わらず様子見していたメリッサが、自分のそのツインテールドリルの髪を少しうざったそうに振り払って言う。

「そうか、それもそうだな」

「早くキャロライン先生、来ないかなあ」

「おはようございます……」

前回までとは打って変わって沈んだ声の担任教

師がやってきた。

少し同情するが、ま、俺も狙って悪いことをしたわけじゃないしな？

「あの、先生、留年の件ですが」

生徒の一人が待ちかねて問いただす。

「ああ、はいはい、それね。ヴァニラ先生に、さんざん嫌みを言われましたが、魔法実技基礎Ａは全員、合格だそうです」

「「「おおっ！」」」

「やった！」

「はい、他の教室は授業をやっているので、静かに。ルーンの勝手な変更は思わぬ危険を招くこともあるので、慎重に。特に、強い言霊、『星』みたいなものは使わないように」

「ええ？　でもそれ、初級の探知の魔法でも使いますよ？」

「ええ、そうね、組み合わせもあるから……まあ、ぶっちゃけ、普通の人には発動条件を満たすことも難しいのでアレックさん以外は気にしなくても良いと思います。もうそれで」

投げやりな言い方をしたキャロラインはこの件は早く終わりにしたい様子だ。

「「「分かりましたー」」」

生徒達も物わかり良さそうにそれに乗っかる。

もちろん、俺も肯定の沈黙だ。

この話を蒸し返しても良いことは何も無い。

「はいっ！　では、今日は炎の魔術について学びましょう」

◇◆◇◆◇

午前中の退屈な授業が終わると、ミーナが俺を揺り起こした。

「ご主人様、お昼休みです」

「おお、そうか」

今日は起きていようと思ったのに、ついつい寝てしまった。

「あの、マリリンさんが焼きそばパンが無くなるって凄く焦ってたんですけど……何なんでしょう？」

一緒にいたネネが聞いてくる。

「ああ、ここにもあるのか。心配するな、ネネ。早い者勝ちで無くなる人気のパンってだけだ」

「そうなんですか！　良かったぁ」

ほっとしたように小さな胸をなで下ろしたネネは、そんなことを気に病んでいたようだ。

「ふふ、パンだったのですね」

「なんだ、それでソワソワしてたのか。早く教えてやれば良かったな」

楓が言う。他に教室に残っている者は彼女だけだったので、俺は気になった。

「何か、俺に用でもあったのか？」

「まあ、用って程じゃ無いけど、面白い奴だと思ってさ。それだけ」

しれっと言う楓だが。

どうだかな。

「じゃ、飯を食いに行くぞ。楓も俺達のテーブルでどうだ？」

ここはこちらから誘ってみる。

「えっ？　ああ、うん、じゃあ」

ぶっきらぼうにうなずいた楓は、戸惑ってはいるようだが、誰かに敵意を向けている感じでは無い。

ま、タダのニートなら、『異世界で他人の足を引っ張ってでも大成してやろう』なんて考えに転ばない限り、放っておいても無害だろう。

女だから俺のハーレム王国の邪魔になるとも思えんし。

食堂に行くと、仲間達は食事中だった。星里奈があからさまに睨《にら》んでくるし、敵は内にいた。

「アレック、どういうことなの。きちんと、きっちり説明してもらうわよ」

「うるさいな、お前にはあまり関係ないことだろう」

「あるわよ！　学院長室が爆発したのは、あなたの仕業だって噂が飛び交ってるんだけど」

「事実だ」

「えええ？」

「ちなみに、栄《は》えある爆破魔第一号はレティ先生だぞ」

「いやあ、えへ」

ちゃっかりその場にいて笑うレティだが、褒めてねえし。

「はあ？　何してるのよレティ。ははあ、あなた、ここを退学になったんでしょう」

「ちっがーうし！　この青い指輪、見えるでしょ。これはほら、ここにレティって名前まで彫ってあって、私専用の卒業証書なんだから！」

「そうだぞ。先生を侮辱するのは良くないぞ、星里奈」

「いや、ううん……ちょっと話をすり替えないで。だいたい、なんでレティが先生なのよ……」

納得行かなそうな星里奈だが、ここは魔術さえ良ければ何でも有りだからな。

「ところで、クレッグさん、何か私達に用？」

星里奈が俺の斜め後ろを気にしたが、楓がいた。

「あ、ああ、うん、な、何でもない……」

なぜか目をそらす楓。

「お前、俺には普通に喋ってたのに、なんだその反応は」

「だって、可愛いだろ、この子」

小声で言い返してくる楓だが。

「うん？」

「もう仲良くなったんだー、へー、アレック、凄いわねー」

ジト目に棒読みの星里奈も勘違いしてくるし。

「あ、私のことは楓と気軽に呼んでくれていいから。それにしても、そのプラチナブロンドの髪、

綺麗だなあ」

「う、うわ、触らないで下さい」

ノエルが髪を楓に触られてビクッと身を引いた。

「あ、ああ、ごめん、つい」

「オホン。私はノエル、百合組です。よろしく」

「ちなみに、そいつ、男な」

俺は誤解が無いように言っておく。

「またまたぁ。こんな綺麗な女の子が男なわけ
……なぬっ!?」

コイツも鑑定持ちだったらしく、ギョッとした
ように楓は身を引いた。

「ええ、まあ、見た目はとにかく、男ですから」

「エー？　なんでこれで女の子じゃないの？　詐欺だろ……ああ、まあ男ならどうでもいいや。やっぱり星里奈ちゃんがイイ」

「えっとごめん、あんまり顔、近づけないでね、楓さん」

「ああ、ごめんごめん、でも、君、ホント可愛いねえ～」

うっとりとした目で星里奈を見つめる楓だが。

こいつ、もしや百合《レズビアン》か。

第一話　兄妹

厭世系ニートなら安全だろうと思っていた楓だったが、奴は百合だった。

その証拠に、昼食中、クラスメイトの男子には挨拶すらせず興味を示さなかった。ネネにもやたらボディタッチしようとしていた。

俺がきっちり、ネネの胸とお尻は守ってやったけど。

翌日、教室に入ろうとしていたネネに、俺はそのことを話した。

「いいか、ネネ、奴は危険だ」

「そうですか？　楓さんは割と親切で優しい人だと思いますけど」

「いやいやいや、奴は野獣だ。羊の皮を被ってるだけだ」

「はあ」

「お前とセクロスすることしか考えてないぞ、アレは」

「ええっ？　うーん、そう言えば、教室で三人だけになったときに、【共感力☆】で『ペロペロしちゃいたい』という声が聞こえたんです。それがアレックさんではなかったなら、そうかもしれませんね……」

「ふむ、まあ、寝てるときに俺が何を考えているかはちょっと判然としないな。今はもちろん、お前をペロペロしちゃいたいと思ってるんだが」

「はわわ、ダメじゃないですか。それじゃアレックさんの思考を読んだだけかも」

「とにかく、用心だけはしておけ。アイツと二人きりになったりはするなよ？」

「分かりました。私は、アレックさんのモノですので」

「うむ」

小柄で可愛い子が両手で握り拳を作って力強く自分のモノ宣言をしてくれる。イイ。押し倒したくなるシチュエーションだ。

「おはよう、ネネ！　……それとフーゥ、どーでもいいアレック」

楓だ。表情だけでなく声までトーンが変わり、俺に向けては『何でお前がいるの』という、うんざりしたため息が交じっている。

「お前、あからさますぎるだろう、その態度」

「それがどうした。手まで出してるロリコンに説教される覚えはないぞ」

「ネネに手を出すつもりなら、俺がお前の敵になる。よく覚えておけ」

「チッ……」

舌打ちしてしかめっ面をした楓は、俺とやり合いたいとは思っていない様子だ。

だが、俺がいないところで手を出さないとも限らないからな。

「他にも女子はたくさんいるだろう」

「私は可愛い子しか食わないんだ！」

楓が拳を握りしめて言うが、完全に百合宣言だな。しかもストイックな方じゃない、色々ダメな方だ。

「おはよー、ねえねえ、何の話？　カワイーコってどんな食べ物なの？」

マリリンが廊下にいた俺達を見つけてやって来た。ま、コイツも年頃だし、事実を教えてやるか。

「マリリン、ここでの食うはセッ〇スだ。楓は百合で女の子同士のセック〇がいいんだ」

「……えええっ!?　ええーっ!?」

「驚きすぎ。あと、アレックさあ、アウティング、やめてくれない？」

「うるさい、隠して欲しいなら最初にそう言え。だいたいネネのケツに手を伸ばしておいて言うことか」

周りに隠すそぶりも無かったくせに、アウティングもくそもねえ。

「ふん。……ま、今のは軽い冗談だから。全部アレックの嘘。いいね？　マリリン」

「エー？」

冗談と見せかけて取り繕った楓だが、マリリンの方は疑いの目だ。

ま、自業自得だな。

「ちなみに楓、マリリンは有りなのか？」

「ああ、全然、有りだ。私はロリ専門だが、同い年の溌剌《はつらつ》系美少女でも行ける口だぞ」

ロリコンを批判しておいてロリ専門とは……やるな、楓。

しかも、専門と言いつつ、専門外の同い年もオッケーとは。そう言えば星里奈にも興味を示していたか。

「なら、そっちは食っても別に構わないぞ。後で俺も食うけど」

「仕方ないな。まあ、私は処女が食えればそれでいいし、よし、協定成立だ」

「ちょ、ちょっと！　何か今、二人とも凄く腹黒い協定を結んだよねっ!?」

マリリンが焦りながら問いただすが、そう心配するな。告白アタック権を先に譲ってやるという話で、別にレ○プ同盟とかじゃ無いから。

「別に。さて、授業授業」

楓も何事も無かったように教室に入っていく。

そう言えば、こいつ、この学院の教師の事に詳しそうだったな。

「楓、ちょっと聞いてみるんだが……呪いのアイテムの解呪について、詳しい教授を知っていたら教えてくれ」

「呪いのアイテム？　何か装備してしまったのか？　それとも誰かを嵌《は》めるのか？」

楓が聞き返してきたが、誰かを嵌める目的で使うなんておっかないな。

「いや、俺が装備したわけじゃないんだが、うちのパーティーに呪いの鎧を装備した奴がいてな」

「それなら神殿に行ってみればいいだろう」

「それはもうとっくに試した。呪いが強すぎてダメだった」

実はバーニア王国へ戻ってすぐ、早希に頼んで神殿へ『狂王』を連れて行かせていたのだが、そう簡単には行かなかった。【鎧取り】も痛がるだけでさっぱりダメ。

「呪いの専門家か……いや、聞いたことは無いな。だが、うちの担任の先生なら何か知ってるんじゃないか？」

「それもそうだな。分かった。礼はマリリンひとつで」

「ああ、マリリンひとつで」

「ちょっとぉ！　だからボクの知らないところで変な取り決めしないでってば！」

「はーい、みなさーん、おはようございます。席について下さいねー。今日も一日、元気に明るく楽しく授業をやりましょう！」

担任のキャロライン先生がちょうど入ってきた。俺もわきまえているから、いきなりここで質問したりはしない。

個人的な質問は、授業が終わった後で教室から出て行く先生を捕まえてすれば良い。

「では、今日はマナについてお勉強しましょう。マナとは、この世界に存在する目に見えない神秘な力のことです。魔法使いを目指しているみなさんなら聞いたことくらいはありますよね？　これは物質《マテリアル》そのものというより、影響力《フォース》の作用として考えられます。聡明にして誉《ほま》れ高き先人『屍人《しびと》使い』大魔導師レビ＝クロウリーによると――」

「ふがっ!?」

俺は背中がビクーッとして目が覚めたが、どうやらいつの間にか眠ってしまっていたようだ。

スキルの【時計】で確かめたがもう昼休みだった。

「ようやくお目覚めか？　お前はいったい学院に何しに来てるんだ」

まだ教室に残っていた楓が机に肘を突いてあきれ顔で言うが。

「言っただろう。俺はある目的があってここに来ている」

「いや、聞いてないし。初耳なんだけど」

「なら覚えておけ。授業は二の次だ」

「何が目的なんだ……。まあいい、昼飯を食べる時間が無くなる前に、食堂へ行こう」

「そうだな」

楓とは『俺の女には手を出さない』という紳士な同盟を結んでいるので、邪険にする必要もない。

うちのパーティー、星里奈達と交じって食事を取る。

「アレック、エルヴィンの指導教授が分かったわ。スレイリー教授だそうよ」

星里奈が聞き込みで調べてきたようだ。

「そうか。ならそいつに聞けば、エルヴィンの得意魔術が分かりそうだな」

「ええ。今日の放課後、彼の研究室に行くけど、あなたも一緒に来る？」

「ああ、そうしよう」

「ふむ、エルヴィンか。彼は先月、首席でここを卒業した天才だそうだな。面白そうだ。私も付いて行って良いか？」

普段はけだるそうにしている楓が興味を示してきたが……百合だから星里奈が目当てだろうな。

「いや、お前は来なくて良い」

「ええ？」

「ちょっと、アレック。楓さんもクラスメイトなんだし、意地悪しなくたっていいじゃない」

何も知らない星里奈は、まあいいか。女同士なら万が一があっても実害は無い。

「じゃあ、好きにしろ」

「ありがとう、フフフ」

食事を堪能していると、鋭く呼び付ける声があった。

「楓！」

「ああ、兄者」

楓を大きな声で呼んだ男を見たが、向こうは筋肉質のがっちりした男で、やや細身の楓とは全然似ていない。

髪の色も向こうは金髪だが、こちらは黒髪だ。

名前は確か……寮長の――ううん、思い出せん。

【鑑定】してみたが、寮長のアルフレッド＝フォン＝クレッグだ。

「こんなところで何をしている、楓」

「何をって……見れば分かるだろ。食事だけど」

楓は目の前の皿を手で示して言う。

「そんなことは分かっている。いいか？　仮にもお前はギラン帝国の名門貴族、クレッグ家の血筋だぞ？　向こうに貴賓席がある。食事ならそこで食え」

「ええ？　別に良いって。私はこの髪だしさ、周りも妾《めかけ》の子だって思ってるみたいだし」

「だが、父上も母上もお前を実の子として扱っているだろう。僕だってそうだ。髪の色は気にするな」

「ん、ありがと。まあでも、知り合いと食べる方が気楽だし、やっぱりこっちでいいよ」

「まったくお前は……。もう少し社交的にならないと後でもらい手を探すのに苦労することになるぞ。ここは名門学校だから、いずれは宮廷魔術師として重職に就く者も多い。人脈というのはだな――」

「はいはい、そういう出世や野心は兄上様に全部任せるから」

「ふう、お前は顔はそこそこで頭も良いのだからもうちょっと努力を――」

「いーから、うざい！」

「わ、分かった。ではな」

クレッグが肩をすくめて行ってしまった。

「いいの？」

星里奈が楓に聞く。

「いいって。妹想いでレディーファーストなのはいいんだけどさ、ちょっとしつこいんだよなぁ。それに、ふふ、外面を気にするから追い払うにはああやって怒鳴るのが一番。家でなら向こうも怒鳴り返してくるから、向こうも気にしてないし、平気だよ」

「そう。でも良いお兄さんだと思うけど」

「出来過ぎだね。日本の兄貴も優秀だったんだよなぁ……」

「んん？」

「いや、こっちの話。比較されるから、出来が悪い兄貴の方が良いよ」

「ああ、なるほどね。ふふっ、私は一人っ子だからお兄さんとか欲しかったけど」

星里奈が軽く話を流したが、ま、楓がもう日本人だというのは分かっているからそれでもいいが。

「さて、そろそろ時間だし……あー、やっぱサボるか」

楓がテーブルに両手を突いた後で力を抜く。

「ええ？」

「飯は落ち着いて食べるもんだ。お前らも先に行っていいぞ」

俺も午後の授業は遅刻して行くつもりだ。

授業より大切なことがある。

それは食事だ。

第二話　呪詛の専門家？

放課後、俺と星里奈と楓の三人で、エルヴィンの師である魔導師に会いに行った。

あまり大勢で行っても仕方ないので、ネネや他の者は帰らせておいた。

「ここがスレイリー教授の工房よ」

やや校舎から離れた森の近くに一軒家があった。

左右を見回すとぽつぽつと家が建っているので、他の教授達の研究施設もこの辺りにあるようだ。

「んー、昼寝するには静かで良さそうな場所だけど、授業で校舎に行くのにちょっと遠いな」

楓が校舎の方を見て言う。

「ええ？　すぐそこじゃない」

「いいから、入るぞ」

無駄な口論が始まる前に、俺はドアを開けようとしたが。

「待って！　アレック」

星里奈が鋭い声を出して止めた。

「なんだ？」

「スレイリー教授はとても気むずかしくて礼儀にうるさい人だって聞いたから。私がノックするわね」

「そうか。なら、お前に任せて帰ろうかな」

俺は偏屈ジジイに好かれるようなスキルは持っていない。

「ええ？　ここまで来たのに。いいから入りましょう。すみませーん、生徒の星里奈と言いますが、スレイリー先生はいらっしゃいますか？」

「ああ、いるとも。入りたまえ」

中から声がして、だが、思ったよりも若い男の声だった。

「失礼します。ああ、地下室へ通じてるんだ……」

家の中は簡単なキッチンと応接間があるだけで、地下へ通じる階段がまるでダンジョンの配置のように家のど真ん中にあった。

「僕はここだ。下りて来たまえ」

階段の下から声が聞こえてくる。

下りていくと、上の部屋よりもずっと広い地下室がそこに広がっていた。

壁際には棚が整然と並べられ、羊皮紙の束や、ポーションなどがたくさん置いてある。

ちょうど目の前には台座が一つあり、拳くらいの綺麗な黒曜石が大事そうに置かれていた。

妙にその石が気になり、俺と星里奈が手を伸ばすが……。

「つっ!?」

「あっ！」

思わず二人とも手を引っ込め、自分の指から流れる血を見る。

「お前ら、バカか？　ほら、血が垂れてるぞ。早く止血しろ」

楓が言うが、見た目はそれほど危険なものではなかったのだが……かなりの切れ味のようだ。

「アレック」

「いや、俺はいい。もう回復した」

星里奈が包帯を出して俺の親指を巻こうとした

が、自然回復系のスキルも充実している俺はすでに血が止まり、傷口も薄くなっている。

「便利ねえ」

「おっと、その石に触ってしまったか。それはすまなかったね」

灰色のローブを着た三十代とおぼしき魔導師が奥から姿を見せた。

「これは何なんですか？」

「それは殺傷石と呼ばれている。とあるダンジョンから掘り出されたものだが、見ての通り、触ると怪我《けが》をするんだ」

「はあ、これも研究のためですか」

「もちろんそうだよ。僕はブーストやエンチャント――付与魔法に興味があってね。呪いの品も含めて、ありとあらゆる魔法具を集めているのさ」

ニッコリと笑って言うスレイリー教授だが、こういうコレクターは本当に何でも集めてくるな。

一歩間違えば大迷惑だ。

「呪いの品もですか……ねえ、アレック」

「ああ、ま、そっちはあとで良いだろう」

『狂王』の呪いについてもヒントが得られそうだが、まずはエルヴィンの方が先だ。

「それで、僕に何か用かね？　悪いが、単位は簡単にはくれてやれないよ」

「いえ、質問があるだけで、成績に文句を付けに来たわけではありませんから」

星里奈がニコニコと愛想良く微笑《ほほえ》む。

「そうか、で、何を聞きたいんだね？」

「はい、先月、ここを卒業したエルヴィンの事をお伺いしたくて」

「ああ、彼か。彼は実に優秀だった。書物も驚くべき速さで読んで、【速読】のスキルを持っていたよ」

スレイリー教授がうなずいて答える。

「なるほど……それで半年足らずで卒業しちゃったわけね」

「もちろん、その他にも、彼は魔法の才能も桁違いだった。異世界勇者だそうだが、時々、ああいう凄いのが出てくる」

「そうですか。彼はここでどのような研究を？」

「色々だね。ありとあらゆる魔法に興味を示していたよ。だが、電撃魔法と召喚魔法は特に熱心だったね。伝説級の呪文テラサンダーストームを彼が再現したときには圧巻だったよ。雷が渦を巻いて、まさに雷の嵐だった！」

「召喚魔法……ちなみに、エルヴィンのローブの色は？」

俺が聞く。

「彼は白色を好んでいたね」

「黒色は着ませんでしたか？」

星里奈が確認する。

「いや、黒は無かったな」

「そうですか……」

ま、あの大鳥を呼んだのは女魔術師だったからな。やはり別人だ。

黒イソギンチャクを呼び出したかどうかはまだ調べる必要があるが、あれほど危険なものとなると、大騒ぎになるはずで、人目に付くところでは呼び出していないのかもしれない。

「【速読】かぁ。くそっ、私のスキル候補に出てこないって……どうなって……まあいいか。卒業さえすりゃ」

楓が悔しがったが、すぐに目標を下げたようだ。こいつも努力しないことに関しては抜け目ない。

「他に聞きたいことはあるかね？」

「ああ、一つある。神殿でも解呪できないような強い呪いの品があるんだが、解呪の方法を教えてもらいたい」

俺はもう一つの本題に入った。『狂王』の呪いだ。

「ほう、神殿でも解呪できないとなると、なかなかだね。見せてくれないか」

「いや、今、手元には無い。鎧で、着てる奴がいるんだ。あとで連れてこよう」

「そうね、じゃ、私が『狂王』を呼んでくるわ」

星里奈が呼びに行った。転移魔法陣を使えばそれほど時間はかからないだろう。

「具体的に、どういう呪われ方をするんだね？」

「まず、脱げない」

「基本だね」

「それから、言葉が話せなくなるらしい。あと、暴れる、くらいか」

「それ、装備したら最悪の鎧じゃねえか」

楓が顔をしかめたが、着た人間はそうだろうな。

「あ、似たような代物が、確かこの奥に……いたたっ」

教授が奥に置いてあった箱を引っかき回したが、何かに手を噛まれたようだ。

「大丈夫か？」

「ああ、慣れっこだからね。ハイポーションを飲んでおけば、へっちゃらさ。おっと、指が変な風にくっついちゃったな……まあいい」

いいのか？

「あった！　これだよ、これ。呪いの小手《ガントレット》だ」

茶色に錆び付いた小手を教授が取り出して持って来た。

「君、えええと、名前は？」

「アレックだが」

「そうか、アレック君、試しに、装備してみたまえ」

「ふむ」

ちょっと嫌な予感がするのだが、相手は教授だからな。それなりに安全対策か、外す手段があるのだろう。

「どれ」

左手用だったので、左手にはめてみる。

「うわ、はめた！　よくやるな、私なら絶対、やらないのに……」

楓が汚らわしいものでも見る目つきでその小手を怖がるが。

「特に、何も起きないぞ？」

「その小手は歩く度に少しずつＨＰが減るタイプのものなんだ。だから、ちょっと歩き回らないと気づかないだろうね」

教授が効能を説明した。

「なるほど」

試しにそこをグルグルと歩いてみたが、特に何も起きない。

「感じられないな。ＨＰも減ってないぞ」

「そんなはずは。ちょっと貸してくれ」

教授が言うので、外そうとしたが、外れない。

「むむ？」

「ああ、やっぱり、呪い自体はあるね」

「じゃ、もういいから外してくれ」

「ああ、神殿へ行ってくれ。僕は呪いは解けないんだよ」

「は？　おいおい……」

「しかし、暴れる付与効果とは楽しみだ」

俺が苛立《いらだ》っているのをどこ吹く風で言うこの教授も、レティ気質だな。

「ふん！」

俺は小手に手をかけ、力任せに引っ張る。

ダメだ、外れない。

「くそ、面倒だな」

ここから神殿に行って、金まで払うとなると、なんだか凄く億劫《おっくう》だ。

ここは……

「ジャジャジャジャジャジャ！」

まず、アイスジャベリンを自分の左腕に命中させ、凍り付かせる。

「おお、何という高速詠唱」

「でも、凍らせたくらいじゃダメだろ」

楓が言うが、それはその通りだ。ここから――

「よっと！」

剣で左腕を思い切り斬る。

バキッ、ボトッ、ごろん。

「うっわ……」

「ほう」

後は【生える再生】で再生してくるのを待つ。

さすがにちょっと俺も再生途中は見たくないので、今着ているローブで隠す。

「お、おい、大丈夫なのか？」

楓が心配してくれるが、この程度なら余裕だ。凍らせているので出血も無いし痛みもそれほどない。いや、痛みは【痛覚遮断　レベル5】のおかげだろうな。

「アレック君、ハイポーションはいるかね？」

「ま、もらっておこう」

アンタのせいだしな。

青色の薬草臭いポーションをゴクゴク。

HPを確認したが、もう回復した。満タンだ。

「これで良し」

ローブから左腕を出す。ちょっと色白で、すべすべになっているニュー左腕だが、指もちゃんと動く。支障は無い。

「おおー、面白い手品だな。なんだよ、びっくりさせやがって」

楓がニヤニヤ笑いながら床に落ちている小手を拾い、中を覗こうとするので俺は無言でその手を押さえた。優しさだ。配慮だ。

「なんで邪魔するんだ？」

「いや、覗かない方が色々といいぞ。グロ耐性があるなら、好きにすれば良いが」

「ああ、私はちょっとくらいなら平気だ――うっおっ⁉」

のけぞった楓は耐性はあるようだが、結構驚いたようだ。

「だから言っただろう」

「お前な……そんなことをするくらいなら神殿に行けよ！　気持ち悪いな」

楓は小手を投げ、見事箱の中にストライクさせた。ま、あの小手は二度と出さなくて良いだろう。

「アレック君、次はこれを試してくれないか」

教授がどこから持ち出したか今度は具足を抱えているし。

しかも嬉々とした笑顔で。

「お断りだ！　茶を出せ、茶を」

「ああ、それがいいね」

教授は茶を出す気になったようで、奥に引っ込んだ。

「お前、凄いな。教授に向かって茶を出せとか」

「こっちはモルモットにされたんだ、それくらいは怒って当然だ」

「いやあ、悪かったね。神殿に行けば外せるから、大丈夫と思ったが、やはり痛かったかね？」

奥から教授が聞いてくる。

【痛覚遮断】があるから、そうでもなかったのだが、そんなことを言えばもっと凄いことをさせられそうなので、うなずいて肯定しておく。

「そうだ。地獄の苦しみだったぞ」

「それはそれは」

「その割に、涼しい顔だったな」

「黙ってろ」

「まあお茶を飲んで――くそっ、大人しくしろ！」

「ギャー！　やめろぉ！」

地下室の向こう側ではなにやら別の声がして何者かと教授が格闘していた。ここからでは棚があって奥は見えないのだが……。

第三話　呪いの鎧の解法について

オースティン王立魔法学院のスレイリー教授の工房にお邪魔して、『狂王』の呪いを解いてもらおうと思ったのだが。

「……茶を淹れに行ったんだよな？」

楓が怪訝《けげん》な顔で俺に聞く。

「俺もそう思ったが」

「もう少しだけ待っててくれ、活きの良いマンドラゴラのお茶を淹れてあげよう」

「いや、私は普通のお茶がいいんだが。マンドラゴラって確か、悲鳴を聞いたら死ぬんじゃなかったか？」

楓が心配したが、今、生きているなら問題ないのだろう。

「大丈夫だ。これはまだ小さいからね。魔法障壁でカバーもしてるから問題ないよ」

その辺はさすがに教授も配慮してくれたようだ。

死人が出ると困るからな。

どす黒いお茶が出て来たが、思ったよりも――苦くて不味かった。

「チッ、普通の茶を出せ」

俺は顔をしかめて要求する。

「悪いね、ここにはこれしか無いんだ」

「次から用意しておけよ、いや、今度、美味しいお茶の葉を持ってこよう」

自分で持ってきた方が確実に安全だと気づいたので俺はそう言う。

「それはありがたい。僕がモルモットにするせいか、生徒もなかなかここに足を運んでくれなくてね、はは」

「当たり前だろう、それは」

楓がツッコミを入れてくれるが、星里奈の情報も少し間違っていたな。

たぶん、「(対応が) 難しい教授だ」と聞かされたのだろうが、礼儀云々の問題では無かった。

「教授、一つ聞いてみるが、黒いイソギンチャクの事は知らないか」

「黒いイソギンチャク？　いや、どうだったかな。イソギンチャクは知っているが……」

この反応だとあのモンスターには出くわしたことが無さそうだ。

「お待たせ！　連れてきたわよ」

星里奈が『狂王』を連れて戻ってきた。

「ああ、連れてきたか」

「苦労したわよ。部外者は入れられないって守衛に止められちゃって。仕方ないからスレイリー教授の実験材料ですって話したら、何とか通してもらえたけど……すみません、良かったですか？」

「ああ、それは別に全然構わないよ。なるほど、これが呪いの鎧かね」

「ええ、あまり、近づかない方が……」

星里奈が心配したが、『狂王』の方は事情も聞かされているのか、大人しくしている。

「こちらの声は聞こえるんだよね？」

こくこくとうなずく『狂王』。フルプレート鎧の大男だが、うなずき方はせせこましい。

「何か喋ってみてくれるかね」

「グアッ！　グルルル……グアッ」

「ほうほう、獣の声になっているね。ありがとう。


――陣を払い、流れを戻さん。打ち破れ、【ディスペル！】」

教授が呪文を唱えてみたが……。

「どうかね？」

「グア？」

「ああ、失敗だね。まあ、僕にはやはり無理のようだ。はは」

軽い笑顔で言ってくれる教授だが、当てが外れたな。

「グ、グルルル……」

『狂王』が四つん這いになってショックを受けている様子だが、星里奈の奴、呪いが解けると期待させて言ったんだろうな。

安請け合いしやがって。

「げ、元気出してね」

「ま、他に方法はあるはずだ」

「その通り。『ラプラスの悪魔』に聞いてみると良いかもしれないね」

教授が言った。

「ラプラス？」

確か、それは数学者の考えた概念だったはずだが。いや、異世界であるこちらでは何か違うのか？

「この学院の『裏図書館』――禁呪封印エリアに封印されし悪魔だよ。全知全能とも言われる彼ならば、良い方法を教えてくれるかもしれない。まあ、学院長の許可がいるがね」

「ふむ、学院長には話してみよう」

「大丈夫かしら。学院長室を爆破とかしないでよ？」

早くも不安がる星里奈だが、俺も何も学院長室や学院を破壊したいわけじゃ無いからな。

となると、もうここには用は無いか。

「スレイリー教授、助かった。礼を言う」

「いやいや、アレック君、お茶を出すから是非またモルモットになりに来てくれたまえ。君ならかなり危険な品物も試せそうだ」

「いや、茶は持って来てやるが、モルモットになるつもりは無いぞ」

「何かされたの？」

「まあ、腕を一本な」

「ええ？」

話していると後ろでガタガタと音がするのだが、奥の箱の中でまた何かが暴れ出したようだ。

どうせ呪いのアイテムだろうし、長居は無用だな。

「行くぞ」

「あ、うん、じゃあ、先生、お邪魔しました」

「いや、なに、いつでも学生は歓迎だよ」

俺達はスレイリー教授の工房を後にした。

第四話　封印区の鍵

「――というわけで、ラプラスの悪魔と面会したい」

学院長室に赴《おもむ》いたが、そこは爆破など嘘のようにすっかり元通りになっていた。

何か魔法でも使ったのだろうが、これなら爆破し放題だな。まあ、やらないけど。

机の上に座布団を敷いてそこにちょこんと座っている子ども――ロリ学院長が俺の話を聞いた後でうなずいた。

「ふむ。事情はあい分かった。その『狂王』を助けるために、情報が欲しいのじゃな?」

「そうだ」

俺はうなずく。

エルヴィンの師であり、呪物の専門家スレイリー教授は弟子エルヴィンについて語ってくれた。

彼《エルヴィン》は魔術の天才で、雷撃魔法と召喚魔法に特に興味を示していたという話だったが、黒イソギンチャクとのつながりはついに確証を得られなかった。

その代わり、教授には『狂王』の鎧にかけられた呪いを解く方法のヒントを教えてもらった。

いや、正確には、そのヒントを知っているであろう全知全能の悪魔『ラプラス』がいる場所を聞いたわけだが。

学院長の許可がなければそこに入れないという。

「よかろう。正当な理由と認めようではないか。禁呪封印区の『鍵』をくれてやる。受け取るがいい」

学院長から俺は虹色に輝く鍵を受け取った。思ったより簡単だったな。

「ただし、『ラプラスの悪魔』は封印区の最深部に封印されていてな。そこは他の禁呪や禁書、神々の遺品《アーティファクト》の力によって魔界のような迷宮《ダンジョン》と化しておる。それこそ文字通りの伏魔殿じゃ。行くのは許可するが、生きて帰れる保証は無いぞ」

ロリ学院長が言う。

「おい。じゃあ、アンタが行って聞いてきてくれ」

「それじゃと、お前が伸びぬ。お前もこのまま一年後に人生の終わりを迎えるよりは、長く遊んでいたいじゃろう」

一年後か。微妙にこのロリ学院長にセコく乗せられている感じもするのだが、試練ということなら、ここは一つ乗っかってやるか。

「いいだろう。ただし、内部の情報はしっかり開示してもらうぞ。俺は一人で行くつもりも、死人を出すつもりも無い」

「そうさな、必要な情報は開示してやろう。じゃが、勘違いはするでないぞ？　これは妾《わらわ》がお前のためにお膳立てした試練では無い。本来、あそこに人は入れぬように作ってあるのじゃ。禁呪を簡単に持ち出されては色々と厄介なことになるでの」

「だったら、完全に封印してしまえばいいだろう。鍵だって必要ない」

「それができたら最初から苦労はせぬ。よいかの、あれを定期的に監視してモノが盗まれていないか状態をチェックせねばならんのじゃ。その他にも封印区は、時々、ガス抜きしたり魔力を注入して中を調整してやらんと、収納物の反発力に負けて封印そのものが壊れてしまうのじゃ」

「面倒なもんだな」

「まったくじゃ。ま、レベル40オーバーが十人もいれば何とかなるじゃろう。メンバーは厳選して、口の堅い者を選ぶのじゃな」

ロリ学院長の物言いに、俺は引っかかるモノを感じた。

「んん？　なぜ情報漏れがダメなんだ？」

「何を言うておる。禁呪となれば、野心家の魔術師が手を出さずにいられると思うてか。聞きつけたが最後、束になって『ワシを一緒に連れて行け！』と口やかましく騒ぎ出すことになろうぞ」

「チッ……おい、学院長、すぐに星里奈に呼び出しをかけてくれ。アイツから情報が漏れる」

人とよく話すオープンな性格の星里奈は、こういうときは完全に裏目だ。

「分かったが、手遅れの予感がするのう」

社交的な奴も一長一短だな。

ノックがあった。

「失礼します！　話は聞いたぞ、アレック君。禁呪封印区に入るそうだね。教師たる僕が先導してあげようじゃないか」

さっそく来たが、チェリーボーイ先生か。学院長室の爆破でも生き残った実力は認めてやるが、頭の包帯がちょっと痛々しいな。

「それはありがたいが、アンタは封印区に入ったことはあるのか？」

「いや、それはまだなんだが……」

「じゃあダメだ」

「ぐぬぬ」

「まあ待て。チェリー先生なら、任せて安心じゃ。中に入るついでにいくつか用事を片付けてもらいたいから、同行してくれるかの」

「おお、学院長の仰せでしたら、ぜひ！」

ロリ学院長の言葉にチェリーが逸《はや》るが。

「ううん……俺はできれば信頼のおけるチームだけで行きたいんだが……伏魔殿と言うからには、戦闘もあるんだろう？」

「無論じゃ。濃密な魔力が籠もっておって、強力なモンスターを産み落とすからの。一応、そいつらが集中してモンスターハウスにならないように配慮して作ってあるが、完璧にとはいかんのぅ」

強力な上にモンスターハウスと来たか。

「じゃあ、もっと強い教師を呼んでくれ。スレイリー教授とか、他にいるはずだ。なんならここで最強のアンタが出張ってくれても良いんだぜ？」

魔法至上主義の学院最強は当然、このロリ学院長だろう。

学院長室の戦闘では俺の攻撃に全く無傷で、しかも手加減していやがったからな。

見た目はともかく、コイツは俺よりずっと強い。

「それはできぬの。お前の成長面を考えてというい理由もあるが、何より、妾は封印の中には絶対に入れぬ仕組みになっているでの」

「学院長が中に入れない？」

それは少し奇妙な感じだ。鍵も自分が持って管理しているのに、だ。

「理由はすぐ分かる。とにかく、スレイリー先生よりはよほど当てになるから、チェリー先生を連れて行くのじゃ」

封印区に俺とは別の用事がある学院長が自分でそう言うのだ、わざわざハードモードにするために助っ人を弱くすることもないか。

「いいだろう。装備を確認して明日もう一度ここに来るから、その封印区に案内してもらおう」

俺は突入時期は早めが良いと判断して言う。だが――

「あー、装備は必要ないのぅ。というか、封印区の中にお前さんの装備品は持ち込まぬほうが良いぞ」

俺は耳を疑った。命に関わる戦闘もあるというのに、俺達に装備無しで行けというのか、このロリは。

「なに？　ふざけてるのか？　いいか、お前が試練を出すのは勝手だが、こっちも別の用で来てるんだ。そこまで付き合う義理は無いぞ」

「そう早合点するでない、アレックよ。言ったであろう。これはお前のための封印でも、妾が用意した試練でも無いと。

これは初代学院長が七賢者と共に作り上げた封印結界じゃ。いくらその鍵を手にしたとしても、結界を通り抜けるには色々と制約があるのでの。その一つ、あまりに強い装備品はその制約に引っかかってしまうでのう。持ち込みは良くても、持ち出せぬぞ。使い捨てでいいなら、好きに持って入れ」

「くそっ、そういうことか……」

禁呪クラスの品物を中に封印するための結界だから、高い魔力品を外に出さない工夫が施されているのだろう。それも徹底的に。

これは思ったよりも厄介なミッションだ。

自分の使い慣れた剣や、魔法防御に優れた闇竜鱗鎧《ダークスケールメイル》、その強力な装備品が使えないとなると、俺達の実力はかなり落ちる。

装備も実力の内なのだ。

「ま、無理に入れとは言わぬ。剣士だけでなく、魔法使いでも装備品によって実力が大きく変わるからの」

「だが、アンタの用事もあるんだろ⁉」

「なに、心配には及ばん。妾の用事には『出歯亀』でも使うさね」

「あ、あの変態を⁉　いえ、失礼、老師でした、オホン」

学院長とチェリーが『出歯亀で変態の老師』と呼んだ奴もそれなりに実力はありそうだが。

「そいつに『狂王』の呪いについて頼むことは可能なのか？」

俺は一応、聞いてみる。

「ううむ、彼奴《きゃつ》は何を考えているか分からぬところがあるし、男の頼みはまず聞かぬからのう。じゃが、お前さんの綺麗どころのメンバーに交渉させてみれば、上手く行くかもしれんぞ。それなりに対価は求められるはずじゃがの」

「却下だ。変態をうちのメンバーに近づけるくらいなら、俺が自分で行く」

装備品が使えないのは痛いが、こっちにはスキルもある。

「学院長、スキルまで使えない、なんてことは無いよな？」

「スキルか。どれ、アナライズで見てみようぞ。――うむ！　心配ないぞえ。制限が付くスキルもあるのじゃが、お前さんのスキルはオールオッケーじゃ」

チッ、こちらのスキルはすべてお見通しか。

今はありがたいが、コイツが敵対したら厄介だな。

ま、今は闇竜鱗鎧を装備していないから、閲覧妨害もかからないのだが。

「分かった。じゃ、明日――」

「失礼します！　あら、ちょうど良かったです、アレック。あなた、禁呪封印区にお入りになるんですって？」

「アレック君、禁呪封印区に入るというのは本当かい？」

「アレックー、どっか面白いところに行くんだって？」

メリッサとクレッグとマリリンが入ってきて一斉に聞いてきたが。

くそ、星里奈のアホが。別のクラスの奴にまでべらべら喋って回ったのか。

口止めの必要性を考えなかった俺も俺だが、ちょっとオープンに予定を喋りすぎだ。後で釘を刺しておこう。

「これは今すぐ行かぬと定員オーバーになりそうじゃのう」

「ちぃ、とにかくお前らは関係ない、出て行け」

「ちょっと！　レディの体に気安く触らないで。しかも胸じゃなくてお尻を下から触ろうとするなんて、明らかに犯罪ですよ」

メリッサもきっちり俺の手を魔法障壁でガードしたが、なかなかの実力だ。隙が無い。

「ご、ごめんなさい、アレック、こういうことになるとは思わなくて……」

星里奈が戻ってきて反省しているようだが、時すでに遅しだな。

「私を連れて行くまでは帰りませんことよ」

「ギラン帝国の名門貴族を敵に回したいと言うのなら、いいだろう好きにしたまえ、アレック君」

「自分だけ美味しそうなところに行くの、ずるいよ！　アレック！」

「だから、マリリン、別に何か食いに行く訳じゃないと何度も言ってるだろうが！　聞けよ人の話」

完全に収拾が付かないので、もう面倒臭い。こいつらも一緒に連れて行くことにした。

第五話　封印結界

『狂王』の呪われた鎧を解呪するための方法。

それを知るため、全知全能の力を持つ『ラプラスの悪魔』に会いに行くことにしたのだが……。

野心家の魔術師には垂涎《すいぜん》ものの禁呪領域に入れるとあって、余計な奴らがくっついてきた。

だが、入るのに支障は無い。

「というわけで、今から禁呪封印区に入る。命の保証はしないから、各自、自己責任で自分の身は守ってもらうぞ。自分で付いてきたんだ、望むところだろう」

俺は学院長室に集まっている面々に言う。

「エー？　危険な所に行くって聞いてないよ。美味しいモノがあるって聞いたのに！」

リリィがブーブー言い出すが、俺の話をきちんと聞いてない奴が悪い。

しかし——影となる佐助が魔法も使えるだろうし、装備がろくに使えないとなれば、揃えるべきメンバーはやはり魔法使いだろう、ここは。それも有能な。

「リリィ君、君もこの魔法学院に入学した者なら、良い経験になる。禁呪など、普通の魔術師にはお目にかかれない領域だよ？」

クレッグがありがたみを説くが、経験がどうのこうのよりも、ギラン帝国の貴族にとってはエリート意識がかき立てられるスポットなのだろう。

「兄者、物見遊山はいいが、封印区は相当危険だと聞いたぞ？　命を落としたら意味が無いだろう」

楓が兄貴に向かって言うが、彼女《コイツ》はクレッグが呼んだらしい。彼女もその意味では巻き添えの被害者だが、魔力値23の異世界リセマラ勇者ニートだからな。実力的には問題ない。

装備も普段のローブ姿から、戦闘用なのか軽装のシーフ姿になっていて、準備はきちんとやっているようだ。

「まあ、そこはチェリー先生が守ってくれるから心配するな」

「もちろんだとも！　生徒の命はこの僕が守るッ！　任せてくれたまえ」

気合い充分のチェリー先生は、ちょっと不安要素だが、学院長のご推薦だ。学院長の私用でこき使われる立場だし、最悪コイツは使い捨てだ。男だし。

まあ、俺の呪文をまともに食らっても生き延びたし、弾よけくらいにはなるだろう。

「ふふー、美味しいものがあるといいな♪」

マリリンは最初から完全に勘違いしているが、まあいい、レベル38なら死ぬことは無いだろう。

「ヒーラーが私一人だけとは……責任重大ですね、これは……」

騎士ノエルが身を引き締めてつぶやくが、一軍僧侶のフィアナや母上のオリビアも神殿に行って出払っていたため、コイツしか捕まらなかった。

レベルが厳しいが、騎士だから体力はあるし、フォローはしてやるつもりだ。

以下、星里奈、ミーナ、ネネ、レティと、いつもの一軍が続く。

ただし、その他の戦士系のメンバーは今回はお休みだ。

「私達はもう準備できています。ご主人様のためなら火の中、水の中、どこでもお供します」

ミーナが嬉しいことを言ってくれる。

「はわ、が、頑張ります」

「グエッ！」

ネネと松風もやる気充分だ。

「ふふん、一流魔導師なら、楽勝楽勝」

レティがニヤけている。そうだといいんだがな。

「準備が済んだのなら、さっさと出発しましょう。日が暮れてしまいます」

銀髪のツインドリルをいじりながら退屈そうにメリッサが言うが、あくまでお前はオマケだからな。正規メンバーと勘違いしてもらっては困る。

「よし、じゃ、こっちの準備は良いぞ、学院長」

俺はリーダーとして皆の状態を確認して言う。

「うむ。では、アレックよ、その封印の鍵を妾の耳に入れるのじゃ」

「耳？　いや、冗談はいいから、さっさと禁呪封印区に案内しろ」

「冗談では無いぞ。結界はここじゃ。この中にある」

ロリ学院長が自分の腹を指でつついて言った。笑ってなどいない。真顔だ。

「なに？　お前の体の中、だと……？」

「そんな」

「なんですって!?」

「可能なのか？」

皆が驚くが、どうやら冗談では無いらしい。

「無論じゃ。物質を元素変換し、素粒子レベルで多次元に座標を移した上で封じておるでの、ゾウや竜も妾の体の中では麦粒よりも小さい『点』に過ぎぬ」

「竜がコイツより小さい!?　何言ってるのかサッパリわっかんなーい！　なんか、私、なんだか眠くなってきたぁ……ぐうＺｚｚ」

「リリィ、しっかりしろ！　学院長、理屈の話はいい。鍵を入れるぞ」

「うむ、その……中に突っ込まれるのは久しぶりじゃからな。優しく頼むぞ。ポッ」

ロリ学院長がこの期に及んで冗談らしく、頬を赤く染めて照れくさそうに言う。

どう見ても耳の穴より大きな虹色の鍵だ。だが、俺が学院長の耳の穴に当てようとすると、スッと吸い込まれるように鍵が消えた。

「むっ？　おい、学院長、鍵が消えたんだが、これで大丈夫――んん？　どこ行った？」

目の前にいたはずの学院長がいない。

「うわ！　何ここ。さっきいた学院長室じゃないよ！」

リリィが周りを見回して叫ぶが、確かに場所が変わっている。

「どうやら、もう私達は封印結界の中に入ったみたいね」

星里奈が警戒モードで言うが、そうらしいな。

辺りは赤茶けた土の荒涼とした大地で、空には巨大な月まで出ている。

目の前には地平線だ。

話を聞いていてダンジョンの中だろうと勝手に思っていたが、オープンワールドの野外フィールドらしい。

いや、あのロリ「迷宮《ダンジョン》」だって言ってたよな？

だが、それよりも――

「くそっ、この広さでモンスターハウスがあるだと……!?」

俺は思わず戦慄した。

大量のモンスターが一カ所に集まっていると、たとえ雑魚敵でも物量攻撃で危険な状況に陥《おちい》ってしまう可能性があるのだ。

ダンジョンならいったん下がって、左右を壁に挟まれた狭い通路で戦うというテクニックが使えるが、ここだと包囲され全方位で敵と戦う羽目になる。

障害物が何も無いからこその難関だ。

「大丈夫です、ご主人様。敵の臭いはまだしませんし」

頼りになる索敵係のミーナが言うのでひとまずは安心だが。

『よし、全員、無事に通れたようじゃの。何よりじゃ。では、チェリー先生、生徒達の先導は任せたぞよ』

どこからともなく声が聞こえたが、ロリ学院長の姿は無い。まあ、彼女の中にいるのだからそれも当たり前か。

「はい、お任せ下さい、学院長！　では、諸君、僕の指示に従って行動するように。学院長からはこの通り、僕が地図を預かっている。あっ！　こら、返したまえ！」

チェリー先生が広げかけた地図を風魔法でサッと奪い取ったメリッサが代わりに開く。

「現在地は、ここですわね。ええと、ウチミミ？」

「内耳《ないじ》だ」

俺は訂正してやった。見た感じは火星の地表みたいに広い場所だが、地名は体の部位が記載されているようだ。

「耳の内側というわけですの。でも、この場所は……」

怪訝な顔をして見回すメリッサからチェリー先生が地図を取り返した。

「まったく、これは大事なものなんだから勝手は困るよ、君」

「あら、ジャッカル家の家訓は勝手気ままにお気に召すままですのに」

「オースティンの侯爵家だったね。だが、この学院内で貴族の名は通用しない。覚えておきたまえ」

「ふん」

むっとして鼻を鳴らしたメリッサだが、チェリーも教師だけあってそこは怯《ひる》んだりしないようで、結構なことだ。

「それで、チェリー先生、次はどっちだ？」

「向こうだ」

俺が聞くとチェリーは真っ直ぐ北を指差した。

第六話　内耳エリア

オースティン王立魔法学院に存在する『裏図書館』。

禁呪や神々の遺産《アーティファクト》を封印したその場所は、『図書館』などとはとても呼べない荒涼とした大地だった。

あのロリ学院長は中にある禁呪を盗まれる事を懸念していたが、なるほど、彼女の体の中に封印区を作っておけば、学院の中では最も安全だろう。

だが同時にそれは自分の体の中に危険を抱え込むということであって、『時々、ガス抜きをしてやらないと、封印そのものが壊れる』とも言っていたから、その時に彼女の肉体が無事で済むとはとても思えない。

その学院長の使命感には、いい加減な俺でも敬意を払わざるを得ない。

ま、あのちっこい容姿でおちゃらけた冗談をやってこられたら、真面目に対応する気も失せるのだが。

「見通しが利くってのが逆に恐いわね……」

赤茶けた土の上を歩きながら星里奈がつぶやく。

何せここは封印の中であって、普通の地上ではない。だから、視覚に頼りすぎていると、いざというときにモンスターに囲まれていました、なんてこともあるかもしれない。

それを星里奈は心配したのだろう。

「全員、異変を感じたら、すぐに報告しろ」

俺はその点も考慮して、告げておく。

「「了解」」

うちの一軍メンバーは即座に返事をしてくるので意思疎通の漏れも心配要らないのだが、他は即席の混合メンバーだからな。

「大丈夫、不安に思っているんだろうけど、アレック君、心配は要らないよ。なぜならッ！　この教師である僕が付いていているからね！」

やたら熱血教師風を吹かせてくるチェリー先生は、学院長のご推薦でなければ、同行を拒否していたところだ。

とにかく態度が暑苦しい。筋肉質の男特有のあの変に晴れやかな笑顔もウザい。

「アイツ絶対最初に死ぬ奴だぜ、兄貴。Ｂ級ホラー映画だと開始五分で」

チェリーに聞こえないよう、小声で楓がクレッグに愚痴っているが、日本の事についてはクレッグにオープンにしているようだ。

「いやいや、楓、チェリー先生は僕もよく知っているが、彼はやたらタフな男だよ。大魔法の一発や二発くらったくらいじゃやられないさ。それより、自分の身を心配してくれ」

「何を言ってるんだか。心配してくれも何も、兄貴が行こうって言ったんじゃないか」

「そうだが、ここは魔術師にとっては貴重な経験になるからな。何より、禁呪封印区に入った魔術師は世界広しといえどもそうはいないんだぞ？」

「それが本音か。要するに後で自慢したいんだろう」

「いや、それはもちろん自慢するが、そういうことじゃないんだよ、楓」

楓とクレッグは性格もスタイルも対照的な感じだが、仲は良いようだ。

「期待外れですわ。もっとこう……広い陳列棚に、輝かしい禁呪のスクロールが並んでいて、そんな場所だと思っていましたのに。まあ、フフ、後でお姉様達にホラを吹いてそう言っておけば、クク、いくら教師でも封印区はそう簡単には入れないでしょうし、騙せますわ！」

ぶつぶつと自分の悪巧みをフルオープンにしているメリッサの方は姉妹で仲があまり良くないようだ。

アリエルやヴァニラとは性格が似たもの同士の気がするが、いや、だから上手く行かないのか。

ここは俺が一肌脱いで、三人姉妹で仲良く裸の付き合いができるようにしてやらないとな。

「美味しい物があるといいね！」

ニコニコ顔のマリリンは食べることしか頭にない様子だ。ふむ。

「マリリン、たとえ美味しそうな物があっても手は出すなよ？　ここに有る物はわざわざ学院長が体内で保管している危険物なんだから、食ったら死ぬか、死ぬよりももっと酷いことになるぞ？」

俺は面倒なことになる前に忠告してやった。


「ええ？　食べちゃダメなの？」

「ダメだ」

「エー？」

お前は何しに来たんだと。いや、聞いたことがある。食道楽《グルメ》の人間は四六時中、食べ物の事を考え、そのチャンスを決して逃さないと。

そこに食べ物があるはず無いと思えるような場所であっても探すと。穴場だ。

虎穴に入らずんば虎児を得ず。たとえそれが危険なフグの肝であっても、敬虔なる食の下僕《グルマン》は試さずにはいられない、それは食への命を賭けた探求なのだ。

俺はその忠実なる欲望に敬意を表して言う。

「後で焼きそばパンでも奢ってやる。それで我慢しろ」

「うん！　アレックってホントいい人だよねー。ボク、大好き！」

俺もお前の豊満な乳は好きだぞ。後で揉ませろ。

男が女に飯を奢るというのはそういう約束《メッセージ》だぞ、マリリン。

タダほど恐い物は無い。フフ。

「師匠、モンスターが出てくると聞いていましたが、出て来ませんね？」

ノエルが先程から慣れない感じできょろきょろと周りを気にしているが、そう言えばこいつは冒険者じゃなくて、騎士団所属の奴だったな。

「もっと気を楽にしろ。長丁場になるから持たないぞ、ノエル」

ロリ学院長からは最深部の『ラプラスの悪魔』がいる場所までは三日もかかると聞いている。

食料は往復分と余裕も持たせて十日分を用意した。

もし、行きで五日以上かかるようなら、その場でアタックは中止、帰還だ。

何も俺達は死にたいわけじゃ無いからな、当然だ。『狂王』には悪いが、そう急ぐミッションでも無いのだ。

「はい、お師匠。でも……ん？　なんだこの影」

ノエルが何気なく足下を見て、怪訝な顔をした。

地面には何も無く、見えているのは赤茶けた土とその上の陰影だけだったが……。

俺もそれを注意深く観察し、その異常さに気がついた。

「でかしたぞ、ノエル」

「ええ、何か、光の方向と、いえ、これは濃さがおかしいような……」

そう、地面に映っている俺達の影が妙にはっきりしていて、濃すぎるのだ。

他の場所の石ころでできた影と比べれば、一目瞭然だった。

「敵発見、足下の影だ！」

俺は叫んで仲間に注意を促すと同時に、剣を抜いて地面に突き立てる。

もぞもぞと不気味に動いた影は、地面から剥がれるとそのまま起き上がってきた。

一斉に。

✧第七話　空を切る剣

『狂王』の呪いを解くべく、禁呪封印区に足を踏み入れた俺達。

だが、ロリ学院長の言った通り、そう簡単には行かないようだ。

地面から這い上がって来た影のモンスターは、ここにいる人数分はいるようで、何体もゆらゆらと漂っている。

「せいっ！　くっ、躱《かわ》された?!」

星里奈が剣で斬りつけたが、影は倒れなかった。

俺の目には捕えたように見えたが、影だから遠近感が掴《つか》みにくいのか。

「いいえ、これは剣が通り抜けています！　皆さん、気を付けて下さい！」

ミーナが指摘したが、なるほど、影だから剣では斬れない、か。

なら、ここは魔法だな。

「ジャジャジャジャジャ！」

俺は【アイスジャベリン】の魔法を影に向けて発射した。

だが、それもすり抜けて攻撃が当たらない。

「くそっ、こいつはどうなってる！」

「落ち着きたまへ！　アレック君！　魔術の基本は属性だ。影が相手ならここは光！」

そう言って青い宝石のついたロッドを左手で構えたチェリーが、素早く右手でルーンを描き始めた。

「――今、恋してますか？　満月の夜に湖面に浮かぶあなたの姿、それがッ！　僕の光！　【ムーンライト・マーメイド!!!】」

いきなり何を聞いてくるんだコイツは？　と思

ったが、どうやらそれは呪文だったらしい。

体を海老反りにして、まるでバレエを踊るようなポーズを取ったチェリーの全身から黄色い光がもわっと浮き出てくる。

それが一筋の光線となって影のモンスターに襲いかかり、貫いた。

「GYOGYOoOOO――！」

それまでのらりくらりとしていた影がブルブルと痙攣し、耳障りな断末魔を響かせて消えていく。

ふむ？　煙にならないな、こいつら。

普通のモンスターはこの世界では倒すと煙となるはずなのだが。

「どうだい、アレック君。ざっとこんなもんだ」

親指を立てて勝ち誇った笑みを浮かべるチェリーがちょっとウザい。一匹倒したくらいで。まだ後ろに敵がいるぞ。

「ぬっ!?　うおっ!?　いてて、ちょ、ちょっと待ちたまへ！　君、今僕は生徒に大事なことをだね、うわっ、ギャー！」

俺が教えてやろうとする前にチェリーは襲われてしまった。ま、コイツは弾よけだからほっとこう。

どうせすぐには死なない。タフだからな。

「なるほど、光魔法なら私に任せて下さい、お師匠！　母上から教わった破邪の祈りで――太陽の女神ソールよ、スキンファクシのたてがみをもって大地を照らし闇と魔を打ち払い給え！　【ホーリーシャイニング！】」

ノエルが冷静なのか抜けているのか、その場で目を閉じて祈り始めるので、俺は彼に近づく影を剣で牽制してやる必要があった。

ま、隙は短かったし、近くの影を三体ほど一気に片付けてくれたので、叱るほどでも無い。

それでも今後のために注意はしておく。

「ノエル、目を閉じて祈りをやるときは先に誰かにカバーを頼め。唱え終わる前に敵にやられるぞ？」

「あ、はい、すみませんでした。守って下さってありがとうございます、師匠」

「光か……弱ったな、僕の得意魔法は闇属性なのだが……こんなことなら、光魔法の一つや二つ、覚えておけば良かったか」

クレッグが渋い顔で影を睨みながら愚痴を言うと、それを聞いた楓が首をひねった。

「んん？　兄者なら、先生の呪文を諳《そら》んじることくらい、朝飯前だろうに」

「いや、それはできるが、あんなポーズは僕には無理だ！　しかも、仮にもギラン帝国の貴族が、色恋を口にするだなどと……」

「なんだ、そんなことか。別にあんなポーズは取らなくても――よっと！　ほら、無詠唱で行けるだろ」

楓が手をかざすと、チェリー先生より数倍強い光、それも青色レーザー光線が放たれ、影を四体ほど貫いた。リセマラ勇者の実力だな。

「くっ、デタラメな……これが才能の違いか。お前とレティを見ていると、神を呪いたくもなるぞ。これでも僕はお前が生まれるまでは神童と呼ばれていたというのに」

「あーはいはい、いいから唱えて。他が苦労してるみたいだし、兄者も頑張ってくれないと。ふう疲れた」

「楓、お前こそ、そう言いつつ座って休もうとするんじゃない。戦闘中だぞ！」

「いや、私はもう自分のノルマは果たしたし、ああ、それに魔力切れっぽいなあ……うん、魔力切れっぽい」

絶対にそんなはずは無いが、コイツを叱るより、自分で魔法を唱えた方が早いな。

光魔法は確か……

俺が光魔法を思いだそうとしていたら、目の前で誰かの血しぶきが飛んだ。

「ぐはっ！　畜生……っ、この！」

「クレッグ！」「兄者！」

クレッグがいつのまにか影に囲まれている。まずいな。

「んもー、ここは一気に格好良く大魔法を使おうと思ってたのに」

レティが唱えていた大魔法を途中で中止して、無詠唱の光の槍を飛ばしてクレッグを救った。

クレッグの方は助かったものの脇腹から血を流して、これは結構な重傷だろう。

「リリィ！」

俺はすぐさま回復役の名を呼んだ。

リリィは普段、スリングショットで牽制だけ行い敵に近づかずに様子見しているが、ポーションを持たせているのでこういうときに役立つ。

「任せて！　ほら」

「すまない、リリィ君」

クレッグがリリィから受け取ったハイポーションを腹にかけ、残りはそのまま飲み干す。

俺がいちいち指示しなくとも、ミーナが剣で影を追い払い、敵を牽制してクレッグをカバーした。パーティーの連係はしっかり取れている。

「よしっ、これで戦線復帰だ。んん？」

元気よく立ち上がったクレッグがよろけた。

彼の体力《HP》の方はもう回復しているのだが、あの影の攻撃はMPも奪ってしまうようだ。これは気を付けないと、魔法が使えなくなる恐れもあるな。

「兄者、危ないから、そこで座って待ってろ。今、アレック達がこいつらを片付けてくれるから」

楓はそう言ってこちらを指さすが、まあいい。

いったん、【浮遊】で高く浮き上がる。

「【スターライトアタック！】【スターライトアタック！】【スターライトアタック！】　くっ、切りが無い！」

星里奈は先程からスターライトアタックを連発しているが、一体ずつしか倒せないので効率が悪い。ウェルバード先生も「それに頼りすぎない方がいい」って言っただろうに。ＴＰ消費も考えろ。

お前も魔法が使えるんだからここは全体魔法を使えと。

まあいい。俺がやるか。

「はわっ！　皆さん、後ろに新手がいます！　五十、いや百体かも！」

「ア、アレック！　そんなところで浮かんで遊んでいないで、早くなんとかしてよ！」

「落ち着け、レティ。別にこれはのんびり遊んでるわけじゃない」

一度で決めたいから効果的に範囲内に入れようと、慎重に位置取りしていただけだ。

俺がスキルで取得し、すでに持っている呪文――。この場面では最高に役立つ属性なのに、すっかり忘れていた。

【アイスジャベリン】が便利だからと言って、それればかりに頼っていると、それが効かない時に困るんだよな。

今回は良い教訓になった。

「【シャイーン・フラッシュ！】」

両手の指を額に当ててるポーズは気に入らないので、俺は両手を前にかざしてゆっくり回転しながら【シャイン・フラッシュ　レベル５】を唱えた。

もちろん高速詠唱だ。

呪文自体の熟練度はまだ低いが、俺の基本魔力値とこの連打なら、倒せない影などいまい。

「よし、片付いたな」

見回して影が一掃されていることを確認した俺は、地上にスタッと降りる。

「そ、そんな、あれだけの影を、あっという間に、片付けたですって!?　う、嘘……」

　メリッサがその場で尻餅をついて驚いているが、ま、こいつは自分より上がいるということを見せつけてやった方が伸びるだろう。

「ご主人様ならトーゼンです」

　ミーナがちょっと自慢げな澄まし顔で言う。

　ミーナは【聖属性耐性】も取っているし、この呪文が問題ないか一度確かめている。吸血鬼属性となっている彼女でもへっちゃらだ。

　だが、やはり、問題が一つあったな。もちろんミーナのことではない。

　俺はそれを皆に言うべく、宣言した。

「よし、キャンプを張るぞ。ミーナは見張りに付け」

「はい、ご主人様、お任せ下さい！」

◇　◆　◇　◆　◇

手に入れたスキル
【影法師】Ｎｅｗ！

第八話　脱落者

　封印区の中で敵と戦ってみたが、予想していた以上に敵が面倒だ。

　魔法を使えばなんということは無いが、ここでは戦闘慣れしていない魔術師はハッキリ言って足手まといだ。

「いいか、全員、よく聞け。今戦ったのは、序の口の敵だ。まだここは最深部どころか、最初の入り口のエリアだからな」

　奥深くに行くほど、高度な禁呪が封印されているだろうから、当然、魔力の濃度も濃くなる。

　となれば、それに誘発されて発生するモンスターも、奥に行くほど強くなると容易に予想できる。

「すまない……」

それが分かったのだろう。クレッグは悔しそうに握り拳で地面を叩いてから言った。

「気にするな、クレッグ。誰でも得手不得手、得意なことと苦手なことがあるだろう。俺達は今、即席であろうとチームで戦っている。だから、お前は別の敵の時に頑張ればいい。それで今回の負けはチャラだ」

「ああ、その時は借りを返す。任せてくれ」

「ああ。他に、奥には連れて行けない者を言うぞ。まず、メリッサ、お前だ」

「くっ……ええ、そうですわね。私は、慌ててしまって、呪文もろくに唱えることができませんでしたわ。実戦がこうも違うだなんて……」

メリッサが難しい顔で唇を噛む。口答えしても無理矢理追い出すつもりだったが、その必要は無さそうだ。

「気にするな。初陣なら、怪我をしなかっただけ大したもんだ。それにあれだけの数に奇襲されたんだからな」

最初は二十体くらいだったが、後から百近い数が出て来ていた。

モンスターハウス。

これはおそらく、定期的にここでモンスターを倒しておかないと、どんどん溜まっていくのだろう。

すんなり学院長が俺達をここに招き入れたのは、初めから中の大掃除をやらせるつもりだったのだ。上手く利用されたな。

まあいい。

「致し方ない。先輩ともあろう者が、一体も敵を倒せていないのだからな」

クレッグの場合、他の者に対する様子見さえ無ければ、何体かは倒せていたはずだが、どうも率先して戦う気が感じられなかった。

闇魔法が得意だそうだが、魔導師課程まで進んだ人間が光属性の魔法を一つも知らないなんてことも無いだろう。

リセマラ勇者である楓の兄貴だから、こちらの情報だけスパイされて後々、楓とタッグを組んで俺達の敵に回るとなると面倒だ。

「いや、兄者はこのパーティーがどう戦うか、今後の戦闘のために観察してたんだろう。言っとくが、実力はあるんだぞ?」

楓が俺の方を見ると少し不満げにクレッグを庇《かば》った。

「それは分かっている。戦闘中も楓と会話するほど落ち着いていたからな。だから、メリッサを外へ連れ帰って欲しいんだ。頼めるか、先輩」

「分かった。そういうことなら引き受けよう。だが、年上である君に先輩呼ばわりされるのもどうも妙な気分だな。実力もAランククランのリーダーだと聞いたが、それだけのことはある」

そこまで言ってクレッグは俺に近づいてきた。

脇でミーナが剣の柄《つか》に手を置いて警戒するので、俺はやめておけと手で合図しておく。

ここでクレッグが俺に襲いかかる理由は何も無い。

「だから僕のことは遠慮せずフレッドと呼んでくれないか。親しい人間は皆そう呼ぶ」

手を差し出してきたアルフレッド＝フォン＝クレッグは、どうやら俺と握手がしたかったようだ。

「いいだろうフレッド」

お友達になる気はさらさらないが、メリッサを無事に連れ帰ってもらわないと困るからな。邪険にはしない。

「あ！　あ！　クレッグ……じゃなかった、フレッド、私も、私も！」

レティが自分のローブで両手を拭き拭き、握手を求める。

「フン、君はダメだ」

ペチンとフレッドが冷たくレティの手を横には

たいた。

「なんでよっ！」

「忘れたか。いつぞや君は僕の勉強机の中に一般の動物種のカエルの中では最も危険な『モウドクフキヤガエル』を大量に仕込んでくれたことがあっただろう。片付けるのに僕は知らずに触って危うく死にかけたんだぞ？　三日三晩、死の淵《ふち》をさまよった。川向こうで死んだ祖母にも会った」

「あー、ま、ちょっとしたイタズラじゃない。モンスターじゃないんだし。生きてたんだからいいでしょ。済んだ事よ」

「ダメだ！　毒の無いカエルならそれで許してやっても良かったが、楓、コイツだけには気を許すなよ？」

「ラジャ！　兄者の敵は私の敵だ」

「『モウドクフキヤガエル』か……食えるかな？」

　マリリンが余計な事を考え始めたが、ほっとこう。いや、そう言えば。

「そうだ、レティ、お前に『帰らずの迷宮』で『レッド・キラービーの毒針』をくれてやったことがあっただろう。今、返せ」

　危険物は早めに回収しておくに限る。マッド魔導師に刃物を持たせたらダメだ。

「ええ？　もう使ったから無いよ」

「なに？　暗殺にでも使ったのか？」

「使ってないよ！　そりゃ時々はやってるけど、あの毒針は別の錬金術に使ったんだってば」

「レティ、時々は、ってあなた……その話、ここから出たら詳しく聞かせてもらうわよ」

「そうですね」

「ええ？　もー、星里奈、ミーナ、勘弁してよー。ほら、昔のちょっとしたやんちゃでしょ？」

「星里奈、リーダー権限で許可する。後で徹底的に尋問しろ」

「了解」

『風の黒猫』に加入する前の暗殺なら大目に見て

もいいが、加入後の事なら俺達にとばっちりが飛んでこないとも限らない。

フレッドは根に持ってはいないようだが、俺だったらそのカエルを投げ返すくらいはする。

「レティさん、それはバーニア王国内での話ですか？　もしそうなら私もバーニア王国騎士団の一員としては調査が必要なのですが……」

ノエルも気にし始めたが。

「アーアー聞こえない！」

どうしようも無い奴だな。限りなく黒に近いグレーと来たか。

「この件は星里奈に任せるから、ノエルも好きなだけ調査して必要なら逮捕しても構わんぞ」

「りょ、了解です、師匠」

「ちょっとアレック！　あなた仲間を売るつもりなの？　ヤダ、信じられないこの人」

「やかましい、レティ。人聞きの悪いことを言うな。市民の義務として犯罪者を司法機関に引き渡すだけだ。容疑が晴れるまでは少し大人しくしてろ」

「容疑……おお、そうね、容疑ね！　まあ、フフ、証拠が出せるモンなら出してみいや、ねーちゃん、あぁーん？」

「ホント、あきれるわね……」

腕まくりをして凄むレティにこの場の半分以上の者がドン引きだ。

「そのくらいにしておけ。今はフィールドだからな」

いつまた敵が出てくるかもしれない場所で、長々と話をしている場合でもない。

「キャンプは終了だ。行くぞ」

「「了解」」

俺達はここでメリッサ達と別れ、さらに奥地を目指すことにした。

残るメンバーは星里奈、ミーナ、リリィ、ネネ、レティ、楓、チェリー先生、マリリン、ノエルだ。

人数はまだ足りている。

✧第九話　マリリンの実力

禁呪封印区のフィールドを俺達は歩いている。

「地形が変わってきたな」

荒涼とした地平線から、入り組んだ石柱のジャングルのような場所に変わり、目の前に広がっている。

「ここは肺エリアと記されている」

チェリー先生が地図を広げて言うが、肺ねえ？　ま、深くは考えまい。

戦闘中に余計な事を考えれば、それだけで命取りだ。

俺は冒険者の思考に切り替える。

「あっ！　アレック、見て見て！　あそこに祠《ほこら》があるよ！」

マリリンが最初に気づいたが、コイツ、目が良いな。

「どうするの？　アレック」

星里奈が聞いたが、普段の俺達ならアイテムが落ちていないか調べに行くところだろう。

だが、ここは普通のダンジョンとは違う。

禁呪が封印されし場所、だからな。

「下手に近づかない方が良い。目的地は『ユードレス』、最深部だ」

俺は地図に記されていた目的地の名を言う。

「そうね、見つけても、たぶん、持ち出し不可のアイテムでしょうし……」

「オホン、持ち出しは禁止だが、学院長から品のチェックとちょっとした儀式を頼まれていてね。悪いが、立ち寄ってもらうよ」

チェリー先生が咳払《せきばら》いして言い出すが、彼はそのためにここに送り込まれていたんだったな。

「時間は？　どれくらいかかる」

「そんなにはかからない。三分もあれば充分だ」

「あー、カップ麺食いてぇ」

唐突に楓が言い出すが、三分だからな。

日本の懐かしい味、カップ麺は残念ながら異世界のここでは食えない。

「帰ったら、本場のラーメンでも食いに行け」

俺は言うが、ラーメン自体はこの世界にも広まっていて、味の再現度もなかなかだ。

「アレックは分かってない。インスタントと生ラーメンは別モノだっての」

楓がなおも愚痴るが、俺だって食いたいんだ、我慢しろ。

「そう言えば、そんなものもあったわね。でも、普通のラーメンの方が美味しいと思うけど」

「だから、別モノ――待て」

楓が手で合図し、身を伏せる。

俺達もすぐに石柱の陰に隠れ、小声で問う。

「どうした？」

「今、向こうの石柱に人影が見えた。確認しておきたいが、この封印区に入ってるのは私達だけなんだよな？」

「そのはずだ。他に入ってる人間がいるなら、学院長が報せてるだろう。どうなんだ、ルナ」

学院長の名を呼んでみたが、反応は無い。こちらの声が聞こえるのは内耳エリアだけか？

「メリッサ達じゃないのよね？」

星里奈が確認する。

「違う。ローブ姿で色も違っていた」

まさか――

「何色だ？」

「黒」

楓が黒ローブの魔術師をここで目撃した、か。

予感は的中したが、面白くない状況だ。

確かに俺達は奴を追っている。

だが、今ここでの話ではない。

「くそ、面倒だな……黒の魔術師か」

「入学試験で妨害工作をやってきた奴らしいが、

何者なんだ？」

楓が聞いてくるが。

「それが分かれば苦労しない。とにかく奴には気を付けろ。バーニア王国では『白い鳥』を召喚術で呼び出し、南東のロダール湿地では『黒い鳥』を呼び出して大勢の村人を殺したという話だ。百万ゴールドの賞金首だ」

賞金は『風の黒猫』が出しているので、他の奴に取って欲しくは無いのだが、情報も欲しいからな。

「百万ゴールド!?　そりゃまた、随分と大物のようだね……」

チェリー先生が驚くが、普通の大物は三十万ゴールドがこの世界での相場らしい。奮発してやった。

「黒い鳥って？　それ、どんな感じの？」

マリリンが聞く。

「俺達が見たのは白で、直接じゃないが、リザードマンの戦士でも歯が立たないほどの大きな鳥だったそうだ。二十メートルくらいだろうな。白い方は……タツノオトシゴって分かるか？」

「うん、分かる分かる。あれ、美味しいよねえ」

食ったのか。

「そんな感じの頭をしていた」

「特徴は、魔法が効かないのよ」

星里奈が大事な説明を付け加えた。

「それは、炎や特定の属性が無効ということかね？」

チェリー先生が確認してくるが。

「いや、全部だ。白い鳥は氷属性と光属性しか試していないが、入学試験に出て来た黒ナメクジは四元素すべての属性が効かなかった。どちらも奴が呼び出したのは間違いないはずだ」

「なるほど、話には聞いていたが……ちょっと信じがたいな。高位竜などは強大な魔法抵抗力を示し、初級魔法は完全に無効化されるというが、それでも魔法防御を上回る攻撃なら、例えば上級魔法ならダメージが通るんだ。火のモンスターなら、水や氷。氷のモンスターなら炎、相克《そうこく》にしてそれが自然の摂理だ」

　チェリーがこの世界の魔法知識を述べるが、魔法をどれもこれも無効化してしまうなんてのは有り得ないらしい。

　ここにメタルス〇イムはいないって事だな。残念だ。

「そんな厄介なモンスターを呼び出す黒魔術師がここに入り込んでるって事か。なあ、そいつをここで呼び出されると、私らはマズいんじゃないのか？」

　楓が言う。

　皆押し黙ったが、確かに、魔法特化のパーティー編成になっている今、魔法が効かない奴が出てくると非常にマズい。

「大丈夫、私の【スターライトアタック】は効くから。スキルだけどね」

　星里奈が笑顔で言うが……ま、ここで情報を出し惜しみしない方が良いだろうな。

「では私が索敵してきます」

　ミーナが言い、柱の間を走って行く。

「相手は高レベル魔導師だ。召喚術だけじゃないだろうから、気を付けろよ」

　俺は声をかけておく。

「はい、ご主人様」

「さて、そうなると、この近くは今、大丈夫そうだね。今のうちに儀式を済ませておこうと思うんだが、構わないかね？　アレック君」

　チェリー先生が聞いてくるが。

「騒がしくしないなら、やってくれ」

「しないとも、任せておきたまえ」

　彼が祠に向かうので、この場は星里奈に任せ、俺とレティでチェリーの護衛に付く。

「ボクもこっちでいいよね。ほら、ノエル君と楓もおいでよ。面白そうだし」

マリリンがやってきたが、まあ見学くらいはいいだろう。

「いいのですか？」

「私はパース。何が嬉しくて、禁呪だのアーティファクトだのそんな危険物にわざわざ自分から近づくのかねえ」

楓は手を振って断ったが、ノエルは興味があったのかやってきた。

俺は騒ぐなよと二人に念押ししつつ同行を許し、祠に向かう。

乱立する雑木林のような石柱に囲まれた祠は、そこだけ半径五メートル程度にわたって開けた地面になっており、その中心にはピラミッドを逆さにしたような白い石の台座があった。

問題は、その祠の前に鎮座している大きな物体……これも石か？

綺麗な球体の形だが、それ以外に何の変哲も無い。

色は灰色だ。

「これが、禁呪……？　ですか？」

ノエルが自信なげに聞くと、チェリー先生は首を横に振った。

「いや、これは禁呪ではない」

チェリー先生はその石に無防備に近づくとそれに向かって何やら呪文をブツブツと唱え始めた。

「うん、これで間違い無い。失われし神々の遺産《アーティファクト》が一つ、『コス＝トューリカより出でし古《いにしえ》の石球』だ」

「へえ」

「ふーん、タダの石ころみたいだね」

マリリンがすぐ近くで覗き込むが、直径一メートルくらいの大きめの石の玉だ。

その表面には模様も彫刻も何も無く、すべすべだ。

「だが、これはいかなる力によっても破壊できず、傷すら付けられないという代物だ。そんな石をどうやって加工したのか、その謎を歴代の高名な魔術師や鑑定家が束になって解こうとしたのだが、解析の糸口すら掴めなかったそうだ。まさに神の御技だ」

チェリー先生が説明した。

「へえー、とりゃ！」

マリリンがグローブをはめた手でいきなり殴ったが、石はビクともしない。

もちろん、表面に傷も付いていない。代わりにマリリンの方は痛かったようで自分の手を押さえてうずくまった。

「いててて……！　ちょっとぉアレック、見てないでその剣でやってみてよ」

「ああ？」

「傷が付かないって言うしさー、ホントかなって」

「なら、私が。――小さき石が大きな石を穿《うが》つ、速き石が動かぬ石を穿つ、意思が石を砕くなり、【ストーンバレット！】」

レティも呪文を唱えたが、石球に当たった小さな魔法の石は砕け散った。

お前ら、大事に保管してある神々の遺産をいきなり壊そうとするとか、ちょっとおかしいだろ。

俺は念のためチェリー先生を見るが、彼は怒るどころか「試してみたまへ」と余裕のある顔でうなずいた。

「なら、モノは試しだ。すーっ、【斬鉄剣！】」

石をスキルも使って斬りつける。

キィイイインと弾かれる音がしたが、案の定、俺の持っていた剣が綺麗に真っ二つで折れていた。

そんな予感はしたんだよなぁ。

くそ、結構な値段の剣だったのに。まあいい、予備はある。

「はは、何人もの力自慢が挑戦して失敗したという記録が残っているからね。そのくらいにしておいた方が良い」

チェリーが苦笑して言う。

「ちなみにチェリー先生、これ、おいくらくらいで売れるんですの？」

両手に大きな袋を持ってそれを聞くレティは、しゃれのつもりか。しゃれのつもりだよな？

「非売品だ。世界にたった一つしかない唯一《ユニーク》アイテムだよ。袋は仕舞いなさい。全然笑えないですよ、レティ先生」

さすがにチェリーも不謹慎な、と言わんばかりの渋い顔だ。

「でも、なんかコレ美味しそうなんだよねー、ガジガジ」

マリリンが噛みついたが、パキッと結構いい音がした。

「うっ！」

「お、おい、大丈夫か？　マリリン君。歯を見せてみなさい」

「うん、歯はへーきだよ。ほら。でも……ボリボリ、マズい……」

「ええっ!?　ま、まさか」

石を見ると、歯の形がくっきり付いてそこだけえぐれていた。

「そ、そんな！　世界に二つとないアーティファクトが！　……はふうっ」

気の抜けたチェリー先生が、めまいがしたようでクラクラッと倒れかけたので、慌ててノエルがその体を支えた。

「チェ、チェリー先生ぇーッ！　しっかり、しっかりして下さぁあああい!!!」

だから騒ぐなと言っただろう、お前ら。

第十話　レティの実力

オースティン王立魔法学院の禁呪封印区――。

そこに保管してあったアーティファクトをマリ

リンがいきなり壊してしまった。

……まあ、今まで誰も傷つけた者がいなかったというだけで、絶対に傷が付かない石というわけでは無かったようだ。

新たな発見だ。

だが、世界で唯一無二のアイテムで神々の遺産というカテゴリだったわけだから、これは下手をすると誰かの責任問題……ということになるかもしれないな……。

「いーけないんだ、こーわしたっ！　マーリリンが、こーわしたっ！」

レティがなぜか嬉しそうな顔でダンスを踊るように囃《はや》し立てた。

「ええっ？　レティ先生だってさっき壊そうとして魔法唱えてたじゃないですかぁ！」

大きな声を出す二人を、俺はしかめっ面で注意する。

「いいからお前らちょっと黙れ。敵が近くにいるかもしれないんだぞ」

それも魔法の効かない『白い鳥』や『黒ナメクジ』を召喚した厄介な黒魔術師だ。

「ああ、ごめん、アレック……」

「そーよ、マリリン、大きな声で。反省しなさい反省」

「お前も反省しろ、レティ。お前の声が一番デカかったぞ。それより、ノエル、先生の様子はどうだ？」

「はあ、ちょっと気を失われてしまったみたいで……でも呼吸は有ります」

「やった！　チャンスね！　今のうちにチェリーボーイの後頭部を殴ってここに埋めちゃいましょうよ、アレック」

レティが言い出すが。

「アホか。余計に問題が大きくなるじゃねえか。いいか、ここは全員でまともな解決法を考えるんだ。だいたい、チェリー先生が許可を出したんだからな。俺達は試せと言われて試しただけだ。責任の度合いは無いか、小さいはずだ。逆に新たな発見を賞賛されても良いくらいだ」

「どうかしら。わざわざ保管してあったんでしょ？　チェリーボーイも気を失うほどショックだったみたいだしさぁ」

「それはチェリーだからだろ。学院長なら『めっ！』で許してくれる気がするぞ」

「そうならなかったら？」

「うーむ」

その場合は、弁償か？

非売品というのがなあ……。

「うえ、アレックぅ、弁償しようにもボク、お金持ってないよ！　どどど、どうしよ？」

汗をだらだらと流し始めたマリリンは青い顔で慌てているが、コイツも悪気があったわけじゃあない。

「落ち着け。慌てても思考が鈍るだけだ。済んだことは仕方ない。ここは戻ってから正直に学院長に申し出るとしよう。正直が一番だ。俺が賠償の話にならないように、口添えしてやるから、そう心配するな、マリリン」

「う、うん、ありがとう、アレック」

壊れない価値ならば、壊れた時点でその価値は無いと言ってもいいのだが。

そこに美術品や貴重品としての付加価値がくっついていたら厄介だ。

「勇者〇〇でも斬れなかった！」という曰く付き石をその辺のペーペーが壊したら、そこはやっぱり、ひんしゅくモノだろう。

……いや？

そうじゃないな。

誰にも壊せなかった石を壊したのだ。

それが勇者の証《あかし》となるべきだ。

「マリリン、その石を思いっきり壊せ」

「えっ！　な、なんで？　証拠固め？　酷いよ、アレックぅ」

半べそのマリリンには説明しなければ俺の意図が分からないようだ。

「ハイハイ、そんないちいち騒がなくったって、ここをほいっと」

レティが浮遊魔法を石にかけて、くりんっと回した。

すると歯形が下側になって、見た目は元通りになった。

「じゃーん！　どう？」

「……ほう、やるな、レティ」

危険な封印区の祠に安置されてある石球だ。わざわざここに入って、ひっくり返してまで念入りの状態チェックを行う者がいるとは考えにくい。

その場に魔力反応のある石が置いてあれば、盗まれていないとしてオッケイだろう。

万一、傷が発覚したとしても、前回の時は無事だったんだけど不思議だねーと言い張れば、それは自然現象、風化や劣化の可能性も出てくる。それこそ神のなせる業なのである。

だいたい、難しく考えなくても、これは永きにわたって封印してあるモノなのだから、ただ盗まれなければいいのだ。

「ふふ、こういうのは慣れてるし、年季が違うわよ、年季が」

自慢げに言うレティは、今まで数え切れないくらいに、たくさん壊してきたんだろうな。さすがはクラッシャー・レティと呼ばれる女。

人としては最低だが、この場は結果オーライだ。

「よし、口裏を合わせろ。マリリンがおふざけで幻術を使ったことにするぞ」

「わ、分かった。ボクの幻術だね」

「オッケー！」

「ええ……？　わ、分かりました」

その場にいる全員の了承も取れた。

ノエルがヒールをかけたあと、俺が気付け薬でチェリー先生を起こす。

「ふがっ！　うう、いったい、何が……」

「すみませーん、先生、ボクが幻術でイタズラしたんですけど……」

「おお、い、石は——ふう、なんだ、驚かせてくれたな、まったく」

　胸をなで下ろしたチェリーは気づいていない。全員で目配せして腹黒い顔でうなずく。

「さ、チェリー先生、さっさと仕事を済ませてくれ」

「ああ、そうだな。むんっ！」

　チェリーが手をかざして力むと、石から魔力がすうっと目に見えるほどの濃度で彼の体に入っていくのが分かった。

「だ、大丈夫ですか、チェリー先生」

　ノエルが心配するが。

「ああ、この魔力体は呪われてもいないし淀んでいないタイプだから平気だよ。中には手に負えないモノもあるようだが、それは今回、学院長の指示には無いからね」

　チェリーが言うが、では、危険な品の魔力祓いはどうするのか、俺は気になった。

「呪われてるモノはどうするんだ？」

「それは……さあ、僕もそこまでは聞いていないんだ。まあ、高位の魔導師が出張ってきて難しい儀式をやるんだろう」

　おそらく、何年かに一度、あるいは何十年かに一度、スペシャリストの対策チームが結成されるのだろう。

　ま、今まで何百年もこうして封印されてきたそうだから、俺が心配しなくてもそこは上手く回っているはずだ。

「これで終わりか？」

「ああ、終了だ」

「よし、戻るぞ」

　そう言って、俺は振り返って石を見る。

石は元来たときと同じようにそこにあった。

『コス＝トューリカより出でし古の石球』

それは誰にも砕けず、誰にも傷つけることができない。

きっとこれからもずっとここで安置され続けるのだろう。

何も変わらず、ただ時を重ねていくだけ。

願わくば、誰もひっくり返さないで欲しい。

チェリーを除く全員は、神妙な面持ちで祠を後にした。

✧第十一話　関門エリア

チェリー先生の用事を済ませた俺達は、星里奈達のいる場所に戻ってきた。

「アレック、そっちは何かあったの？　みんなそんな感じの顔をしてるけど」

こういうときに限って妙に勘の鋭い星里奈がそう言ってくるが。

「何も無い。いや、失われし神々の遺産《アーティファクト》の怖さを見てきた。アレは触らぬ神になんとやらだ」

俺は仏頂面で言う。

「そんなに？」

「そそそ、そーだよね！　アレックの剣が折れちゃったもんね！」

動揺しまくりのマリリンは嘘がつけない体質だな。

「いや、本当に貴重なモノを見ました、は、はは……」

騎士ノエルも顔が引きつり気味だ。

「ま、壊せないって伝説だったけど、所詮は伝説だもの。天才の私に言わせれば、やろうと思えばやれると思うわよ。可能性はあるわね、うんうん」

黙れレティ。余計な事を口走るんじゃない。

「そう、壊せないモノなんだ……。なら、悪用を防ぐためには、ここに封印するしかなさそうね」

あっさりと納得した星里奈だが、まあ、その方が良い。

「それで、ミーナはまだ戻っていないのか」

俺は見回したが、彼女の姿はここには無い。

「うん、まだ斥候に出たままだけど。大丈夫かしら？」

念のため、俺はウインドウを確認したが、ミーナのＨＰバーが表示されているので問題ない。

あまりに離れすぎると、このＨＰバーは見えなくなるので、いつも安否確認に使えるというわけでもないが。

「ＨＰがあるから平気だろう。こちらとしては、奴とやり合うために来たわけじゃないからな。向こうがこちらに気づいていないなら、仕掛けずにそのまま最深部まで向かうとしよう」

黒魔術師と出くわさないなら、その方がいい。

「そうね、ここで魔法が効かない変なモンスターを呼び出されると、私が苦労させられそうだし」

星里奈が苦笑するが、彼女だけで無く、俺も【斬鉄剣】で対応できる。

ただ、一年後の『黒イソギンチャク』クラスに近いものなると、他のメンバーには重荷だろう。

「全員、俺か星里奈とははぐれないようにしろ。もしはぐれたら、敵から逃げまくってでも合流を優先だ。いいな？」

「「了解！」」

良い返事だ。一軍メンバーでは無い、即席メンバーも交ざっているのだが、さっきのアーティファクトのごたごたで、少しだけ信頼関係が生まれたのかもしれない。

「申し訳ありません、お待たせしました」

ちょうどミーナが戻ってきた。

「その様子だと、敵は見つからなかったようだな」

ミーナの様子を見て俺は言う。

「はい。索敵した範囲では黒魔術師はいませんでした。ご主人様がお望みでしたら、もっと広範囲で捜しに行きますが」

「いや、可能な限り、封印区内では黒魔術師との戦闘は避けていくぞ。魔法が効かない敵はそれだけで厄介だし、他にも隠し球を持っているかもしれないからな」

黒魔術師の正体については何も分かっていないし、鑑定すらしていないのだ。

普通の敵とは区別して、対応も変えた方が良い。

「そういうことなら、私のスキルが役立ちそうだな。みんなちょっとこっちに集まってくれないか」

楓が言うので、俺達は彼女の近くに寄って集まる。

「じゃ、すぐ済むからちょっとじっとしててくれ
――秘技【雲隠れ！】」

楓が片手を上げ張りのある声で技名を言ったが、特に何も変わっていない。

「よし、もういいぞ。これでしばらくは敵からの発見率が激減するはずだ」

気配を消す類《たぐ》いのスキルか。

「へえ、あなた、シーフ系なの？」

星里奈が聞くが。

「いや、そういうわけじゃないが、生き残るためにこっちで鍛えたからな。いや、鍛えさせられたと言った方がいいか……」

陰のある顔で遠い目をする楓。

「そ、そう。ギラン帝国の貴族って思ったよりもなんだか大変なのね」

「そうじゃないぞ、星里奈。こいつはただ、朝起きて顔を洗えと言われるのが嫌なだけで、スキルを開発しただけだ」

同類の俺は断言する。

「おい、アレック、全くその通りだが、知らないお前が見てきたように言うのはよせ」

「ほらな？」

「ええ？　初対面なのに、なんだか気が合う感じね、あなた達って」

星里奈が肩をすくめて言うが、ま、同じ道を歩んだ者同士だからな。

「私もそのスキルが欲しいー。お、リストにあった！」

リリィが言うが、仲間が増えたな。

「オホン、次のエリアは東だ」

チェリー先生が厳しい顔で咳払いして言い、俺達はそちらに向かった。

◇◆◇◆◇

「ここは、確かに、胃っぽいな……」

楓が辺りを見回して言うが、ここは胃エリアだ。

ピンク色のぬめっとした地面は、踏み込むとぶよぶよしていて、気持ち悪さもさることながら、ちょっとした恐怖感も味わえる。

俺達が消化されないだろうな？　という恐怖だ。

真っ先に地面を【鑑定】してみた俺だったが……。

〈名称〉胃壁
〈種別〉施設
〈材質〉？？？
〈防御力〉10000
〈重量〉？？？
【解説】
一面を覆う、とある生命体の一部。
予定された通りに動く。

「くそっ、この地面は動くらしいぞ」

「「ええっ？」」

驚いて声を上げたのはリリィと堅物少年のノエルだけで、他の面子はやっぱりかという顔でうなずいた。

「まあ、見た目、動きそうな感じだものね」

「ねえねえ、アレック、私、帰って良い？　私の勘だと、ここはヤバイ感じがする」

リリィが言うが、俺もさっきからそんな感じがしているんだがな。

「大丈夫だ。色々ハプニングはあるだろうが、お前は大丈夫だぞ、リリィ」

おまじないを唱えてみる。

「ふーん？　ま、アレックがそう言うなら、大丈夫かな」

リリィには効いたようだ。良し。

だいたい陰で護衛している忍者佐助がリリィだけは何とかするだろう。

「じゃ、ここは慎重に、スピードを落とし陣形を保ってフォーメーションで移動するぞ」

陣形を確認しておこう。

「先頭はミーナだ」

「はい、ご主人様」

恐れもせずに前に出るミーナは大した度胸だ。

もちろん、何かあれば全員でカバーするし、それが分かっているからこその信頼だろう。

先頭のミーナには犬耳族の鼻を活かした索敵をやってもらう。

「前列は星里奈、チェリー先生、俺、楓」

「分かった」

「任せたまへ！」

「残りは後衛だ」

俺は残りのメンバーを見て言う。

魔法使いのレティとネネは後衛型だ。

ポーションを持たせているリリィも一応、ムチで攻撃できるが、当てにはしていない。

それから実力《レベル》的に二軍だから不安のある癒し役《ヒーラー》美少年ノエル。

レティは気分的には最前列に出したくなるが、慌ててパニクると実力が出せない奴だから、後衛がいいだろう。

「アレック、私も後衛がいいんだが？」

楓が不満だったようで言ってくるが、リセマラ勇者の実力から考えて、コイツは前だろう。

ステータスで魔力だけを極振りしていたらちょっと危ないが、それならそれで、ちゃんと理由を自己申告してくるだろうしな。

軽装のシーフ姿だが、前列だ。

「実力を見てリーダーの俺が判断した。マリリンで手を打て」

「嫌だ。マリリンはもうもらう約束をしたからな。星里奈も寄越すなら考えてやるぞ」

「欲張りな奴め。じゃ、星里奈もくれてやるが、アイツは取り扱い注意だぞ？」

「心配するな、泣かせたりはしないから、フフフ」

ほくそ笑む楓が少し注意の意味を勘違いしていそうなのが心配だが、まあ、女同士だから上手くやるだろう。星里奈も言いなりになるタイプでは無い。

「何の話をしているの？」

当の本人が耳ざとく気にしてきたが。

「何でも無いぞ」

「ああ、何でも無い。こっちの話だから、星里奈」

俺と楓でうなずき、気にせず配置に付く。

「なんか二人とも怪しいんだけど……帰ったら話してもらうわよ」

「「いいだろう」」

パーティーが移動を開始した。

第十二話　裏目

ピンク色のぶよぶよした大地。

小さな丘やくぼみのような凹凸があちこちにある。

歩きにくいし、へこんだところは視界が隠れてしまうので、敵の不意打ちに注意したいエリアだ。

「なんか面白いね、ここ！」

「ホントホント！」

ジャンプして地面の感覚を楽しんでいるマリリンとリリィは警戒感に乏しいが、ま、他のメンバーがしっかり警戒していればいいだろう。

「あ、師匠、ここ、ただれて穴が空いてますよ？　学院長先生はストレスが溜まりやすい人なのでしょうか……？」

ノエルが少し心配したように言うが、なにせここは『胃エリア』だからな。

しかしあのロリっ子にストレスなんてあるのかね？

あったとしても少々の事じゃ効かないはずだ。

「どうだろうな」

「ノエル君、ここは位置的には学院長の体の内側ではあるが、ここに見えているのは体そのものではないのだよ。次元が違うから、そう心配しなくても大丈夫だ」

チェリー先生が説明したが、その辺も学院長から詳しく聞いているようだ。

「あっ、じゃあ、食べても大丈夫だよね！」

「い、いや、マリリン君、それはダメだ。きっとお腹を壊すよ？」

チェリー先生が顔をしかめて言うが、食って良いものじゃないだろうしな。封印区の壁なんて。

どう考えても体に悪そうだ。

「残念、こんなに美味しそうなのに……」

マリリンがしょぼんとするが、旨そうか？

ちょっとその感覚は俺には分からない。

地面が汚れているわけではないが、たとえるなら……綺麗な砂浜を見た女の子が「美味しそう！」なんて言いだしたら、当然「は？」となるだろう。

「皆さん、気を付けて下さい。何か、地面と違う異臭がします」

ミーナが警告したが、近くに何かがいるようだ。

「チェリー先生、この近くに何かアーティファクトや禁呪があるのか？」

念のため、俺は確認しておく。

「いや、アレック君、ここは何も無いよ。素通りするだけのエリアだ。地図にも印が無い」

「そうか。なら、何か出て来たら、遠慮無くぶっ放せ、レティ。確認せずに撃って良いぞ」

俺は許可を出す。

「アイアイサー！　そーゆーことならまっかせなさーい！　レーザー光線で行こうかなー、それともフレイムスピアがいいかなー、ウフフ」

殺《ヤ》る気になったレティは、期待通りのパフォーマンスを見せてくれることだろう。

「ん？　ちょっと待って！　今、そこの右の丘の裏にいたわ？　白い何かが」

星里奈が早くも敵影を発見したようだ。

「攻撃陣形で行くぞ。星里奈、お前は左側から回り込め」

「了解！」

俺と星里奈が剣を抜いて前に出る。いや、ここの敵は魔法の方が良さそうだな。

へこんだ地面で視界が上手く確保できないので、俺は【浮遊】を使って上から見下ろした。

「ピロッ!?」

いた。

一メートルくらいの芋虫みたいなモンスターがくぼみに隠れていた。

色は純白ののっぺらぼう。足の代わりに糸のような細長い触手が何本か生えていて、それで立っているようだ。

「せいっ！」

星里奈が向こう側のくぼみで気合いの声を出したが、あっちにも別の敵がいたようだ。

「ジャジャジャジャジャジャジャジャジャジャ！」

こいつは高濃度魔力から生まれ出たモンスター
で間違いないだろうから、俺も即座に先制攻撃を
仕掛ける。
氷の槍が奴の体に連続して命中。
だが、奴の姿勢をのけぞらせる事には成功した
が、貫くまでには至らなかった。
コイツ、見た目は柔らかそうだったが、思った
よりしぶとい奴だ。
「ピロッ!」「ピロッ!」「ピロッ!」「ピロロロ
ロ!」
電子音のような鳴き声を発したそいつらは、あ
ちこちのくぼみから一斉に湧いてきやがった。
周囲はすべて敵。
全部同種の白い芋虫だ。
「くっそ、数が多い! レティ、障壁か何かで全
員を守れ」
「ちょっとぉ、攻撃して良いって言うから、フォ
トン・レーザーで気持ち良く行こうと思ってたの
にぃ!」
無詠唱でレーザーを発射したレティが文句を言
いつつも、呪文を切り替える。
だが、バリアの詠唱には時間がかかるようだ。
「うわわわ、なんで一斉に出てくるのぉー?! う
ひぃ!」
その間に、後方にいたマリリンがモンスターに
襲われてしまった。
マリリンがなんとかパンチで抵抗しつつ下がる。
さすがにこいつらはマリリンが見ても美味しそ
うには見えないようだ。
「くっ、気持ち悪い奴らめ!」
ノエルが迫る芋虫を剣で斬り払っているが、数
が多いため、取りこぼした何匹かに噛みつかれて
しまっている。見た目は軽傷というところで、致
命傷では無いのだが、まだまだ他にもたくさん敵
がいるので、ちょっとヤバイ。
ここは俺が戻って、敵を一掃するしかなさそう

だが、間に合うか？

「はわ、ここはシールドで！」

右側ではネネがシールドを張って敵を押しとどめているが、ドーム形のバリアではなく、盾形のシールドなので、横から二匹目の敵が回り込んでくるとアウトだ。

こちらもあまり長く持たないだろう。

この状況、両方一度に助けるのは無理だし、まだ後方中央にも敵がいる。

「後ろは僕に任せてくれたまへ！　ぐっ、何のこれしき、――今、恋してますか、ぐはぁっ！」

弾《チェリー》よけがしっかり自分の仕事をしてくれているから、これなら他の後衛は大丈夫そうだ。

アタッカーだけが先行したため、パーティーが広がってバラけてしまった。そこは反省点だな。

「楓、マリリンのフォローを頼む」

俺は後衛にいる即席メンバーの中で、唯一、慌てていない奴に向かって言う。


「仕方ないなあ……私は見学に来ただけなんだけど。はー、来なきゃよかった。何やってんだろ。ったく――燃えろ！　混沌より生まれし我が翼よ、我が体よ、楓の名において命ず、【フレイムバースト！】」

呪文を唱えた楓の全身が青い炎に包まれた。

だが楓は涼しい顔をしているので、この炎で自分はダメージを受けないようだ。

跳躍して一瞬でマリリンの前に立った楓が、右手を振り、それだけで襲いかかっていた芋虫を真っ二つに切り裂いた。

オイオイ、思っていた以上の実力じゃねえか。

俺より強いだろう、お前。

しかも、タイプは格闘系か？

「なんだ、弱っ。これなら炎のオプション、要らなかったか」

「うわー、楓、助けてくれてありがとー。ぎゃん！　あちちち！」

「あ、バカ、今の私に抱きつくんじゃない。見て分かるだろう」

マリリンから煙がしゅうしゅうと出ているが、ふくれっ面をしたので深刻なダメージでは無いようだ。

「もー、分かんないよ！　言ってくれないとさー。敵だけやっつけてくれる炎かと思ったし！」

「そんな都合良く行くかっての。この炎はちょっとばかり危険だからな……。うん、無しで行こう、やっぱり」

炎を消した楓は、今度はネネのカバーに回った。

俺の方はレティのカバーに向かう。

「【斬鉄剣！】」

レティを攻撃しようとしていた敵は確実に倒したかったので、まずは強力なスキルを使う。

だが、こんな消耗の激しい技は何発も撃てないし、さっきのアイスジャベリンをぶつけてみた感じでは、剣でも厳しいだろう。


何か良い呪文は……いや、何も呪文で無くたっていいな。

ここはスキルだ。

リストの候補は……


【Gスポット・アナライザー】


ほう。Gスポットか。

そのポイントに刺激を与えると即座に女性は絶頂に至るという、魔のスポット。

そんなものは無いという話も聞いたことがあるが、あるならば見つけたくなる。

しかし、女性に対して使うならともかく、この性別不明な単細胞っぽいモンスターに効くのか？

ま、ものは試しだ。


【Gスポット・アナライザー　レベル3】　New！

取得ポイントが重いスキルで、合計で1000ポイントを超えたので、レベル3で抑えておく。

どう見てもエロ用だものな。

これで戦闘で役に立たなかったら、ちょっと損した気分になる。

後でしっかり星里奈達に使って、弱点は分析するつもりだが。

「ピロッ！」

「ピロピロうるせえ！　【Gスポット・アナライザー！】」

俺は奴が飛ばしてきた触手を躱して、スキルを使ってみた。

「ちょっと、アレック、戦闘中に何を――」

星里奈が顔を真っ赤にしてこちらを見た。

「バカだ。バカがいるぞ」

楓があきれたように言う。

だが、これはスキルだ。勘違いするな。

「Gスポット？　何それおいしいの？」

マリリンは知らなかったようだ。

「ああ。後でたっぷり味あわせてやるぞ、マリリン。だが、今はこいつらだ」

見える。

白い芋虫の頭のてっぺん。そこにオレンジ色の十字型照準サイトが点滅した。

「アタァッ！」

心持ち甲高い声を発した俺は人差し指と薬指でそこを突っついた。

すると――

ブルブルと小刻みに震えたピロ芋虫が瞬時に動きを止めた。

効いているようだ。

それだけで煙とはなってくれないようだが、相手の動きを止められるならこの場面では充分に役に立つ。

「アータタタタタタ！」

俺は【瞬間移動】も使いつつ、片っ端からピロ芋虫の頭を指で突いていく。

「なんだ？」

「動きが止まった？」

「おー、なるほど、こうだね！　ホワッタァ！」

見てコツを掴んだようでマリリンも真似してピロ芋虫を止めていく。

攻撃してこないモンスターなど、タダの的《まと》だ。

「これは！　大チャンス！　——我は贖《あがな》うなり。主従にあらざる盟約において求めん。憤怒の魔神イフリートよ、鋭き劫火で敵を滅せよ！　【フレイムスピアー!!!】」

レティが多弾頭ミサイル魔術を使い、片っ端から片付けていく。

「四大精霊がサラマンダーの御名の下に、我がマナの供物をもってその爪を借りん！　【ファイアボール！】」

ネネも唱える。

「——今、恋してますか？　僕はしてます。熱く燃え上がる恋を君に捧ぐ！　【フレイムブーケ！】」

他の者も唱える。

狩りのタイムだ。

そして——

「クリア！　【エネミーカウンター】がゼロになったわ！」

星里奈が宣言してくれた。

除菌終了《オワッタァ》！

第十三話　黒魔術師の正体

野宿で一夜を明かし、二日目——。

「次は心臓エリアだ」

地図を広げて確認したチェリー先生が自信満々の顔で言うのだが。

「待て。それは遠回りになってないか？」

俺は疑問を感じて、地図を覗き込んだ。エリアは耳から胃へと下に来たのに、今度は上に戻っているからな。

「何を言う。最終目的地、最深部の『ユードレス』はここだ。そして、さっきの胃エリアがここ。次はほら、この心臓エリアだよ、アレック君。間違いは無い」

チェリーが地図を指し示して言う。確かに一本道だ。

「うーん、そういう経路だな……チェリー先生、他に道はないのか？」

「無い。あるかもしれないが、僕は学院長からは聞かされていないよ。それに、ここは人間の体と近似性はあるが、別モノだと思っていた方が良い。次元が異なるのだから」

「その次元についても、後で詳しく教えてくれ」

「いいだろう。ちょっと難しい概念の話になるから、そうだね、黒板かプリントを使って話すとするよ。準備しておく」

「悪いな、先生。助かる」

「う、うわー、やめて！　アレック！　自分から学ぼうなんて、優等生になっちゃイヤぁー！」

マリリンが身をよじりながら頭をかきむしる。

「うるさいぞ、マリリン。前にも言っただろう。俺が落ちこぼれだろうと優等生だろうと、お前の成績には一切関係が無いぞ」

「でも、仲間がいると安心だもん」

ダメ人間め。

「ネネ、俺達は良い成績で卒業しような」

俺は隣のクラスメイトに言ってやる。

「は、はいっ！　アレックさん。頑張りましゅっ、あう」

気合いが入りすぎたか、ちょっと噛んでしまったが、そこがネネの可愛いところだ。

「ネネちゃん、仲良くしようよぉー」

泣きながら言うマリリン。マジ泣きだ。

「え、えーと」

「ほっとけ」

「アレック」

星里奈が声を落として俺の名を呼んだ。

「なんだ？」

「気のせいかもしれないけど、尾行がいるような気がするの」

尾行か。

「……黒魔術師の女か？」

「そこまでは分からないけど」

「ミーナ、臭いはあるか？」

「いいえ。申し訳ありません、ご主人様」

「いい、気にするな。しかし、どうしたものかな……」

少し迷う。

奴がこのまま何もしてこないのなら、無視して最深部《ユードレス》に入り、こちらの仕事を終えるという手もある。

彼女のお目当ては、俺達じゃ無く、禁呪やアーティファクトかもしれないのだ。

だが、もしも仕掛けてくるつもりで俺達をつけ回しているのなら、最深部でやり合うのは避けたい。

最深部は淀んだ魔力の濃度がさらに上がり、雑魚モンスターも一筋縄ではいかなくなるはずだ。

「私なら戦うけど、ここはリーダーに任せるわ」

星里奈が言う。キラキラ勇者☆星里奈なら当然、怪しい奴を野放しにはしないだろう。

だが、【次元斬】などの切り札をまだ手に入れていない現在、こちらを全滅させる力を持つ『黒イソギンチャク』とは戦えない。

アレを逃げ場の無いところで召喚されてしまうと、逆にこちらが返り討ちにされてしまうことになる。

『黒イソギンチャク』には星里奈の【スターライトアタック】が効かないからな。

いや？　逃げ場があれば、戦っても問題ないか。

「よし、ここで待ち伏せだ。ただし、敵《かな》わないようなら逃げるぞ」

「ええ、分かってるわ」

辺りはちょうど、背丈ほどの草むらのエリアになっていて、隠れるのにはちょうど良い。

皆で作戦を話し合った。

――五分後。

俺は真剣な顔で指示を飛ばす。

「じゃ、作戦通りやるぞ。無理に奴を倒す必要は無い。そこは忘れるな」

「ええ」

移動を開始し、途中で俺は【光学迷彩】と【気配遮断】を使い、一人だけで脇道へそれる。

パーティーはそのまま変わらないペースで真っ直ぐ移動していく。

さて、鬼が出るか蛇が出るか――。


何にせよ、俺達をつけ回してタダで済むと思ってもらっちゃ困る。

それに、もしも奴が黒イソギンチャクを呼べる能力があるか、将来はそうなるとしたら、俺は遠慮無くここで仕留めさせてもらう。

草むらの陰に隠れてしばらく俺が待っていると、何者かの気配が近づいてきた。

草の隙間から目をこらすと、黒いローブがちらりと見えた。

当たりか。

俺は剣の柄に手をかけ、呼吸を整えた。

奴が間合いに入ったら、居合いで【斬鉄剣】を食らわせてやる。

奴が黒イソギンチャクを呼べる者かどうかはこの時点ではまだ分からない。

だが、禁呪封印区に許可無しで入ってきた不法侵入者だ。

仕留めておいた方が後々のためだろう。

――来た。

あと、五メートル。

敵の気配が近づいてきた。

四メートル。

奴は正確に俺達の後を追っている。

三メートル。

もう少しで【斬鉄剣】の間合いだ。

このスキルの攻撃力が凄まじいのは証明済みだ。硬い岩山すら真っ二つにする切れ味。俺が持つスキルの中では、一撃という点において、最大最高の攻撃を誇る。あとは、奴が間合いにさえ入ってくれれば、相手の物理防御力に関係なく、一瞬で片は付くだろう。確実に先手を取れる。相手が気付かなければ。

二メートル。

「フフ、アレック達は私の尾行には気づいていないようですわね。Aランク冒険者というからどれほどの者かと思いましたが……」

知っている声だった。

動揺するな。

彼女には最初から容疑をかけていたからな。

一メートル――。

「！　殺気！」

くそっ、感づかれた。

ままよ。

俺はそのまま力任せに黒ローブの女に向けて【斬鉄剣】を居合いで放った。

「ぐっ！　アレック！　教師に向かって不意打ちで攻撃ですか！」

そいつが俺の正体をすぐに見破り、血を吐きながら叫ぶ。

しかし、手応えはあったのだが、思った以上にダメージが少ない。

何か、シールド系の呪文で身を守っていたようだ。

「そう言うアンタこそ、こんな場所まで、俺に何の用だ？　先生」

「フン。あなたに用なんてありませんわ」

右肩を右手で押さえ、苦痛に顔を引きつらせつつも、彼女は強がって言った。

ストレートのワインレッドの髪。前髪は綺麗に切りそろえてある。

黒ローブのエルフ。

教師――ヴァニラ。

どうして彼女がここにいるのか。

「どうだかな。俺達を尾行していたくせに、よく言うぜ」

「それは、最深部に行くと小耳に挟んだからで……」

「ふうん。最深部に何の用がある？」

「あなた、本気で分かりませんの？　禁呪封印区の最深部と言えば、わが学院においても秘中の秘。そこに足を踏み入れた者は五百年という歴史の中でも、わずかしかいませんのに」

「んん？　つまりあれか？　そこに山があるから、という感じの、ちょっと行ってみたいだけ、後でみんなに自慢すると言っていたフレッドと同じ理由なのか？」

俺は思い当たる節があって問う。

「ええ、そうですわ！　それが悪いとでも？」

「いや、俺は山には登りたくもないから、正直、山の魅力は理解不能だな」

「魔術の頂《いただき》の魅力は、そこに立ってこそ理解できるというものです。世界でも最深部に入れた者は、両手の指で数える程しかいませんわ。つまり選ばれし者ですの」

「選ばれしというか、命を賭けてまでとは、タダの物好きのアホとも言えるんじゃないのか？」

「んまっ！　これですから無教養な冒険者の方々は……」

あきれ顔のヴァニラ先生だが、そこは考え方の相違でずっと平行線になりそうだ。

ま、容疑は晴れてしまったな。

黒イソギンチャクを呼ぶ魔術師なら、議論などせずこの場で黒ナメクジくらいは呼んでいただろう。

ヴァニラの頭の中に、俺を襲う意思は最初から無いのだ。

「じゃ、ヴァニラ先生、尾行したアンタが悪いから俺は謝らないぞ。敵かと思ったんだからな」

俺はそれでもグレートポーションを渡してやった。

それを胡散臭《うさんくさ》そうに受け取ったヴァニラは、毒だと思ったのか、鑑定魔法を掛けてから飲み干した。

「ふう、重傷をあっという間に治すなんて、これほどのポーションは初めて飲みました」

「レアものだからな。俺のパーティーも三つしか持ってない」

「それは……弱りましたね。代金を渡すという訳にも参りませんもの」

「ほう？　いや、構わないぞ。何しろ学校の先生だからな。安くしてやろう。体一回でいい」

「は？　ええと、仰《おっしゃ》る意味が……」

「つまり、一回セクロスさせろって話だ」

「えええええ?!」

予想以上に驚いたヴァニラはやはり処女のようだ。

ま、これだけ性格がネチネチしていたら、いくら美人でも普通の男は逃げるだろう。

「わ、私は教師なのに……」

自分の身を両手で庇って俺から一歩下がるヴァニラ。

細身のエルフの体、しかも小生意気なロリ体型と来た。

「問題ない」

「いえ！　ダメですよ！」

「ま、俺の方はいつでもウエルカムだ。グレートポーションの礼がしたいというのなら、男子寮の俺の部屋まで来てくれ」

「いいえ、別のお礼にさせてもらいますわ」

「そうか。まあいい。じゃ、仲間が待ってるから行くぞ。急げ」

「え？　私も付いて行っていいんですの？」

「そのために来たんだろう？　それとも、こっそり禁呪を盗みたかったのか？」

「まさか。封印区の中を見てみたいとは考えていましたけど、あくまで見学だけですわ」

「ならいい。付いてこい」

俺としては黒イソギンチャクと無関係なら、攻撃する理由が無い。

もちろん、ヴァニラが隙を見せたら速攻で脱がすが。

第十四話　予定外の来訪者

ヴァニラ先生を連れて戻ると、皆、少し驚いたが、知っている教師だったので揉めたりはしなかった。

「なんだ、同行したいのであればそう申し出て下されば、僕からも学院長に頼んだのに」

チェリー先生が言う。

「ええ、まあ……」

曖昧に言葉を濁すヴァニラ。たぶん、同行はしたくなかったんだろうな。途中で俺達を出し抜いて、一番に最深部へ辿り着きたかったのだろう。

「でも、例の黒魔術師でなくて良かったわ」

星里奈が笑顔で言うが、同感だ。厄介事が一つ消えたからな。

「良かったです。魔術の先生が一緒なら、心強いですよね」

ネネもニコニコ顔だ。

楓は渋い顔をしてそっぽを向いているが、黒髪云々で文句を言われたことをまだ根に持っているのだろう。

「じゃ、先を急ごう」

「ああ――ん？　なんだ？」

移動を開始しようとしたその時、空中に紫の靄《もや》がかかり、渦を巻き始めた。

「くそっ、これはボス級⁉」

前に『帰らずの迷宮』で見た登場の仕方と同じだ。

「なんでこんなところで！」

「戦闘態勢！　後衛は後ろに下がって避難しろ。守れる余裕があるかどうかも分からんぞ」

俺は警告して剣を構える。

それほど、強大な魔力の波動を感じる。

「待て」

渦から出て来た奴が静かに言った。


五メートルくらいの綺麗な青色の魚だ。体の両脇に羽のようなモノが付いており、トビウオに似ている。

「モンスターが喋った⁉」

リリィが驚くが、悪魔型は喋る奴もいるからな。

「お前は何者だ？」

俺が問う。

「私はお前が求めた『ラプラス型統合思念体』のイメージインターフェイスである」

「ん？　お前が『ラプラスの悪魔』なのか？」

「マイナス1真――肯定。別称でそう呼ばれることもある。では、量子演算に基づいた未来の予測計算結果を教えよう」

「待て。お前はこの封印区の最深部にいると聞いたぞ」

「マイナス1真――肯定。しかし、現在、最深部は、計算に無かった強い魔力嵐が発生しており、お前達では乗り越えられぬと判断した」

だから親切にも、向こうから出張って来てくれた、ということか。

だが、封印されている奴が勝手に移動可能なのだろうか？

後で学院長に確認が必要だな。口をあんぐりと開けっ放しにしているチェリー先生では、どうやら判断が付かないようだ。

ヴァニラ先生も胡散臭そうな顔をしていて、彼女も『ラプラスの悪魔』を見たことは無いらしい。

こいつは本物なのだろうか？

「では、計算結果を通達する。お前が『狂王』と呼ぶ個体が装備している鎧を外す方法は、鎧の耐久度を超える魔力を浴びせれば良い。ただし、中身に魔力を当てると中の人が死ぬ可能性が高い」

あっさりと『ラプラスの悪魔』は俺がこの禁呪封印区に入ってきた目的――『狂王』の呪いを解く方法を教えてくれたが。

「オイ。もうちょっとこう……中の人が安全な方法はないのか？」

「残念ながらこの世界において他の方法は無い。神剣エクスカリバーによっても可能であるが、お前がそれを手に入れられる可能性は0・0000023パーセント」

「まず無理だな。で、その鎧だけを壊す簡単な魔力の当て方はあるのか？」

「お前はすでにそのスキ――ジジッ――を持っている。それを使用すればいい」

トビウオの声と姿の両方にノイズが入って、肝心な所が聞こえなかった。

「おい、もう一度、言え。なんかノイズが入ったぞ」

「魔力嵐の影響だ。精神パルス・オーバードライブに異常発生。システム保護のため、10秒後にスリープモードに移行。再起動予定時刻は31億5360万秒後に設定。通信はこれにて終了する」

「待て！　スキルは【斬鉄剣】でいいのか？」

「ゼロ偽――否。それは危険なので推奨しない。――ジジッ――のため、失敗する可能性は98・889パーセント。スリープモードまで残り、6、5、4……」

使えねえなぁ。

だが、こいつは話によると全知全能らしいからな。それが言わないって事は、俺が成功するための情報はもう充分伝わったと判断したのだろう。だから、俺は持っているスキルを使えば良いのだ。

片っ端から順番に試してみれば良いだろう。

じゃ、最後に別の質問でもするか。まだわずかだが時間は残っている。

何を聞くか……

女子寮の忍び込み方でも聞くか？

いや、後ろにみんながいる。後ろで黙り込んでちょっとシリアスな雰囲気になっているのに、ここでそんな質問をしようものなら大ひんしゅく間違い無しだ。それはやめておこう。

次に質問できるのは三十一億秒後らしいし、計算が面倒だからしないが、一ヶ月や二ヶ月待てば良いというレベルじゃなさそうだ。

俺はやっぱりこれを聞くことにした。

「【次元斬】の手に入れ方は？」

「デバ――ジジッ――」

ラプラスは言いかけた途中でぷっつりと消えてしまった。

空中には何も残っていない。

下に草むらがあるだけだ。

「本当に消えた……のか？」

チェリー先生がラプラスの消えた付近を探るが。

「魔力反応が完全に消えていますわ。もうここにはいませんわね」

ヴァニラ先生が断言する。

「ぷはー、良かったぁ！　思わず明日の食堂のA定食のメニューを聞きたくなっちゃって焦ったぁ。

アレックに殺されるところだったわ！」

レティが息を吐いて心底と言った感じで喜ぶ。

いや、別に殺しはしないが、半殺しにはしてたかもな。

「あー、ボクもラプラスの食べ方を聞こうかなって思ったよ！　危ない危ない」

マリリンも言うが、聞いたら奴は答えていたんだろうか？

ま、確かめる術《すべ》は無い。

「ハッ！　なんてことだ……学院長！　ラプラスが最深部から脱獄しています！」

チェリー先生が天を仰いで報告のためなのか叫んでいるが、ラプラスの未来予測計算が本当に正しいのなら奴を檻の中に閉じ込めるなんて不可能だろう。

自分が檻に入れられる状況を予知する奴をどうやって捕まえるというのか。

それにアイツは、人間では無い。人工知能っぽい奴だったが——とにかく計算さえできる環境なら文句も言わないはずだ。

「あれがラプラス……計算で未来予測ができるなんて、そんなはずは。だって人間には自由意志もあれば、自然界には偶然だってありますわ。バタフライ効果で無限に計算式が増えて……」

ヴァニラ先生はブツブツと否定的な材料を考えているが、俺は奴が本物だと思う。

なぜなら、俺がここに来ることを奴は知っていた。

何を目的に来たのかも知っていた。

可能性としては学院長が一枚噛んでいて、ラプラスに『狂王』のことを教えたか、あるいは、学院長が作り出した幻という可能性もひょっとしたらあるかもしれない。

だが、そんなことをする理由があのロリっ子学院長には無さそうだ。

俺のための試練なら、戦闘じゃなきゃおかしいからな。

「さて、こっちの目的は済んだ。チェリー先生、まだチェックポイントが残ってるのか？」

「いや、こちらも学院長から頼まれた事は全部終わらせたよ」

「なら、戻るか」

「ええ？　最深部へは行かないんですの？」

ヴァニラ先生は最深部を見学するのが目的だったな。

「俺達は行かない。アンタは好きにすれば良いさ」

「なら、私だけでも……ううん、魔力嵐とも言っていましたし……」

「悪いことは言わない、やめておいた方がいい。アレックよりも先生が強いって言うなら止めないが」

楓が言う。

「むっ。オホン、強さと言っても、魔力の強さや筋力の強さなど、測る物差しで色々ですわ」

「ま、そこは総合的に」

「ええ。でも、学院の生徒の安全を見守るのも教師たる私の役目ですからね。本当は先に進みたいですが、ここは戻りましょう」

「なんだ、アレックより弱いのか」

それで楓は興ざめしたように肩をすくめたが。

「な、何を仰るのかしら。大魔法を唱える時間さえ稼げれば……」

そう、時間さえあれば、良い勝負になるだろう。だが、バトルとなれば、魔術師に術を唱えさせないのは定石だ。それも含めての総合力だからな。強さってもんは。

ロリ学院長の強さは、接近戦であろうと、いくらでも出せるバリア魔法にあると言っても良い。

「じゃ、チェリー先生、帰りも案内を頼む」

「ああ、もちろんだとも」

俺は助け船を出してやり、プライドが傷つきそうなヴァニラから皆の注意をそらした。

別にヴァニラのためじゃない。

姉妹丼のためだ。

✧第十五話　マリリンのお礼

スタート地点に戻ると、学院長が何かしたようで、俺達は何も無いところからいきなり学院長室へと戻された。

あの感じだと、出る方が難しいかもな。

ワープポイントすら無かったのだ。

チェリーはしきりに地図と月を確認して、スタート地点の正確な位置に注意を払っていたようだし。

ま、封印区には、もう入ることも無いだろう。

「どうじゃ？　妾の体の中は堪能したかえ？」

その場にいたロリ学院長が聞いて来る。

「ああ、全然エロくは無かったが」

「ホホホ、言いよるわ。とにかく無事で良かった。六日はかかると思っていたが、二日で戻るとはやるのう」

「そのことですが、あの、学院長……ラプラスが勝手に最深部から心臓エリアに出て来ていまして……」

チェリーが緊張しつつ、事情を伝えた。

「ふむ、そうか、奴がイージーモードにしてしまったか。まあ、それなりの理由があったのじゃろうな。それは気にしなくても良いぞ、チェリー先生」

「はい、分かりました」

「チェックポイントの方はどうじゃった？　モンスターはどれくらい溜まっておったかの？」

「無数に。軽く百は超えていたと思われます」

「ふーむ、そう言えばここしばらく、封印区の掃除はやっておらんかったのう。来年辺り、アタックチームでも編成するとするか」

「その際はこの僕に、お声をおかけ下さい」

「うむうむ、チェリー先生は頼もしいの、ホホホ」

一方のヴァニラ先生は自分からは何も言わず、黙《だんま》りを通しているので、アタックチームは遠慮したい様子だ。

実力的にはチェリーと良い勝負ができるのではとも思うが、単に面倒なんだろうな。

「では、皆、ご苦労じゃった。妾の特製マジックポーションをお土産に持って帰るが良いぞ」

「おお！　ありがとうございます、学院長！」

チェリーは感動しているが、献血の後にジュースをもらったようなありがたみだからな。

ジュースが飲みたければ、普通に金を払って買う方が良い。

◇　◆　◇　◆　◇

「で、計画は完璧なんだな？」

とある高級宿の一室で、黒のレザーボンデージを着こなした女が言う。エロい方の女王様がよく身につけるあのファッションだ。

「もちろん。そこに抜かりは無いぞ」

俺は不敵な笑みを浮かべて言う。

「じゃ、くれぐれも、先に食ったりしないように。これは私へのお礼なんだからな」

「ああ、分かっている。ま、事はまだ済んでないんだが……お礼には変わりないしな」

「そうだとも」

ボンデージ姿の楓がうなずく。

ノックがあった。

「来たぞ！」

楓が鋭い小声で言うと、何かのスキルを使ったようで彼女は透明化して姿が見えなくなった。

気配も遮断したようで、こいつに不意打ちされると面倒だな。

まあ、なるようになるだろう。

俺の計画は完璧だからな。

「あ、アレック……さん？」

ドアを開けてやると、身を縮めたマリリンがそこにいた。

「どうした、マリリン。さん付けなんて、お前、風邪でも引いてるのか？」

「そーじゃないよ！　こんな高級宿、入るの初めてで、緊張してるんだってば！」

「ああ、なんだそうか、それは悪かったな。まあ、入れ」

「うん……うわ！　メロンがある！　ねえ、食べていい？　食べていい？」

「いいぞ。ここにあるものは、マリリンのために俺が用意したようなモノだからな」

「じゃ、頂きまーす」

バリッ！　ムシャムシャ。

「丸ごと行くのか……まあいいが。味はどうだ？」

「んー！　皮はちょっと苦いけど、内側は甘くて美味しいー！」

幸せそうな笑顔だ。

「じゃ、マリリン、それを食ったら、もっと良いメインディッシュを味あわせてやるから、服を脱いでベッドに座れ」

「わ、分かった、ゴクリ。ローブだけでいいよね？」

「いやいや、全部だ。全裸になれ」

「えっ！　いや、それはちょっと……恥ずかしいよ」

「大丈夫。美味しいメインディッシュだぞ？　病みつきになること間違い無しだ」

「でも、食べるのに、なんで裸にならないといけないのさ……」

「そこは礼儀作法だからな」

「うえ、ボク、マナーとかよく知らないからさあ」

うんうん。

「安心しろ。俺が手取り足取り、教えてやるから」

そう言って俺はマリリンの肩にそっと優しく手を伸ばす。

「オホン！」

チッ。楓の奴、今お前がここにいるのがバレたら、ややこしくなるだろうに、うるさい奴だ。

別にお前の存在を忘れたわけじゃないぞ？

「んん？ 今の咳《せき》、アレックじゃ無いよね？」

「いや、俺だぞ、オホン。じゃ、さっそく始めよう。もうローブだけ脱いで、そこに座ってて良いぞ」

「分かった！」

「じゃ、行くぞ……【Gスポット・アナライザー！】」

俺は習得したスキルを使った。


すでにミーナや星里奈に使用して効果は確認済みだ。

個人差もあるが、たいていは一発でイク。

女の弱点だ。

「んん？」

だが、俺は思わず自分の目を疑った。

ミーナ達は膣内にスポットがあったのに、マリリンは……

「お前、ここがGスポットなのか。変わってるな」

ひとまず、指を突っ込んで押してみる。

マリリンの口の中、舌だ。

「はうっ!?」

ビクッと震えたマリリンは、小刻みにプルプルと震え、ほほう、感度もなかなかのようだ。

舌の中心をぐいぐいと押してみる。

「アアアア!? あんっ♥」

目をキュッと閉じたマリリンは絶頂を迎えたよ

うだ。

いいな、これ。

ま、俺としては自分の指でじっくりねっとり導いてやる方がやりがいがあるのだが、これはこれで面白みがある。

じゃ、さっそく脱がしていこうか。

「うおっ⁈」

だが、体が急に後ろに引かれ、楓が透明の姿を解除した。

まあ、作戦通りだな。

「じゃ、楓、後はごゆっくり」

俺はニッコリと笑って言う。

「ああ、礼は確かに受け取ったぞ、アレックス」

その部屋に楓とマリリンの二人を残して、俺は外に出る。

「か、楓？　いったい二人で何を、ひゃっ、ちょっと服を脱がさないで、うわー、何してるの何してるの！」

良い感じでパニクっているマリリンの表情を直に観察したいところだが、約束だからな。

あとは二人で心ゆくまで楽しんでくれ。

……なーんて俺が言うと思ったか、バカめ。

ここからは俺の計画だからな。

ドアに耳を当てて、頃合いを窺《うかが》う。

「ひゃっ、ホント、やめ、ああんっ、そんなところ舐めちゃダメぇー！　ああんっ♥」

マリリンの感じまくっている声が聞こえてくるが、楓もなかなかのテクニシャンらしい。

「ふう、マリリン、お前、結構いいな。感度高すぎ。私も、ハアハア……、凄く興奮してきた。もっと気持ち良くしてやろう。クッ」

「うあっ！　だ、ダメ、そんなところ、こすりつけないで、はううっ」

「ああっ！　クッ、いいぞ、マリリン、もっと抵抗してみせろ、ほらほら、どうした」

「む、無理ぃ！　気持ち良すぎて、体に力が入らないよぅ！」

どんな体位でどういうプレイをしているのか見えないのでさっぱりだが、二人の嬌声がペースアップして聞こえてくるから、そろそろ頃合いだろう。

「はあ、はあ、いいぞ……そろそろイクぞ、マリリン」

「ふえ？　行くってどこへ？　きゃっ、ちょっ、楓、あんっ♥」

「いいぞ、マリリン、クッ、ああああん――――っ！」

楓が先にイったようだ。フン、口ほどにも無い奴め。先に相手をイカせずして、自分がイってしまうとは。

おお、勇者楓よ、なんと情けない。

だが、ここはチャンスだな。

俺は二人がヤっている部屋のドアを開けた。

第十六話　楓との対決

「んん？　アレック、何か忘れ物か？」

マリリンの上に覆い被さって脱力していた楓が、けだるそうにこちらを振り返った。

「いや、次は俺の番だからな」

「は？　ああ、マリリンの処女か。見ての通り、まだ終わって無いぞ。私は最低でもスリーマッチは楽しむからな。一時間後に出直してこい」

「まあそう言うな。三人で楽しむ方が三倍楽しいぞ」

「は？　あ？」

楓の目が危険な色を帯びて不快さを顔に出してきたが、まずはマリリンからだな。

「しばらく休憩してろ」

「くそ、アレック、邪魔だぞ」

高級宿のキングサイズベッドだから、楓を端に追いやってもスペースが有り余っている。

「あ、アレック……み、見ないで」

自分の体を隠そうともしなかった楓とは違い、マリリンは恥ずかしそうに胸と恥部を手で隠した。繊細な子だ。

「隠すな。綺麗な体を男に見せるのが女のマナーだぞ？」

「ええ？　そんなの聞いたこと無いょぅ」

「今から色々教えてやる」

最初にウェーブがかったオレンジ色のショートの髪を優しく撫でてやり、次は桜色の突起物をつまむ。

「ひうっ、だ、ダメ、今、そんなことされたら、ボク、ボク……うああっ！」

マリリンが快楽に耐えきれずに狂ったように身をよじる。

だがこちらも数々の女を食ってきた手練れだからな。上手く動きを合わせ、乳首からは手を決して放さない。

ボリュームのある乳房が大きく揺れた。

「やめてぇ！」

「おい、アレック、痛くするのは無しだぞ」

横から楓が注文を付けてくるが。

「よく見ろ。感じてるだけだ」

「なに？　フン、どうだかな。力を入れてるだけじゃないのか」

「そんなことは無い。な、マリリン」

「あうっ！　ああっ！」

首を横に振りまくっているマリリンは激しく感じているが、返事まで気が回らないようだ。

「残念だったな、アレック。マリリンは私が天国へもう連れて行ったから、男とはできない体になったんだ」

「何を言ってる。ま、いいだろう。一回やって、マリリンに次にやる相手を決めさせてやろうじゃないか」

俺が言うと、楓が指さしてうなずいた。

「その話、乗った。だが負けたら、すぐ帰れよ？　アレック」

「いいだろう」

俺も了承してうなずく。

マリリンが感じているのが分からないとは、楓もそれほど人数はこなしていないのだろう。

だが、ここで女の楓に負けることは、万が一にも許されないからな。

『風の黒猫』のハーレムリーダーの面子にかけて、マリリンに俺をご指名させてやる。

そのためには、Ｇスポットも容赦なく攻めていくか。

俺はマリリンにキスをして、舌をその可愛らしい口に押し込み、無理矢理にこじ開けさせる。

「あう、やめっ、そこだめっ！」

必死に抵抗するマリリンはもう自分の弱点には気がついているようだ。

「自覚しろ。お前は女、メスだ」

「いやあっ！　んっ！」

大きく拒否の声を上げたマリリンだったが、憐《あわ》れ、それが彼女にとって致命的なミスになった。

封印区の中ではモンスターを殴り飛ばしたりと結構なパワーの持ち主だったが、すでにできあっているせいか、ろくに抵抗もできていない。

俺はマリリンの舌に絡みつくように吸い付き、ディープに俺の舌を彼女の舌、Ｇスポットに集中的に押し込んでいく。

「んんんっ！　んっく♥」

ビクビクと震えたマリリンが、Ｇスポットに奔流され意識を飛ばされる。

「あ、汚いぞ、アレック。スキルで弱点を狙うなんて」

「んん？　楓、お前はセクロスにスキルを使わないのか？」

「いや、使わないってことは無いが……」

「なら、お互い様だろ。まあいい、ここはスキル無しで勝負してやる」

俺はそう言って、気絶して気持ちよさそうに口を開けて伸びているマリリンの頬を優しく叩いて起こしてやった。

「ふえ、何が……あっ、アレック、ちょっとぉ、もうやめてぇ」

「すぐ終わるから、もうちょっとだけ我慢しろ。でも、気持ちが良いだろ？」

「良すぎて恐いぃ。ボク、おかしくなってるよぅ」

「大丈夫だ。これが終われば普通に戻るぞ」

「本当？」

「本当だ。な？　楓」

「ああ、もちろんだ」

そこはにやつきを隠しつつも楓も真顔で大きくうなずく。

紳士協定だ。

「なら、いいかな……」

「よし、合意成立！」

「ええっ、ちょっ、きゃあっ！」

マリリンの両の足首を持ち上げ、クンニリングスの体勢に入る。

スキルは使わないが、それでも充分、イカせる自信はある。こっちは百戦錬磨のベテランだからな。

「ふふ、さて、どっちのクンニが上手いかねえ？　マリリン、後で私もやってやるから、しっかり判定してくれよな」

楓も自信はあるようで余裕を見せている。

「やあっ、そこは舐めちゃダメなのぉ！　判定とかどうでもいいから、やめ、うあっ、きゃんっ！」

マリリンの小さな下の谷間にしゃぶりつき激しく舐めてやると、彼女は小さなお尻を左右に振り振り、足をばたばたと抵抗してくる。

そこをがっちり手で押さえ込んで、さらに舐める。

「うあっ！　くううっ――――！」

小刻みに震えたマリリンはまたイったようだ。

だが、まだまだ。

次は舌で弾くテクニックを披露してやらないとな。

「あ、アレックぅ、お、お腹が変、きゅんきゅんして、これヤバいよぅ」

「別にヤバくないぞ。それは俺の性剣エクスカリパーをお前の鞘に入れてくれというサインだ」

「へ？」

マリリンには通じなかったようだが、ま、やってみせれば理解するだろう。

服を脱いだ俺はそそり立った下半身を堂々と二人の女に見せつつ、マリリンの鞘へ挿入してやった。

「うっ、な、なんでそんなことを」

「これがセクロスだ。覚えとけ」

「ええええぇ?!」

ひょっとして今まで、自分が何をしているのか、気がついていなかったのか？

勉強不足だな、マリリン。

「で、どうだ、マリリン、俺の剣は」

「くうっ、しゅ、しゅごい、しゅごいよう」

凄いと言っているようだが、ろれつも回っていない。これは男好きになるな。

グラインドで腰を動かす。

「くそっ、男の性器がそんなに良いのかよ。私の指の方が、コントロールも良いはずだぞ？」

楓が納得が行かない風な顔をするが。

「楓、小手先のテクニックだけじゃ、まだまだだぞ」

「なにおう」

「見ろ、マリリンも自分からしがみついて、俺の一物が良いって言ってるぞ」

「ええ？」

「だって、これ、しゅごい、もうらめ、気持ち良すぎて、ボク、堪《たま》んないよぅ！　ああああ――っ！」

初めてなのに、自分から腰を動かしたマリリンも大した奴だ。

俺にしがみついて震え、脱力したマリリンに聞く。

「で、どっちが良かった？」

「んー、楓も良かったけど、アレックかな……」

「なっ！　インチキだ！　何かスキルを使っただろう、アレック」

「いやいや、使ってないし、見れば分かるだろう」

いや、こいつは処女だから分からないのか。

「楓、ならお前自身が試してみろ」

「試せって、ええ？　お前のそれを私の中に入れろってか？」

「そうだ」

「えー……」

「だが、それで勝負はハッキリするぞ。お前が気持ち良くなかったら、俺の負けでいい。マリリンはお前のモノだ。いや、それだけじゃつまらないな。ついでに俺の他の恋人も遊ばせてやってもいいんだが……」

「乗った！」

欲張りな奴め。

「だが、アレック、痛くするのは無しだぞ」

「それは個人差もあるが、お前はスキルでどうにかできるだろう」

「スキルはあるけど、ポイントが足りない。そんな簡単に使えるかっての」

「なら、ほれ、100ポイントプレゼントだ」

俺は楓にスキルポイントをくれてやった。【ポイント贈与】があるから、念じるだけで一発だ。

「なに？　何をわけの分からんことを……うおっ!?　ホントにスキルポイントが増えてる、い、いいのか？」

「ああ、俺は太っ腹だからな。お前の処女をもらう代金としては安いもんだ」

「私の処女なんかでよければ百や二百、いくらでも渡してやるぞ」

「いや、それは一回しかもらえないが、セクロス二百回ということならありがたく受け取ろう」

「さすがにへたくそと二百回はキツいかな……でも、これもポイントのため。まだ増やせるんだよな？」

「もちろん。1万は軽く増やせるぞ」

「なっ……よし、ばっちこーい、痛くしてもいいぞ！」

楓もスキルを取ったようだが、俺も痛みを与えたくてやるわけじゃないからな。

「じゃ、まずは前戯からだ」

「いいって、そんなの、手っ取り早く済ませてくれよ」

「まあ、そう言うなって」

裸の楓を抱き寄せ、脇腹から胸をなで上げて行く。

「くすぐったいって、アレック」

「我慢しろ。これならどうだ？」

今度は強めに胸を鷲づかみにしてやった。

「まあ、それなら、んっ、耐えられるけど」

控えめな胸をモミモミ。だが、楓はあまり喘いだりしない。

「気持ち良くないのか？」

「んー、どうだろ。自分でやる方がいいかなあ」

「まだだ」

俺の得意技は触れるか触れないかの位置でソフトになで上げるパターンなのだが、くすぐったいと嫌がった楓には無理強いできない。

そこで【超高速舌使い　レベル5】だ。

スキル無しの縛りはマリリンに対してのことだったから、この際、もう構わないだろう。

「じゃ、天国へご案内」

「言ってろ、バカ。で、いつ——ひっ!? うあああ!?」

フフフ、余裕が無くなったな? 楓。

「やっ、こら、なんだそれお前、うあああっ、すごっ、やっ、これ、ダメ、感じちゃう! くうっ!」

「次は、ここだ」

俺は人差し指でくびれた彼女のお腹をつつき、そのさらに下を示す。

「うっ、その舌使いでクンニか……ゴクッ」

期待した楓が唾を飲み込んだ。

「じゃ、足を広げろ」

「あ、ああ……」

緊張している楓の下側のクレバスをスキルで舐め回す。

「くうっ、あああっ、だ、ダメだ、これは、すぐイクぅっ!」

大きな声を上げた楓は本当にすぐイってしまったようで、その場にぐったりと脱力した。

「じゃ、本番と行くぞ」

「うう……や、やっぱタンマ、ちょっと待って」

「タンマは無しだ」

「ええ? うあっ、くう……この……」

俺に爪を立ててくる楓だが、そこまで痛いはずは無い。

「もっとリラックスしろ」

「無理だ。入れられてるんだぞ? うう」

「大丈夫だ。そういう風にできてるんだから」

「それでも下手くそはダメだ」

「まあ、そうかもしれないが、そんなに下手か?」

「うーん、まあ、他の男とやったことが無いからわからんが、くっ、あっ」

「ほれ、感じが変わってきたぞ、楓」

楓の息が段々荒くなり、体もピクンピクンと反応している。

顔もいつの間にか頬が赤く染まっている。

俺はゆっくりめに腰を動かしてやった。

「ううっ、なんかにゅるって、ああっ！　い、いいっ！　もっとペースを上げて、アレック」

楓が自分からリクエストしてきたが、だんだんと良い感じになってきたようだ。

これは男に目覚めたな。

「いくぞ」

「き、来て、あああああーっ！　イイッ！」

百合、グッバイ。

エピローグ　ヴァニラ先生のお礼

オースティン王立魔法学院にも休日がある。

外出許可は寮長のフレッドが無申請で認めてくれているので、俺はもう一つのねぐら、高級宿で羽を伸ばすことにしている。

誰にも邪魔されずに昼過ぎまでベッドの上でゴロゴロ。

至福の時だ。

「くぁ……、さて、そろそろ朝飯でも食うか」

大きく背伸びをして俺はそのまま部屋を出て、一階の食堂へと向かう。

「あ、来た来た。ちょっとアレック」

食堂のテーブルには星里奈がいた。

「なんだ、星里奈」

「あの子、私の服を脱がそうとしてくるんだけど、いきなりなんだ、その程度の事で除名だと除名してくれない？」

あの子とは、最近、新しく『風の黒猫』に加入した楓の事だろうな。

「その程度って……私の貞操の危機だと思うんだけど」

「大丈夫だ。女はノーカウント」

「ええ？　もう。ま、スターライトアタックのおまじないを唱えると、サッと退散してくれるんだけどね」

「ならいいだろう」

「嫌よ。いちいちスターライトアタックって言うのが面倒だし、私もできた人間じゃ無いから、時々本気でスキルを使いたくなるわ」

仕方の無い奴だな。

「……後で楓に言っておく」

「頼んだわよ。女子寮では私、清楚な優等生で通してるんだから」

「別に正直に調教されまくったド変態ですって紹介しても――」

「スターライトアタック！」

にゃろう。剣を抜くから思わずこっちもビクッとしたじゃないか。

「ふふっ、本当にあなたを斬ると思った？」

「うるさい」

「あ、そうそう、ヴァニラ先生からあなたに伝言があるそうよ。今日の昼過ぎに渡したいモノがあるって」

「なに？　そうか……」

モノで返されてもあまり面白くは無いんだよな。体でのサービスの方が何倍も良いのだが。

それに、グレートポーションは確かに貴重だが、相手は学院の教師であり、一応は不慮の事故なのだから、そこまで気にすることでもないだろう。

ヴァニラ先生も律儀なことだ。

俺は宿のベーコンのスープをのんびり堪能してから、約束の場所へと向かった。

しかし、世界樹の木の後ろで、とは。

もっと他に良い場所がありそうなものだが――。

未だに校庭の一角に生えている馬鹿デカい木を見る度に、俺のなけなしの良心もチクッとする……わけでも無いが、見た目が邪魔くさいから気になるんだよな。

生徒達も面と向かっては何も言ってこないが、

ネネの【共感力☆】によると、この世界樹はちょっと邪魔くさいらしい。

校庭と校舎のど真ん中に生えているから、回り込まないといけないしな。

ただ、悪いことばかりでは無いようで、アレが生えてからというもの、見学希望者や入学資料の問い合わせが四倍になったと聞いた。

ランドマークであり、観光資源だ。

「こっちだ、アレック君」

「んん？　誰だお前」

俺を呼び止めた男子生徒だが、見覚えは無い。まあ、男子生徒の顔なんていちいち覚えていないからな。

区別が付くのはせいぜい、フレッドとノエルくらいのものだ。

「いいからこっちへ」

世界樹の大きな根の裏側へ俺を無理矢理引っ張っていったそいつが、マスクを脱ぐ動作をすると、いきなり女性に変貌した。

先程まで短かった金髪は、深みのあるワインレッドのストレートヘアに変わり、前髪もぱっつんだ。

「なんだ、ヴァニラ先生か。幻術のお手本でも見せてくれたということか？」

「そうじゃありません。私があなたと接触していることは、生徒やここの教師達には知られたくありませんから」

「別に、授業を受け持っているクラスの生徒なんだから、話くらいはしたって構わないだろう」

「ええ、それでも用心に越したことはありませんわ。よりによって、生徒と色恋沙汰、先生を狙う生徒だなんて」

ヴァニラは眉をひそめ吐き捨てるように言うが、俺がどうこう以前に、自分の立場が気になるようだ。

「アンタがそれだけ美人だって証拠だろう」

「か、からかわないで下さいな。じゃ、はい、これ」

半透明の黄緑の液体が入った瓶を四本ほど渡された。

「これは？」

「ちょっと研究して、ポーションを作ってみましたの。さすがにグレートポーションとまでは行きませんでしたけど、ハイポーションの三倍の効果を引き出したオリジナル品ですわ。それでお礼ということに」

「そうか。じゃ、ありがたく受け取っておこう」

「ええ？」

「どうした、俺が拒否すると思ったのか？」

「ええ、まあ、絶対、ごねてくると思っていましたのに……」

「厚意には厚意で返す。それが俺の流儀だ」

今思いついた流儀だが。

「結構なことですこと。では、この件はもうこれでお終《しま》いということで」

「ああ。だが、俺は魔術も学びたいからな。質問があったら部屋へお邪魔してもいいか？」

「ええ……？　変な事をせず、授業に関することで、ということならまあ、構いませんわ」

おっと、駄目元で言ってみたのだが、あっさりとOKがもらえてしまった。

チョロいな、ヴァニラ。

男との駆け引きの経験がそれだけ少ないのだろう。

「もちろん、真面目な質問だ。実は、俺のパーティーメンバーに呪いの装備の奴がいてな。アンタもあの場にいたから知っているだろう」

封印区で出現した『ラプラスの悪魔』から解呪のヒントを得ているが、その場にヴァニラ先生もいた。

「ええ、呪いを解くのには、魔力を鎧に当てればいいのでしたわね。もう試してみたのですか？」

「いや、まだだ。中の人に当てないように、しかも、それなりの魔力の強さが必要だからな。できればアンタの知恵を借りたい」

「なるほど、正当な理由ですわね。いいでしょう。私も後でその鎧を見てみましょう」

「恩に着る」

「それくらいは構いませんわ。では、これで。失礼」

ヴァニラがそう言って立ち去っていく。

もちろん、俺は魔術の質問などするつもりはない。

『賢者』たる俺はすでに、『狂王』の鎧を破る魔力の当て方は実験も重ねて、ほぼ自力で成功しそうな方法を思いついている。

だが、生徒が真面目な質問で教師を頼ってくれば、ヴァニラも無下《むげ》にはできまい。

そこがチャンスだ。

できれば三姉妹をまとめて食ってしまいたいからな。

そのためには、一番手強そうなヴァニラは後回しで、末妹のメリッサから攻略するのがいいだろう。

俺は立ち去るヴァニラの小ぶりなケツを眺めながらニヤニヤと笑った。

第二十三章　魔法剣士

✧プロローグ　儀式

俺が禁呪封印区で『ラプラスの悪魔』に出会ってから、一週間が過ぎた。

「じゃ、そろそろ出すぞ、レティ」

「い、いいよ、アレック……こっちの準備はいつでも」

息も絶え絶えのレティが不安だが、まあ、こいつの魔術の腕は確かだからな。

俺も慎重に魔力放出のタイミングを測る。

ここはレティが借りている教師用の地下工房の一室だ。

借りたのがレティだからか、それとも彼女の単なる趣味なのか、やたら頑丈そうな石ブロックの壁の地下室だ。

薄暗い中、俺達は全裸で真面目にセクロスをしている。

もちろん、『狂王』の呪いを解くための実験。

俺の持っているスキル――『ラプラスの悪魔』は『それを使えば呪いを解くことができる』と教えてくれた。

肝心のどのスキルかまではノイズが邪魔で聞こえなかったのだが、だいたいの予想は付いている。


【スペルマ魔力転換】

これだ。

魔法ギルドで魔力測定をやったときに取得したスキルだが、あれで水晶玉を爆破したことがあった。

物質は魔力の容量がそれぞれ決まっており、それ以上の魔力を一度に注入してやると壊れるのだ。

特に魔力に反応しやすい物質ほど、それだけ壊しやすいと言える。

ただし、耐久度も別にあるから、ミスリルの武具などはかなりの魔力を溜め込んでも壊れたりしない。

物質によって魔力反応が異なるというのは――

「ちょっとぉ、アレック、早くしてよぉ、もう、アタシ、イっちゃうからぁ！」

「仕方ないな」

真面目に考えていたのに、まあ、さすがに俺の方もヤってる最中はそれほど頭が回らない。

「ほれ、イけ、レティ」

「あうっ！　ああっ――――♥」


解放的な嬌声を上げたレティは脱力してそのまま倒れそうになるので、俺が手で彼女の体を支えてやらねばならなかった。

「ふう。ベッドの上でやれりゃ、楽なんだが」

俺は愚痴るが、下はそのまま石床だ。

だから、二人とも立ったままの背面立位の姿勢になる。

最初はベッドの上で試していたのだが、発火してしまう場合があり、危ないのでこうしている。

こっちはこっちで危なっかしいのだが。

「レティ、どうだ？　チッ、寝やがった」

起こすのも面倒なのでそのまま床に寝かせて放置し、俺は別のモノを手に取る。

それは明るい緑色の塊で五センチほどの石ころだ。

ぬめっとした質感で、こちらの世界ではこれをターコイズと呼んでいる。

地球のターコイズと同一なのかどうかは俺にも

分からない。

今、俺はこのターコイズに魔力注入して、魔力容量を探っている。

ターコイズは『狂王』の鎧と似た質感を持っている。近いモノから試して、最終的には『狂王の鎧』に直接魔力をぶつけるつもりだ。

中の人に当てないようにという条件さえ無ければ、俺の【魔力生成】でどんどんぶち込んでやれるんだが。

「うーん、ヒビは入ってるし、耐久度は削れたが、割るところまでは行かなかったか」

鑑定してターコイズの耐久度も数値で正確に測りつつやっているが、なかなか難しい。

精子の量なんていちいち調節して出せるようなもんじゃ無いからな。

「はふう、気持ち良かったぁ。アレック、どうだった？」

「ダメだ。全然、足りなかった」

「ええ？　もー、一発で決めてよね」

「気持ちが良いのなら、何回でもいいだろう」

「いやいや、私の体力も考えてよ。いくら魔法でブーストしてるからって、十ラウンドもやればへろへろだし」

「ま、そうだろうと思って、助っ人は頼んである。お前は休んでて良いぞ、レティ」

「おお。で、ミーナか星里奈でも呼んだの？」

「いいや。『禁呪』やら、『ラプラスの指示による実験』、というキーワードをちりばめるだけでホイホイ来ちゃうような魔術師だ」

「あー、でもうちの学院の生徒はそんなのたくさんいそうだねー。お、話をすれば、来たみたい」

階段を下りる足音が聞こえ、向こうから銀髪ドリルのメリッサがおそるおそるという顔でこちらを覗き込んできた。

「ひっ！　れ、レ○プ」

「あー、待って待って！　これは実験で、合意の上だから、問題ないから」

　レティが説明するが、この構図は、説明だけで納得できるかどうか、怪しいもんだ。

　薄暗い地下室に、教師とヤバイ生徒が二人だけ。しかも二人とも全裸で、どうみても事後。実際に事後だ。

　当然、メリッサは慌てて回れ右をして逃げ出そうとするので、俺は【亀甲縛り】を使わねばならなかった。

「きゃあっ！　た、助けて……」

「まあ、落ち着け。別にレ○プするつもりで呼んだわけじゃ無いぞ。実験に付き合ってもらおうと思っただけだ」

　俺は言う。

「実験？　なら、なんで裸なんですの？」

「そりゃ、精液が大量に出せるようにだ」

「レ○プですわ！」

「まあ待てと」


　俺は順を追ってスキルのことを説明してやった。

「……話は分かりましたけど……それって要するに、あなたの精液を私の体にぶっかけないと実験にならないってことですわよね？」

「話が早いな」

「この縄を解いて下さい！」

「レティ」

　俺が指を鳴らすと、レティがさっと前面に出て来た。

「ふふーん、オースティン王立魔法学院の非常勤講師、しかも第七位の成績でここを卒業したこのクラッシャー・レティ様の単位と推薦をくれてやるわ。どう？　魅力的な取引材料でしょう」

「推薦？　それはまさか、魔導師課程のアレですの？」

「もちろん、アレよ。私もここの先生だしぃー」

　魔術師のワンランク上、魔導師になるための課程《コース》にクラスアップするためには、教授の推薦が必要である。

「でも、私はまだ、入学してひと月も経っていませんし、それに、くっ、中等部ですから……」

「ダイジョブ、ダイジョブ、シャッチョーさん、行けるね。やれるね」

余計怪しいからその口調はやめろ、レティ。誰が社長だ。

「メリッサ、お前は、学院の最短記録を作りたくないか？　それも中等部からの飛び級だ」

「最短記録……飛び級……」

考えてる考えてる。もう一押しだな。

「君を正当に評価しなかった学院のへぼ教師や、見下しているクラスメイトをギャフンと言わせるチャンスだぞ。もちろん、お前の姉貴、教師ヴァニラもだ」

「お、お姉様をギャフンと？」

「そうとも。奴が超えられない記録を作って、見返してやれ」

「や、やりますわ！」

かかった。

中年男に精子をぶっかけられようとも、姉を見返してやりたい。

その動機は純粋であっても、決して褒められたものではないのかもしれない。

だが、動機がなんであれ、輝かしい結果を残せば、メリッサの望みは叶う。

どうせレ◯プされるのなら、良い成績の方が悪い成績よりは良い。

「うわー、勧めておいて私が言うのもなんだけど、そこまでしてやることかなぁ？」

「黙ってろ、レティ。自分より良い成績で卒業する生徒に嫉妬するのは見苦しいだけだぞ」

「い、いやいや、まだ第七位より上が取れると決まったわけじゃないし」

本当に嫉妬してるみたいだな。まあいい。

「じゃ、メリッサ、辛くなったらギブアップしてもいいからな。それは誰も責めたりしない。姉貴をギャフンと言わせられなかったという後悔は残るかもしれないが、それは大したことじゃない」

「いえ、それは嫌ですわ、絶対に」

よほど姉貴が嫌いなんだな。ま、こちらには好都合だ。

「じゃ、さっそく実験に協力してもらうとしよう。脱げ」

「うっ……」

さあ、どうする？

クラスメイトとはいえ、会ってひと月も経っていない男の前で全裸になれるか？

「わ、分かりました……」

メリッサは気は進まないようだが、身に纏っていた紫のローブを脱ぎ始めた。

ローブの下はやはり女魔法使いルックで、結構大胆なレオタードを穿《は》いている。

「あ、あまり見ないで下さいな」

こちらの視線をバリバリに意識したメリッサは落ち着き無く視線を床に落とし、レオタードを脱いでいく。

その未熟な体型の手足は、やはり妖艶と言うよりは可愛らしさがある。

「くっ、何を今更迷っているの、メリッサ。ヴァニラお姉様とアリエルお姉様を見返すチャンスを手に入れたというのに……！」

自分に気合いを入れる言葉をつぶやいたメリッサは、ついに下着にも手をかけ、全裸となった。

「見事だ。それに可愛いぞ、メリッサ」

「か……からかわないで下さい」

顔を赤らめたメリッサは褒められてまんざらでもなさそうだ。

「じゃ、始めるぞ」

「あ、あの！」

「なんだ？」

ここで気が変わられると、俺のガッカリ感も半端ないんだが。

「その……私、殿方は初めてでして、その、優しく」

「心配するな。そこは上手くやってお前を男好きにしてやろう」

「い、いえ、そこまでしてもらわなくても、普通でいいですから」

「まあ、任せておけ」

きっちり、男好きにさせてやる。

俺はメリッサの小ぶりな乳房に手を伸ばした。

第一話　プールサイド

魔法学院にはプールもある。

体力を鍛えるというよりも、水魔法の実験場ということらしい。

それでもレーンを区切るコースロープが張ってあったりして、競技用になっているのが謎だ。

長方形の五十メートルプールを女子生徒が一人で泳いでいる。彼女がコースの端までクロールで泳ぎ切って水中から顔を出すと、俺に声をかけた。

「ふぅ。アレック、あなたも一緒に泳ぎましょ」

「俺はいい。星里奈、まだこれから一時間目の授業もあるんだぞ。朝からそんなに体力を使ってどうする」

「ええ？　異世界勇者ならこれくらいどうってことないでしょ」

確かに今の俺なら、五十メートルを泳ぐくらいはどうってことないが、無意味なスポーツを朝っぱらからやりたいとも思わない。朝は二度寝が一番だ。

「それより星里奈、新しい実験とは何だ？」

ここに俺がやってきたのは、星里奈が見せたいものがあると言ったからだ。

「もう少し待って。『狂王』とネネちゃんがまだ……ああ、来たわね」

「お、お待たせして申し訳ないのです」

ネネと『狂王』もやってきた。

「いいのよ、ネネちゃん。ちょうどアレックも今来たところだし。じゃ、さっそくだけど、この呪いの鎧が水圧なら破壊できるかどうかを試してみましょう」

「はい！」「グルルル」

「ふむ、水圧か……」

岩や金属のような硬い物質が水で破壊できるものか、と思ってしまいそうだが、現代の地球では実際にその技術があったからな。極細に範囲を絞った超高圧水をレーザーのように当てて石を切ったりするのだ。

そしてこの異世界には、科学が無くとも魔法がある。

なら、試してみる価値はありそうだ。

「じゃ、『狂王』、あなたはそこに立って」

星里奈の指示を素直に聞き、『狂王』がプールの側に向かう。だが、途中で立ち止まると大きく体を動かし、突然暴れ出した。

「グアッ！　グォ！　ガアアアッ――――!!!」

「ど、どうしたの？」

俺も星里奈も【アイテムストレージ】から剣を取り出し身構えつつ、次の事態に警戒する。名前からして『狂王』なのだ。呪われた鎧によって、本人の意思に関係なく周りの誰かを襲ったとしても不思議はない。

「『待ってください！　後ろに猫ちゃんがいます！　水を飛ばすなら追い払ってあげないと』はわ、ホントだ、あそこに猫さんが」

ネネが【共感力】で叫んだから、『狂王』の行動が理解できた。だが、威圧感のある大男がいきなり両手を振り回してくると威嚇にしか見えないな。

「ああ、なんだ、そういうこと。ふふっ、びっくりしちゃった」

「あの黒猫は学院長の使い魔だろう。おい、猫、見学したいなら、場所を変えろ」

「ニー」

可愛いらしい鳴き声を発した猫がひょいと後ろの台座から降りて、別の場所にちょこんと座り直した。

「ああカワイイ！　モフモフしたくなるわね！　でも、今は魔法を発動させないと。見て、アレック。これが私が朝五時起きで組み上げた魔法陣よ！」

「なに？　五時起きだと？」

星里奈の奴、自分で魔法陣を作り上げたのか。しかも他人のため、上手くいくかどうかも分からない実験なのに朝五時起きとか、胃の底から喉元までウェッと言いたくなるくらいの張り切りようだ。

星里奈が手をかざすとプールの水面が青白く輝き始め、巨大な円形の魔法陣が底に浮かび上がった。

再びクロールでその中心点へと移動する星里奈。結構、大掛かりな魔法陣だ。

「星里奈、派手にやるのは構わんが、『狂王』を殺すなよ」

俺は念のため、注意しておく。

「大丈夫、気を付けるわ。肩の端、鎧だけを試してみるつもりだから」

そううなずいて魔法陣の中央に立つ星里奈。そして両手の指を合わせ、目を閉じ呪文を唱え始める。ここからでは彼女がどんな呪文を唱えているか聞き取れないが、赤毛の先から滴り落ちる水と魔法陣の光が何やら神々しく見えるほどだ。

「こんな大きな魔法陣を起動させるなんて……凄いです、星里奈さん」

ネネも驚きと尊敬の眼差しを向けて魔法を見守る。

「さあ、行くわよ『狂王』！　そこから動かないでね！」

「グ、グアッ！」

「――天より穿《うが》て！　曇りなき水面に一閃せよ！

【ジェット・ウォーターガン！】」

星里奈が右手の指で象《かたど》った銃の先から、凄まじい勢いで水流が発射された。

パスッと高音の風切り音がしたかと思うと、細かな水のしぶきを硝煙のようにまき散らしながら、その水の線が一直線に『狂王』の肩にぶつかる。

「グッ、グアアッ！」

最初は直撃に耐えた『狂王』だが、水の圧力に押されて体がよろける。

これは――

まずいな。

命中箇所がズレては危険だと判断し、俺は星里奈を止めた。

「星里奈、中止だ！」

「え、ええ、止めたわ。ねえ、大丈夫？」

「グア～」

「『大丈夫～』だそうです！」

『狂王』に怪我《けが》が無かったので一安心だが、水が当たった部分を見てみると、傷一つ付いていない。

……ダメだったか。

「星里奈、見ろ、このやり方では鎧は無理だ」

「そうみたいね……いけると思ったんだけど」

「ガウ……」

肩を落とした『狂王』がトボトボと去っていく。

「あっ、そんなに気を落とさないでください。きっとアレック様達が何とかしてくれますよ！」

ネネが『狂王』を追いかけていったが、ま、今のところ『狂王』は暴れて誰かを傷つけたりもしていない。やはり、グランソード王国の闘技場では本人の意思とは無関係に戦いを強いられていたのだろう。

「早く何とかしてあげられたらいいわね」

「ああ」

脱げない呪いの鎧なんて、誰だって歓迎しないだろう。鎧フェチだったとしても、さすがに寝るときは外したいはずだ。『狂王』はそのまま寝っ転がって寝ているからな。

「ねえ、アレック」

「うん？」

「その……授業までまだ時間があるんだけど、ちょっと……ここでしない？」

星里奈が顔を赤らめながら聞いてくる。

「ほう？」

「だって、寮生活であんまり会えてないし、『狂王』の鎧を無理やりに脱がす方法を考えていたら、わ、私――」

「つまらん言い訳はいらないぞ、星里奈。俺達はシたいときにヤればいい。そういう関係だろ？」

「え、ええ……そうよ」

俺は服を脱ぎ、全裸でプールに入る。まだ授業が始まる前の早朝とあってか、プールには誰もいない。好都合だ。

「じゃ、星里奈、バックでやるぞ。お前はプールサイドに手をかけて立っていろ」

「うん、こう？」

「そうだ」

まずは水着の上から星里奈のけしらかん肉体を触っていく。よく見ると彼女の乳首が立っていた。

「なんだ、触る前から発情していたのか？」

「そ、そうじゃないわよ。あなたが今、触ってるからじゃない。それに、このスクール水着、なんだか素材が薄いのよ」

星里奈が言い訳しているが、いや、本当にそうなら次の体育の授業が楽しみだな。

さらに水着の上から星里奈の体を愛撫するが、スク水の生地の触り心地もなかなかだ。

「んっ、やん、ああっ、くぅ、そ、そこ、いいのぉ♥」

ビクビクと体をくねらせ、やたらと感度がいい星里奈。前よりもさらに敏感になっている様子。女として立派に成長したようで良い事だ。

「どれ、それなら、もう下も濡れてるだろうから、さっさと入れてやろう」

「う、うん、来て、アレック」

発育の良い星里奈のヒップを覆う布を横にずらしてみるが、伸縮性に優れたこのスク水だと簡単だった。それでもはみ出た肉を締め付け、食い込みの境界線がくっきりしている。この感じだと女子生徒は授業中に何度もお尻の部分の水着を調整しなくてはならないのだろう。カバーしている範囲も元からハイレグ気味で狭い様子。次の体育の授業が楽しみだ。

ぬるぬるの状態を指で確認し、すでにこちらも準備万全となった俺の肉体を合体させる。

「んんっ、ああん♥」

中にするりと滑り込んだが、それを待ちかねていたように悦ぶ星里奈。とことんイヤらしいＪＫだ。

「ほら、誰もいないんだから、もっと声を上げろ」

俺は後ろから星里奈を突き上げる。バシャバシャとリズミカルに水しぶきが周りに跳ねていく。

「だ、ダメよ、誰か来るかもしれないし、そんなの、ダメェ！」

ふん、口では嫌がっているそぶりをしているが、充分に声が大きいぞ、星里奈。

気をよくした俺はさらにペースを上げた。

快楽のクライマックスへ到達すべく、彼女のお尻を荒く突き上げていく。その度にキツく締め上げてくる星里奈。この具合、文句なしに名器と言えるだろう。

二人きりのプールで、激しい男女の水遊びを続けていく。

――と、俺の【地獄耳】に近づいてくる少女達の声が入ってきた。

「気に入らないわよね、あのアレックって奴。何様のつもりなのかしら。ねえ、マイ」

「う、うん、ちょっと態度が大きすぎる、かな……」

ふむ、この声は聞き覚えがある。中等部のクラスメイトだな。メリッサの取り巻きの二人だ。マイ&サリーちゃん。黒髪ロングとふんわり金髪の組み合わせか。

ひまわり組の今日一時間目は体育ではなかったはずだが、仕方ないな。ここはいったん中止するか。

「そうよ。授業中はいつも寝ているし、目障りよ！」

俺の席よりもサリーの席のほうが前だったはずだが、まあいい。

二人の少女マイ&サリーの他には誰もいない様子で、どうやら二人で自主練でもしに来たようだ。

気が変わった。

ちょっとあいつらに悪戯《いたずら》してやろう。

「星里奈、クラスメイトが来たから、もっと声を落とせ」

「ええっ、無理、無理よぅ。早くイカせて！」

まったく。こいつも大した女だな。髪を振り乱して、自分から腰を振りつつ、快楽を楽しもうと頑張っている。

「しっ、マイ、誰かプールにいるわ」

「えっ、でも、サリーちゃん、まだ授業は始まっていない時間だし、それに今日の午前中にプールを使うクラスは無かったと思うけど……」

「でも、さっき誰かの声が、ああっ、あれはアレックと星里奈じゃない」

「よう」

俺は星里奈を後ろから突きあげながら、マイ&サリーに挨拶する。ここは堂々としていないとな。慌てていたら、あいつら絶対、俺が星里奈をレ○プしてるなどと誤解しそうだ。

「ご、ごきげんよう、ですわ」

「お、おはようございます……？」

マイ&サリーは二人ともこちらを怪訝《けげん》な顔で凝視している。なんだか普通ではないことが行われているというのは直感的に分かるようだが、まだ世間に疎《うと》いお年頃なのか、具体的に俺と星里奈がプールの中でナニをしているとは気づいていない様子。

「あっ、えええ!?」

おっと、サリーちゃんは気づいてしまったようだ。

「ただの泳ぎの訓練だぞ」

俺はそう強弁しておく。見た目は変形したバタ足の練習に見えなくもないはずだ。

「ちょ、ちょっとアレック、早く、終わらせてよ」

星里奈が慌てつつ言う。

「そう言われてもな。俺は早漏は嫌いなんだ」

「ええ？」

「な、何をしているのですか！　あなた達は。いえ、アレック、あなたが無理やりに星里奈さんを――！」

サリーが面倒な誤解をし始めたか。

「そうじゃないぞ。星里奈、とりあえずプールから出ろ」

「えええ？　ちょっと、あんっ♥　な、何を」

星里奈の体を後ろから押してやり、俺もプールサイドを掴《つか》んでぐいとそこに上がる。つながったままでいけた。

「きゃっ……！」

両手で顔を覆った黒髪のマイちゃんもようやく俺達がナニをしていると理解したようだ。結構おませさんだな。

「ほら、俺達の訓練を見学したいなら、もっと近くで見てもいいんだぞ」

俺は星里奈の体から手を離して言う。掴んでい

ないので、サリーちゃん達も星里奈が同意の上だと気づくだろう。

「な……な……」

「あ、あんな激しく……」

悲鳴を上げて逃げるかと思ったが、二人とも顔を真っ赤にしたまま、こちらをガン見している。

ふむ、それなら——。

「星里奈、ちょっと人生の先輩として、あいつらに性教育をしてやれ」

「だッ、ダメよ、そんなこと。んんっ！　クラスメイトの前で、そんなの、ああっ♥」

嫌なら俺からお尻を抜けばいいだけなのに、相変わらず腰を振り振り押し当てている星里奈には全く説得力がない。

「ほらほら、これが男女の訓練だぞ」

俺はむしろ、逆にマイ&サリーに向かって星里奈を突き上げつつ、近づいていく。

「す、凄い、あんな太いのが、中に入るの……?!」

「き、気持ちよさそう……」

ほほう、二人とも興味津々のようだ。これは良い教育になりそうだな。

「よし、星里奈、そろそろ、フィニッシュだ。お前のイク時のアヘ顔をしっかり二人に見せてやらないとな」

「くっ、バカバカバカ、ああんっ！　ダメ、二人とも、向こうを向いてて、こ、こんな顔、見ちゃダッメぇえええ————！」

ひときわ大きな叫び声を上げながら、星里奈がイった。

「…………！」

「あぅ…………！」

まだしっかりと星里奈の顔を見つめたままの二人に、俺は言う。

「どうだ、お前らも俺のレッスンを受けてみるか？」

「えっ！　……じょ、冗談じゃないわ！　失礼します！」

「……！　あっ、待ってサリーちゃん！」

おっと逃げられてしまったか。

だが、今の反応と間、もう一押しという感じだ。

これは口封じ……いや、説得も兼ねて、あとでマイ&サリーちゃんのお部屋にお邪魔するのもいいかもしれないな。性への好奇心というものは人類の繁栄のためにも、とても自然で大切なことなのだ。

✧第二話　女子寮侵入

【スペルマ魔力転換】

処女《メリッサ》を食えば、大量の精液＝魔力が出るだろうと思っていた俺だったが、肝心のターコイズは割れなかった。

思ったよりも魔力容量が大きく、耐久度も高い石のようだ。

これを狙って簡単に割れるくらいでないと、さらに強度が上と思われる『狂王の鎧』には危なくて試せない。

「どうしたものかな。レティ、知恵を出せ」

俺はパーティーの知恵袋……らしきモノに言う。

「分からないわよ。スキルでドバァーと出せばいいんじゃないの？」

レティが安直に言うが。

「それは面白くないな。俺が気持ち良くなる自然な方向で頼むぞ」

「だからそんなの知らないっての。アレックがエロエロになる子、ミーナはもう試したんだっけ？」

「ああ。星里奈も試したが、うちのメンバーじゃダメだな。そう思ってメリッサを呼んだんだが

「……」

「じゃあ、片っ端から女の子を試してみれば？　ロリじゃなくてボインの子とか、ああ、マリリンがいるじゃん」

「あいつは悪くないが、もう食ったからな」

「相変わらず手が早い。じゃあ、お手上げね」

レティが両手を上げて小馬鹿にしたように言うが。

「いや、待て、人物だけじゃなくて、シチュエーションも考えた方がいいな」

「シチュエーション？　ああ、なるほど、雰囲気か。じゃ、こんなのはどう？　新たなるリーダーとして君臨するクラッシャー・レティ様に足蹴《あしげ》にされてみるってのは……？」

「いや、逆なら少しは燃えるが、お前に足蹴にされたらムカつくだけだ」

「さいで」

しかもお前、そんな例を出すとは、前に下克上が失敗したことをわりと根に持ってるだろ。レティ。

「そうだな、俺が相手を呼ぶより、侵入ミッションが良いかもしれないな」

「あー、分かる分かる、不法侵入ってそれだけでテンション上がるよね！」

「いや、俺はそういう経験は基本的に無いから分からんが」

「ええ？　そう言えば、アレックが部屋にやってくるってのは無いかも」

俺の部屋に女を呼び込んでという感じがほとんどだった気がする。

「くそ、俺としたことが……」

数々の伝説級スキルを手に入れていながら、それをまったく使いこなせていなかった。

「よし、まずは女子寮から攻略だな」

「おおー。あ、失敗したときは私の名前、出さないでよね」

「安心しろ、レティ、名前を出したところで単独犯と見られるに決まってる」

「ならいいけど。ちなみに、いつ？」

「今夜だな」

「今夜ね。十二時くらいかな」

「まあ、消灯して寝静まる頃がちょうど良いだろうな」

こちらの世界の人間は夜更かしをする者は少ない。

明かりの魔道具もあるにはあるが、蛍光灯みたいに明るいのはやたらと高価だったりするので、そういう理由もあるのだろう。

「ふむふむ。こちらクラッシャー・スネーク、ホワイトストーン、どうぞ」

「んん？　何を言ってるレティ」

「あー、気にしないで。アレックの大作戦が上手く行きますようにっておまじない」

「ほう、殊勝だな」

こいつがそんな殊勝なことを言うこと自体、何か怪しい。

「コード、ツー、今夜十二時、以上。ツートンツートン、はらひほろはれー、イケイケ大成功～、はいっ！　これで成功間違いなし！」

「おおそうか、それはありがとう」

レティと俺はニッコリと笑い合った。

◇◆◇◆◇

その夜――。

「ふー、明日の予習も終わり！　さて、そろそろ寝ようかな。師匠、寝る前にちょっとトランプでもやりますか？」

机で真面目に勉強していたノエルが背伸びをしてから聞いてきた。

狭い部屋にルームメイトがいるとどうも落ち着かないが、ノエルの方は全く平気らしい。最初のころは、俺に「近づかないで下さい」とか言っていたが、もう慣れたようだ。

「いや、今日はパスだ。ちょっと用事がある」

「用事って、もうすぐ消灯時間ですよ？」

「それは分かっている」

「夜の散歩なら私もお供しますよ」

「来るのは構わんが、お前だとこのミッションはいろんな意味でキツいと思うぞ」

「ミッション？　何か冒険者のお仕事なんですか？」

「ああ、まあ、金の出る仕事じゃないが、冒険者は自分で危険を冒す、冒険する者だからな」

「なるほど。格好いいなあ。夜中に学内の不思議スポットを探検ですか？　ちょっと面白そうですね！」

「いいぞ。そう思うなら、付いてこい。行き先は女子寮だ」

「へえ、女子寮ですか。何をしに？」

「当然、忍び込んで下着を漁ったり、女の子の寝顔を観察したり、あわよくばペロペロぱっくんだな」

「それ犯罪じゃないですか！　何言ってるんですか、師匠！　危険どころの話じゃないですよ！」

目を剥き口から泡を飛ばして言うノエルは男のくせに、生真面目すぎだ。

「だから言っただろう。お前にはキツいと。バレたら犯罪だ」

「いや、バレなくたって犯罪ですよ！　封印区でまともなリーダーっぽさを出してたから、私もちょっと尊敬してたのに、この人は……」

ノエルも俺がどういう人間か分かってきたようであきれ顔だ。

「ま、分かっていると思うが、チクったら許さんぞ」

「そういう脅しをされても、先生に問い詰められたら私は口をすぐ割ると思いますよ」

「それは別に良い。積極的に自分から告発しない限りは問題ない」

「やめた方が良いと思うけどなぁ」

「忠告はありがたく受け取ったが、これは男のロマンだからな。お前は何も知らなかったことにしていろ」

「はあ、そこだけ格好良く言っても、やってることは最低ですよ、師匠」

「それも分かっている。だが、男には、いや、冒険者には行かねばならぬ場所がある」

「それが女子寮ですか……？　わっかんないなぁ……」

「お前も、女子の裸や下着は見たいと思うだろ？」

「い、いや、それは」

「目が泳いだぞノエル。戦利品があれば土産をもってきてやろう」

「い、いえ！　要らないですって！　それ困りますから！」

本気で嫌がっているようなので、まあ、土産は無しで良いだろう。

さて、ミッション開始だ。

第三話　共犯者

さすがに、この時間となると男子寮の廊下には誰も歩いていない。

明かりも消灯時間と共に落とされており、俺は事前にレティに教わっていた暗視呪文を使う。

「――フクロウの目、猫の目、コウモリの目、タペタムタペタム、夜目夜目【ナイトビジョン！】」

闇から黄緑色のモノトーンの世界になったが、その陰影具合で廊下の空間は把握できる。

視界は明るく良好だ。

そのまま階段を下りて裏口へと回り、いったん、男子寮の外に出る。

外は真っ暗で、今日の天気は曇りなのか、星も月も出ていない。

好都合だ。

俺は身を屈《かが》めて素早く移動し、隣の敷地にある女子寮の方へ向かう。

【オートマッピング】があるから、目を閉じていても行き先は分かる。

女子寮の外壁を【壁に張り付く】でカサカサとよじ登り、敷地内に侵入。

楽勝だ。

余裕だ。

これはもう泥棒でやっていけそうだな。

世界を股にかける泥棒に転職しちゃおうかな？

だが……ここから先は見つかったら本当にゲームオーバーだ。

ネネも自分が所属しているクランのリーダーが不祥事を起こしたら気に病むだろうし、クラスメイト達が彼女に冷たく当たる可能性だってある。

まあ、マリリンあたりが仲良くしてくれるだろうが、あいつも『風の黒猫』入りしたからな。

せっかくネネが入りたがっていた魔法学院だ。

それを俺の変態行動で退学に追い込んだとなったら……仲間の非難は必死だろうし、ネネも残念に思うに違いない。

何しろネネが尊敬しているアレックなのだ。

だから、リーダーとしてここは責任重大だ。失敗は許されない。

俺は緊張感を持って、外壁を移動し、窓から音を立てないように忍び込む。

女子寮の廊下に入った。

男子寮は石畳だったのだが、女子寮には赤いカーペットが敷かれており、少し豪華だ。

…………よし、誰もいないし、気づかれてもいないな。

ま、所詮、中にいるのは生徒、ろくに実戦経験も無いような無垢な少女達だからな。

その少女達が寝静まっている女子寮に俺という狼が一匹入ってきたわけだ。

後はもう、当然、本能と欲望の赴くままに——

「そこまでだ！」

「くっそ……！」

いきなり背後で声がしたので、俺は心臓が止まるかと思った。

「フッ、気配の遮断はなかなかだが、肝心の姿が見えているぞ、アレック」

その声に俺はため息をついて振り返った。そこにいるのは楓だ。彼女はホットパンツで動きやすいシーフ系の軽装をしている。

ローブ姿の方がここでは見つかってもバレにくいと思うが……。

「お前か。脅かすな。いきなりミッション失敗したかと思ったぞ」

「お仲間で良かったな。だが、アレック、ここの女子寮を甘く見ない方が良いぞ。消灯時間後は自動的に侵入探知魔法が発動し警報《アラーム》がセットされ、警戒モードに入る。しかも一つや二つじゃ無い。何種類も複数箇所で、だ」

「なに？　じゃあ……」

もう失敗？

「安心しろ。私がすべて警報を解除しておいた。頼れる相棒で良かったな。まず褒めろ。そして讃《たた》えろ」

「あー凄い凄い。だいたい楓、女子寮の中の人のお前はそういうのを知っていても不思議じゃないだろう」

俺は指摘する。

楓は元から女子寮暮らしだ。同志だが、侵入者ではない。

「私は『夜中に外出許可は出ない』としか聞かされていなかったんだぞ。おかげで初日にアラームが鳴って大恥を掻かされた。セキュリティ担当には目を付けられてる」

「お前、ニートのくせに初日からアクティブとか、やる気を出し過ぎだろ」

「今の私はニートじゃ無い。転生してから凄く真面目にやってるんだぞ？」

「転生か。つまり、勇者召喚の魔法陣ではなく、赤ん坊でお腹の中から生まれたんだな？」

俺は楓に確認する。

「そうだが、そっちは違うみたいだな。昨日、星里奈に話を聞いたぞ」

楓が言う。

……転生と召喚か。

この二つの方法は何が異なるのか？

転生はこちらの世界の習慣をよく知っている分、俺達より彼女の方が色々と有利な気もする。

だが、クレッグ家に生まれて親兄弟がいるからにはその関係で生活の制約もたくさんあったはずだ。

俺はウザい兄貴とかいらないなあ。

ところで星里奈には『勇者情報を漏らすな！』と口を酸っぱくして言っているが……楓は正式に『風の黒猫』に加入したので、すでに情報解禁OKだ。

星里奈が「楓に話してもいい？」と聞いてきたので俺も許可している。

「そうか。じゃ、行くぞ、楓」

「よし、それで初等部、中等部、高等部、どれから攻める？」

「まずは中等部だ」

「真ん中からか、ククッ、やるなお前。さすがはアレックだ」

いや、その三つのどれかしか無いわけだが。真ん中だと何か違うのか。

「ちなみに初等部から行くと言っていたら、楓はどう思ったんだ？」

「ワォ、初等部！　メインディッシュ！　ヤー！」

握り拳を作って意味不明なポージングをしている楓は、ちょっとロリの話題は避けた方が良さそうだ。

「騒ぎすぎだぞ」

「おっとすまない。女子寮侵入なんて久しぶりだから、ついな」

「久しぶりってお前、前にも侵入したことがあるのか」

「ああ、日本にいた頃、母校の中学校にちょっとな」

「お前が何歳の時に?」

「大学生の時だ。教育実習で行った」

本当にたちが悪いな。同性だからと言って油断できない。

俺もロリコンではあるが、それはやってはいけない行為だと思う。

裏山けしからん!

「んん? なら、ニートじゃ無いじゃないか」

「いや、高校はサボって大検で入ったんだ。結局あの事件が元で私には教師は務まらないと判断して、そこからニート生活だからな」

楓が軽く肩をすくめて言った。

「ふうん。そこは、なけなしの良心があったわけか」

「そうだな、ま、そういう事にしておいてくれ」

楓にとってはあまり面白くも無い話だろうし、せっかく真面目に更生したのだ。

過去は過去にして、そっとしておくのがいいだろう。

「じゃ、行くぞ、楓」

「よしきた!」

二人で中等部の女子寮に侵入する。

これぞ、冒険だな。

俺と楓は冒険者の面構えで女子寮の廊下を進んだ。

「アレック、そこの廊下の突き当たりだ。そこにある絵は『監視者』だから、不可視か何かで行けよ」

二人で廊下を忍び歩いていると、後ろから楓が小さな声で警告してくれた。

色々と細かい防犯の仕掛けがあるようだ。

「不可視か……【光学迷彩】と【気配遮断】で行けるか？」

「それがあるなら問題ない。ただし、奴は耳もいいから足音や声もダメだぞ」

なかなか優秀な監視者のようだ。

俺が姿を消して廊下を進むと、ほぼ等身大の肖像画があった。金色の豪華な額縁で、ヴィクトリア朝時代っぽい貴婦人の上半身が描かれているが……。

そいつはじっと動かないのでタダの絵かとも思ったが、よくよく観察していると、瞬《まばた》きをしている。

生きている絵か。


俺は【浮遊】で足音も消し、絵のすぐ前をゆっくりと窺《うかが》いつつ通り過ぎる。

念のため、息も止めた。

廊下の角を折れ進んでから、楓がようやく声を出した。

「よし、もういいぞ、アレック。それにしても、【浮遊】なんて良いスキルだな。私も【忍び足】は最高レベルに鍛えてあるんだが、感圧《タッチ》アラームやトラバサミは引っかかるからな。後で教えろ」

「まあ、そのうちにな」

俺は適当に答える。

悪いが、危険なロリコンに危険なスキルを渡すわけにはいかない（※俺は除く）。

世の中のいたいけな少女達を悪の手から守ってやらねばならぬのだ。

許せ、楓。

✧第四話　危険な香りの女子寮

俺は今、オースティン王立魔法学院の女子寮に侵入している。

深夜に眠る秘密の花園だ。

かなり厳重な警戒がしてあったようだが、俺のスキルと内通者《かえで》を駆使し、監視者の目をかいくぐって悠々と進んでいる。

「中等部の寮生は三階と四階のエリアだ」

楓が言うが、そのくらいは俺も下調べをして知っている。

「三階の南に行くぞ」

「了解、相棒」

それでも未知の道だ。

いつもなら索敵や罠を予想しながらゆっくり慎重に進むべきところだが、後ろに案内役の楓がいるなら、そこまで警戒しなくても大丈夫だろう。

——俺はそう思ってしまい、油断した。

「ん？」

廊下を普通に歩いていると、カコンと足下のカーペットが一部へこんだ。

ポスッ、ポスッ、ポスッと音がして、廊下の両側の壁から短い槍が飛んできた。

右の一本は上手く躱《かわ》したが、左からの二本を耳と脇腹に食らった。

「ぐっ！」

「アレック！」

本能的に【痛覚遮断】を使って痛みを止め、槍を引き抜く。

楓は駆け寄ってくると懐からポーションを出して俺の体にかけてくれた。

「大丈夫か？」

「ああ、問題ない。俺はこれくらいじゃ死なない」

「ならいいが……そういえばこの廊下はスキップ

で渡らないと行けないと教わったな」

「お前、そーゆーことは先に言え」

「いや、そう教わったが、いちいちやるのは恥ずかしくて馬鹿らしいからできないだろ？　私もやってないし、中等部の連中もやってる奴はあんまりいなかったぞ？」

「なら……深夜限定か、それか侵入者限定か……」

「侵入者限定なら、アラームが鳴り響いていてもおかしくないな。片っ端から警報は【無音結界】を仕掛けてきたから、動いても大丈夫だとは思う」

楓が言うが、魔法バリアをものともしない、機械式の強力な打ち出し槍を仕掛ける学院だ。

音声だけということがあるのかね？

「先を急ぐぞ、楓。誰かが駆けつけてくる前に移動しておくべきだ」

「そうだな」


オートメーションで完全に無人化されている攻性警戒システムは、その攻撃さえ防ぎきってしまえば何とかなる。

後は、そのメインシステムの外側に連絡が行っているかどうかだが……。

走って移動する楓と、浮いて移動する俺でしばらく廊下を移動したが、女子寮は静まりかえったままだ。

突然、まぶしいスポットライトに照らされて、トレンチコートの刑事に名を呼ばれて追いかけ回されるということも無い。

「どうやら、何も無いみたいだな。チョロいシステムだ」

楓がそう言ったが、余計に、俺には引っかかるモノがあった。

何が？　と言われると困るのだが……それなりに生徒の安全に配慮しているはずの学院が、ここまで危険度の高い罠を仕掛けているのだ。

俺だったからちょっと廊下を血で汚した程度で済んだが、普通の人間なら即死レベル。

いくら警備とは言え、なんだかバランスがおかしくないか？

他にも――

「アレック、何してる。早く」

「分かった」

立ち止まって考えかけたが、楓が急かすので思考を中断して廊下を進む。

「右右、左、ええと、次は左のはずだ。ったく、なんでこんなところで曲がるんだ、この廊下は！ご機嫌斜めかよ」

先を行く楓が苛《いら》ついて言うが、なかなか真っ直ぐには進めない廊下だ。

男子寮もそうだったのだが、廊下が何度もあちこち折れ曲がっていて複雑なマップになっている。

自分の部屋へのルートを一度覚えてしまえば、どこも同じように見える地形よりずっと分かりやすいのだが……。

この寮、最初から侵入者を想定しているのか？

女子寮だけなら、変態予防で理解できる。なら、男子寮は？

ま、楓みたいなのもいるし、男子が狙われないって事にはならないか。

俺がそう考えたとき、目の前の楓が青く光った。

「楓？」

何かスキルか魔法を使ったのなら、それでもいいのだが。

「くそっ、私じゃない！　魔法系のトラップだ！」

楓がそう叫んで、迫り来る何らかの魔法から逃れるためにこちらにジャンプする。

しかし――

こちらに跳躍したにもかかわらず、彼女の体は廊下の奥側、俺とは反対方向に引きずり込まれるように下がっていく。

空中を。

風魔法か、引力魔法か、どっちだっていい。

どのみち向こう側に引きずり込まれて、ノーダメージってことは無いだろう。

「楓！　手を伸ばせ！」

俺もとっさに手を伸ばし、さらに【瞬間移動】で彼女の座標へと跳ぶ。

だが、それでもなお、二人の距離が離れていた。

「か、風魔法が効かない！」

彼女の黒髪が自分の使用した風魔法で激しくなびいているが、それでも楓は後ろへと引きずられている。

しかも、俺の側に風は来ていない。

これだけ目と鼻の先で、こちら向きの風が、何かに遮断されているのか、途中でソックリ消えている。

楓の前に伸ばした手は空《くう》を切っているので、見えない壁が有るわけでもない。

これは、空間そのものを操る、空間魔術か……。

俺はなんとなくではあるが、その魔法の性質に当たりを付けた。

なら、こうだろうな。

「【亀甲縛り！】」

ロープを扱う特殊スキル。

理屈は不明だが、ほぼ一瞬で相手を縛り上げることが可能だ。

そもそも空間とは、相対性理論においては時間の概念が加わった『時空』であり、時間の進み具合さえも状況や場所によって変化する。

光速で移動する宇宙船の中の時計は、地球で静止している時計より遅く進む。

飛行機に載せた原子時計でもわずかに遅くなるという。ウラシマ効果だ。

だから時間と空間を操るスキルならばこそ、この極限状況を乗り切れる。

それはあたかも「魔法波長」のように。

何者かに調律されし時空を、エロい縄が例外的に通り抜ける。

手応え有り。

全身を縛られた楓が、苦悶の表情で呻《うめ》く。

「くう……締まって痛いのに、なんかこれ癖になりそう」

結構な食い込みなのに、割と気持ちいいようだ。

「頑張れ、楓。あとで緩いのをプレイしてやる」

「それはどうでもいいけど、アレック、そのロープ、絶対に離さないでくれよ」

「分かっている。安心しろ、楓。今、引き寄せてやるからもう少しの辛抱――んんっ？」

引き寄せたつもりが、こちらが引き寄せられている。

そこに気づいて俺は両足を踏ん張ったが。

「うおっ!?」

「ば、バカッ！」

楓に頭から突っ込みそうになったので彼女を胸で抱きとめてそのまま床に転がり、衝撃を和らげた。

「いててて……アレック、早く解《ほど》いてくれ」

「ああ。どうなったんだ？　今のは」

楓のロープを解きながら周囲を確認するが、青い光はすでに消えていて、女子寮は何事も無かったように静まりかえっている。

「ふう、死ぬかと思った。結局、あれだけで……てっ！　場所が転移させられてるぞ」

「なに？」

楓が【オートマッピング】を参照したようで、俺もウインドウを確かめたが、立っている場所が変わっていた。

三階の入り口近くに飛ばされたようだ。

振り出しに戻る、か。

一筋縄じゃ行かないな。

「アレック、もうその辺の部屋の子でよくないか？　凄く可愛い子をロックオンしてるんだろうけど、ふう、私はちょっと気力が萎えてきた」

「早いな」

最初はあれだけやる気満々で「ワォ」とか言ってたくせに、所詮はニートか。

「じゃ、そういうことで、うしし」

楓が抜き足差し足でドアに近づく。

「待て、楓」

「なんだよ？」

うざったそうに振り向く楓に、俺は言ってやる。

「お前は可愛い子しか食わないんだろう。この学院、扉の向こうにいるのが美少女ばかりとは限らないんだぞ？」

俺は大事なことを言う。

「むむ……くそっ、そうだったな。そうだったた……あー、私としたことが、危うく自分の矜持に嘘をつくところだった。ふぅ、欲望に目がくらんでいた。目を覚まさせてくれて礼を言うぞ、アレック」

「なに、気にするな。俺も美少女じゃないと食う気にはなれん」

「よし、なら行くか。上玉のつるペタをゲットしないとな！」

「ああ。ロリっ子達が俺達を待ってる」

「ああ、そうとも」

俺と楓は決意を新たにして再び第一歩を踏み出した。

第五話　翻弄される二人

女子寮の中等部の子がいるエリアを奥に進んでいる俺と楓。

だが、数々のトラップが発動して俺達を襲ってくる。

観葉植物がトゲを飛ばしてきたり、床が抜けて落とし穴になっていたり、天井が落ちて俺達を押しつぶそうとしたり……

「くそっ、私はここの女子なのに、何でここまで攻撃されるんだ！」

サボテンの針を食らった楓が、その針を抜きながら不平を言う。

「敵性と判断されてるんだろう。優秀な警戒システムだ」

「そこはまあ許す。でも、ここまでアグレッシブな罠だと、死人が出るぞ」

「ひょっとしたら、もう何人も出てるのかもな。表沙汰になっていないだけで」

「行方不明者がわんさかか？　上等だ。あとできっちり調査して、学院に文句を言ってやる」

「やぶ蛇になるからやめとけ。行くぞ、楓」

「フン」

しかし、リセマラ勇者コンビだからここまで死なずに来ているが、『帰らずの迷宮』の第九層に匹敵するレベルのトラップもあって非常に骨が折れる。

この先がロリ少女達の寝室じゃなければ、とっくに退散しているような場所だ。

だが、それでも、ロリ少女達がこの先で無防備に眠っているかと思うと、奮い立つ物がある。

下半身のことではない。

もちろん下半身も奮い立っているのだが、体中の血だ。血が騒ぐ。

高尚な紳士の血だ。

よろしい、こうなったら是が非でも女子の部屋に侵入してやる。

不退転の決意だ。

「アレック、ちょっと待て。よし、ここが北のブロックだから、そこを右じゃなくて左に曲がれば、目的地に着くぞ」

「ようやくか。だが、まだ到着したわけじゃないからな。最後まで気は抜くなよ、楓」

「当たり前だ。誰に言ってる」

楓はいくつかのダンジョンをもう経験している

のか、動きも安定していて、無駄がない。

「罠は……無いな。よし。ここか。アレック、自分で部屋のプレートを確認してくれ」

楓が道を譲ったので、俺はドアのネームを確認する。

『マイ&サリー』

マイちゃんとサリーちゃん。

間違いない。メリッサの取り巻きのメンバーで、いつもマリリンやネネをからかっていじめている二人だ。

別に仕返しというわけじゃないが、二人とも美人だったので俺はこっそり目を付けていた。

メリッサとは違い、恐いのか俺に対してはちょっかいを出してこないところが、この二人の小憎らしいというか、フツーなところだ。

そして、今朝は俺と星里奈のセクロスに二人とも興味を抱いていた様子。なら、セクロスの課外授業もいいではないか。


「ここだ」

「へえ、マイとサリーか。渋いな、アレック。私もこいつらには目を付けてたんだ」

「気が合うな」

「ああ。じゃ、どっちがどっちに行く？　それとも途中で交代《スワップ》か？」

「スワップと行こう。まず、俺は金髪エルフのサリーに行く」

「じゃ、私は黒髪ロングのマイちゃんだな」

二人でニヤニヤと笑い合い、どうぞどうぞと譲り合いをしてからドアを仲良く二人で開ける。

とっくに十二時を回っていたせいか、部屋はもう消灯していて、真っ暗だ。

呪文で夜目が利くので俺達には何の問題ない。

「うはっ！」

楓が早くもテンションが上がってきたようだ。少し落ち着けと。気付かれるだろ。

部屋の左右に配置してあるベッドの右がサリー

ちゃんのベッドだ。枕に垂れ流れている金髪が見える。

サリーちゃんはあまり寝相がよろしくないようで、シーツから体が半分はみ出ている。しかも水色のネグリジェもおへそまでまくれ上がっていて、おへそが丸見えだ。

「ううん……」

可愛らしい声を出して寝返りを打つサリー。

俺はそっとベッドに這い上がり、シーツを完全にまくり、彼女の下半身を辛うじて隠している小さな三角形の布に手をかけ、気づかれないようにそうっとずらしていく。

しかし、中等部のこの歳で、こんなおしゃまな下着とは、大人になったらどんな下着を穿く子に育ってしまうのやら。

「いけない子だね」

俺はねっとりとした優しい声をかけると、つつーっと指を彼女の体に這わせていく。

「んっ、はっ、あんっ」

起きたか？　と思ったが、寝返りを打った彼女は、まだ寝ているようだ。

「きゃあ、だ、誰」

隣のベッドでは、マイちゃんが楓に気づいたようだ。

「落ち着け、私だ、楓だ」

「楓さん？　ひゃっ、というか、ななな、なんで触ってくるんですか」

「それは触りたいからだ」

「嫌です、や、やめて、ああっ」

楓の奴、本能をむき出しにしてやがる。しょうがない奴だ。

だが、ま、目の前のサリーちゃんの裸体に失礼だから、こっちはこっちで集中しないとな。

ネグリジェもすっかり脱がしてやり、膨らみかけのつぼみのような胸をさらけ出しているサリー。まだ成長途中でこれから背がぐんぐん伸びるためか、すらりとした足だ。

俺はその足が伸びている付け根に手を這わせ、彼女の肉体の形を直に触って確認する。

この芸術的な柔らかみと完璧な形。

色白な柔肌の中に、桜色をした健康的な花びらが、今ヒクヒクと開こうとしている。

「んんっ、あっ、あっ、な、なぁに、もう……」

指で刺激し続けてやると、ようやくお目覚めのようでサリーが半目を開けた。

「やあ、おはよう、サリーちゃん」

「あ、アレックさん!?　な、何してやがるんですの、あなたはッ！」

頭の回転は思ったより速いようで、状況を理解して慌てるサリー。

「いや、ちょっとセクロスの伝道師をね」

「はあ？　こっ、こんなことをして許されるとでも――」

「許されないだろうね。だが、君の体はそれだけの価値がある」

「な、何を訳の分からないことを、ああんっ♪」

顔を朱に染めたサリーは性的に褒められたことがあまりないのだろう。まあ、中等部の生徒だしな。

エルフだからグラマーではなくスレンダーなタイプだ。

「それに、今朝のプール、続きが気にならないか？」

「つ、続きって、アレに続きがあるの？」

ゴクリと唾を飲みこんだサリーはやはり興味があるお年頃だな。

「ああ、あるとも」

まだ小粒と言った胸の突起をつまんでこすり上げてやると、それだけでサリーは震えて絶頂を迎えてしまった。

「あああああっ！　な、何、今の」

「怖がらなくても平気だ。感じてるだけだ。気持ちいいだろう?」

「い、いいですけど、こんな、こんなことって、ぃやあっ、もうつままないで下さいな!」

身をよじって抵抗するサリーだが、ほとんど力は入っていない。

「じゃあ、こっちを触ってやろう」

俺はサリーの体を裏表ひっくり返し、今度は小ぶりなお尻を手の平に包んで、両手でマッサージしてやった。

「ちょっと! 触らない——んんーっ、ああーん♥」

怒ろうとしたサリーが快楽に負けて気持ちよさそうに吐息を漏らす。

「抵抗しても良いが、それだけ感じてるなら、俺に身を任せて遊んだほうがずっと気持ちが良いぞ」

「だ、誰があなたの言うことなんか」

「ほれ、マイちゃんはセクロスを受け入れているぞ」

「あ、ああんっ、凄いですわ、セクロスがこんなに気持ちいいなんて私、知りませんでした。楓さん、くう! も、もっと、して下さい!」

「サリー、待ってろよ。私の方がアレックより超上手いから、もうちょっとの辛抱だ。こっちが終わったら、そっちをイカせてやるからな!」

「い、いえ、来なくて良いです。マイ……大人しいあの子があんな激しく……ゴクリ。あっ、ちょ、ちょっと」

「ほれ、お前も楽しめ」

「楽しめって、無理ですわ!」

「そうか? わりと体は興味ありそうだが」

「そ、それは、だから、触らないで下さい、んっ、やぁん、ちょっとぉ」

サリーもその気になったようで抵抗しなくなった。

「よし、アレック、交代だ」

俺と楓はハイタッチして入れ替わる。

まだ狂乱の女子寮タイムは始まったばかり。

女子生徒の嬌声が響き渡る中、俺は一日で何人の女とヤれるか、スコアの予想を考え始めていた。

✧第六話　呪いの破壊

翌日——

昼から登校した俺はひまわり組の教室に入った。

「あ」

「お、おはようございます、アレックさん」

クラスメイトの何人かが、顔を赤らめつつおはようの挨拶をしてくれた。

「体の具合はどうだ？　問題ないか」

「え、ええ、大丈夫ですわ」

「私も」

「ならいい」

「……なんですの？」

事情を知らないメリッサが、銀髪ドリルを揺らし怪訝な顔をする。

「アレック、知ってる？　昨日の夜中、女子寮に怪しい侵入者が入ったんだって！」

マリリンが教えてくれたが、うん、知ってる。というか、それ俺らだし。

「それで？」

もちろん、口には出さずに、その後の情報を仕入れておく。

「上級生や先生達が部屋を回って被害を確かめてたよ。別に盗られた物は無かったみたいだけどさ」

だが、アレックは大切なものを盗んでいきました。

それは少女達の処女です！

「そうか、被害が無くて何よりだ」

しれっと俺は言い、それきりその話題には加わらないでおく。

授業が始まると生徒達も真面目に勉強して、騒ぎになるというほどでもなかった。

ミッション、コンプリート。

◇◆◇◆◇

翌週、俺は学院長の許可を取って『狂王』をレティの地下工房へ呼び出した。

いよいよ、呪われた鎧を打ち破るときだ。

そのための女子寮侵入であり、処女食い散らかしだ。

そーゆーことにしておこう。

女子寮は避けて通れぬ道だったのだ。

「グ、グルル……」

でかい図体のくせして、緊張しているのか、落ち着き無くその場にいる『狂王』。

彼、あるいは彼女も、いよいよだというのは理解しているようだ。

「待たせたな、『狂王』。今日、お前の呪いを俺が解いてやる」

「ガウッ！」

さすがに威圧感のあるフルフェイスのフルプレート鎧でそんな動きの良い反応をされると、こっちも一瞬ビクッとなるからやめろと。

「良かったわね、『狂王』」

「ほんまやな」

星里奈や早希達も呪いを解くところを見たいと言うのでこの場に居合わせている。

「んじゃ、さっさと始めなさいよ、アレック」

リリィが偉そうに指示してくるが、まだピースが揃っていない。

「もう少し待て」

「ええ？　私、この後でお団子屋に行く予定があるんだけどー」

知ったことか。時間が押してるなら、先に行けと。

俺がどう言い返してやろうかと考えた時、地下室に下りてくる足音が聞こえた。

――来たか。

時間通りだな。

「あら」

「なんですの？」

「なんでアリエルお姉様までここに」

前髪ぱっつんの三姉妹をここに呼んである。

赤毛のヴァニラ先生、金髪のアリエル、そして銀髪のメリッサ。

金銀赤を揃えると特典が……あるわけでも無いのだが、ちょっと揃えてみたかった。

彼女達は生け贄だ。

『狂王』の鎧を破壊するためには、三人もの処女（二人はもう食ったけど）が必要なのだ。

だが、立場を気にする性格のヴァニラ先生をここで脱がせたりしたら、後で根に持つだろうし、ここは触媒としてだけ機能してもらうことにする。

「レティ、始めろ」

「アイサー！」

床に描かれている魔法陣にレティが魔力を注入すると青白く光り始めた。

「な、何の魔法陣ですの？」

アリエルが気にするが、他の二人はすでに何をするかは伝えてあるので慌ててはいない。

「呪いの鎧を破壊するための儀式だ。ちょっと付き合え」

「ですから、何の話か分かるように説明して下さい。ギルド長に言われるままにここに来ましたけど、何が何やら」

「言われるままにそこにいればいいぞ、アリエル。怪我はしないから安心しろ」

「はぁ？　当たり前です。怪我なんてさせられて堪《たま》りますか。なんで人族の冒険者風情に偉そうに指図されなくちゃならないのかしら」

アリエルは俺がアーバンに変身している時には

冒険者でも良いと言っていたくせに、相変わらず面食いだな。

後で金貨を見せてコイツの反応を見てみるとしよう。楽しみだ。

「アレック、こっちの準備はオッケー！」

「よし！」

お膳立てが整ったところで、俺は三姉妹を視姦し、三人同時にトリプルなフェラチオをさせる計画を想像した。

三人が俺を睨み付けながらそれでも愛おしそうに舐めてくる姿を想像すると、行ける。

ここで【スペルマ魔力転換】だ。

むくむくと俺の下半身が反応すると、レティの増強魔法もあってか、かつて無いほどの威力で俺の性剣エクスカリパーが炸裂した。

あまりの威力に、魔力変換しきれずにあぶれた精液が三人に降りかかった。それも大量に。

「きゃっ！」

「いやあああ！　な、何よこれ！」

「ちょっとぉ」

バケツ三杯分のコンデンスミルクを頭からぶっかけた状態になったが。

それよりも、『狂王』はどうだ？

奴の鎧は魔力に反応し青い輝きを放ち始めると、限界点を突破したのか、ピシッとヒビが入った。

次の刹那、その石とも金属ともつかぬゴツい鎧が一気に砕け散った。

くそ、まずいな、中の人は大丈夫か？

魔力は中に当てないようにコントロールしたが、鎧の破片がぶつかったら危険だ。

「フィアナ！　オリビア！　ノエル！」

俺は三人の名を呼ぶ。

「ええ、分かっています」

「はーい、お任せ～」

「はいっ、師匠！」

念のために回復魔法を三人揃えておいて良かっ

た。

　彼女達が鎧の中心部に向かって、今度はヒールを唱え始める。

「うっ、うあああーっ！」

　叫んだ中の人は、セーラの予想通り、女だった。しかも程良いロリ体型。

　当たりだ。

　だが、彼女のぼさぼさの長い髪で前が覆われていて肝心の顔が見えない。

「おい、ちょっと髪を、うおっ⁉」

「ぎゃー！」

「おい！」

　俺が止めるまもなくそのロリっ子は地下室から走り去ってしまった。

「「「…………」」」

　その場にいた全員が呆気《あっけ》にとられる。

　何かミスったか？

　俺はレティの顔を見るが、鎧が破壊されたあと、そいつは走るだけの体力は残していたからな。肉体的には問題なかった。

　レティのミスでは無いはずだ。

「いやいや、私のせーじゃないし？」

　レティが真顔で違う違うと手を顔の前で振る。

「あっ、待ちーや！」

　早希が彼女にしては反応が遅かったが、この場の一同の中では一番手で彼女を追いかけた。

　二番手はミーナ。ま、あの二人なら逃げられてしまうことは無いだろう。

「ちょっと、そこの不審者さん！」

　精液まみれのアリエルが俺に向かって言う。

「不審者じゃない。アレックだ」

「いったい何なんですの、この液体」

「魔力の元だ。安心しろ、体に害は無いし、舐めると甘くて美味しいぞ？」

「ええ？　あら、本当に。甘ーい！」

　俺のスキル【練乳生成　レベル5】だ。気に入

ったのなら、後で好きなだけしゃぶらせてやる。

「ひぃぃぃ！」

一方、必死にハンカチでその液体を拭き取ろうとしているヴァニラ先生は、コレの正体は分かっているようだ。

さすがは先生。

メリッサは、頬を赤くし手に付いたコンデンスミルクを妖艶に舐めとりながら、俺に蠱惑的な視線を向けてくる。

ま、お前とやるのは後だ。

「じゃ……星里奈、適当にここの後始末を頼む」

「ええ……？　分かったわ」

ちょっと不満げな顔をした星里奈だったが、他に適任者がいそうにないと判断したようで肩をすくめて引き受けてくれた。

昔は俺の言うことなんてちっとも聞きゃしなかったのに、段々と従順になってきたな。良いことだ。

「さて、元『狂王』を追うか」

あれだけ世話をしてやって、呪いまで解いてやったのだ。

俺にはヤる権利があるはずだ。

第七話　血塗られた過去

苦労してようやく『狂王』の鎧の呪いを解いてやったのだ。慈善事業で助けてやったわけではないので、俺はきっちり追う。

逃がすものか。

「ちぃっ、しかし、どこだ？」

このオースティン王立魔法学院の敷地は広大だ。学院が都市の中にあるのでは無く、学院の一部に都市があると言っていいくらいだ。

周囲を見回すが、ここは教授関係者の研究区域であり、地下工房への入り口となる家々がぽつぽつと森の中に点在しているだけで、目印らしきものがほとんどない。

俺が育てた世界樹のおかげで方向はすぐに分かるのだが、中の人の姿は見えなかった。

どこへ向かったか、見当も付かない。

仕方ないので、まずは教室がある中央校舎へ向かうことにする。

「ご主人様！」

向こうからミーナが走って戻ってきた。さほど慌てた様子は無いので、早希が確保できたのだろう。

「奴はどうしたんだ？」

「はあ、それが……何年も体を洗っていなかったみたいで、今、早希さんが宿のお風呂へ連れて行きました」

「なんだ、そんなことか。普通、『助けてくれてありがとうございます』とお礼を言うのが先だと思うんだが」

「ええ、まあ、よほどかゆかったんでしょう」

ミーナが苦笑いで言う。

俺も一度骨折した時にギプスで足を洗えなかった経験があるが、あれは仕方ないか。

痛みを我慢するほどではないはずだが、かゆいのを我慢するのもまた苦痛だからな。

のんびりとミーナを連れて彼女が宿泊している高級宿に向かう。

「こうして、二人だけでご主人様と街を歩くとなんだか楽しいです」

隣を歩くミーナが笑顔を見せて言う。

「そういえば、学院の寮生活だから、昼間はあまり出歩いてないいな」

セクロスはしているが、ミーナが喜ぶのなら、散歩もいいだろう。

「ミーナ、ちょっと中央広場へ寄っていこう」

「はい、ご主人様」

俺達は少し遠回りして、途中で団子を食べてから宿に戻った。

「ああ、ダーリン、グッドタイミングやな。おめかしもバッチリ終わってお膳立ては完璧や」

早希がウインクするが、別に今からデートや結婚式をやるわけでも無いんだから、適当でいいんだがな。

まあ、処女は食うけど。

「『狂王』は？」

「ウチの部屋におるで。今は落ち着いて、可愛い感じの子や。名前はステラな」

「そうか。後で褒美をやろう」

「いややわぁ、これくらいお礼も無しでええて。ささ、はよ行って、感動のご対面アーンドセクロスや」

「皆まで言うな。奴が逃げる」

「大丈夫やと思うで？　最近までウチらとずーっと行動を一緒にしてたんやし」

そういえば、全く知らない奴でも無かったな。

ただ、ひょっとしたら女の子かもしれないと思って接するのと、完璧に女の子だと分かっていて接するのではやはり違う。

だいたい、ゴツい鎧の大男に優しく接しろというのが無理だ。

当たりだったなら、もっと優しくしてやれば良かったとほんのちょっぴり後悔しつつ、俺はお待ちかねのドアを開けた。

「あっ……」

ベッドに座っていた小柄なステラは、体格は前の鎧とは全然違って、すらりとした腕に小さな手だ。

大きさがどうして違うのか、よく分からないが、あの呪いの鎧のせいだろうな。『狂王』の鎧だから、『狂王鎧』と名付けることにしよう。うん。

「具合は良いようだな」

俺が部屋の中に入ると、やや緊張しつつも彼女は自分で立ち上がって綺麗なお辞儀をしてみせた。

こちらの世界でもお辞儀は一般的な挨拶だ。

「いろいろありがとうございました、アレックさん」

そう言ってニッコリ笑うステラは、イイ。

「ああ、気にするな。冒険者として当たり前のことをしたまでだ。そちらも助けてもらった人間として当たり前のお礼をしてくれるだけでいいぞ」

「は、はい……一応は、分かってるつもりですけど……」

両手を胸の三角形にして胸の前で合わせ、モジモジするステラは、俺の好みのタイプだ。

容姿も、ロリ体型に綺麗な艶のある銀髪をポニーテールでまとめ、黒いリボンを付けている。リボンは逃げるときにはしていなかったので早希が用意したと思われるが、ナイスチョイスだ。

軽装のシーフの格好になっているが、胸はややぺったんこ。

白色のホットパンツから覗く細めの太ももが、いかにも成長途上といった感じでそそる。


「じゃ、さきにこの後の身の振り方を聞いておこうか。飯代や宿泊費は俺が出してやったわけだが、まあ気にしなくて良いぞ、うん」

さりげなく、世話をして金がかかったんだぞ？とアピールして紳士ぶってみる。

「あ、じゃあ、そういうことで失礼しまーす（爽やかな笑顔）」と言い出したら、「待て！（笑顔の青筋ピキピキ）」と言うが。

もちろん、性格が良さそうなステラはそんな対応はしなかった。

「はい、許可してもらえるなら、『風の黒猫』に加入したいと思っています」

「ほう、良い心がけだ。ちなみに、クラスはなんだったんだ？」

戦士《ファイター》ではないだろうなと思いつつ聞いてみる。

「いえ、クラスと言うほどでも。まだ見習いのソロシーフでやってたんです。さすがに一人じゃ『帰らずの迷宮』の第二層から下へは行けないので、ギルドで紹介してもらったパーティーに付いて行くって感じで」

「ふうん？　じゃあ、レベルは低かったのか」

「ええ、ちょっといろいろあって……あの鎧のせいで、今ではレベル40を超えちゃってるんですが」

「ま、そこはお前のせいじゃないし、不可抗力だろう」

「はい……」

歯切れの悪い返事のステラは、闘技場で手に掛けた数々の相手の事を考えてしまったのだろう。

なにせ『狂王』だ。

グランソード闘技場のビッグマッチでは優勝の本命候補にして常勝だったからな。

しかも審判が止めても攻撃をやめないバーサーカーだ。

リングの上で生まれた死人が一人や二人で済んだとはとても思えない。

そして不幸にも彼女にはその記憶がある。

黙り込んでしまったステラに俺は声を掛ける。

「忘れろとは言わないぞ。それじゃ死んでいった連中があまりに可哀想だ。だが、お前が望んでやったことではないのだから、罪に思う必要も無い」

「はい……」

ちょっと不思議そうな顔をしたステラは顔を上げ、だが、先程よりは表情が落ち着いた。

これでいい。星里奈だったら、お前のせいだと言ってさんざん責め立ててやるんだが、相手は可愛いロリだからな。

すべてが許せる。

ただし、本人がしおらしくしていて、俺や俺の仲間が殺されなかったら、という条件付きだ。

俺は闘技場で『狂王』と戦い散っていった奴らとは違う。

自分で降参して目的の達成のために退《ひ》いたのだ。

それもルールの上でだった。

だから、『狂王』から受けたダメージのことはもう全然気にしていないし、彼女が気にする事でもない。不可抗力だ。

これからも『風の黒猫』のリーダーとしてステラと接するつもりだ。

特に今までと何かが変わるわけでもない。

もちろん、可愛くなった女の子にはより優しくしてやることになるが。

「よし、じゃあ、ステラ、嫌なことはパーッと忘れてセクロスだ！」

「うわ……予想はしていましたけど、その強引な持って行き方に感心しちゃいます。あの、私もアニキと呼んでも良いですか？」

「いや、お前は女の子だからな。しかもどちらかと言えばお淑やかなタイプだろう。だから、お兄様と呼べ」

「ああ、じゃあ、お兄様……？」

「おう」

いいね、照れくさそうにしている美少女ロリに、お兄様呼ばわりされるのは。

しかも血がつながっていない。

いや、もう血がつながっててもいい！

ロリだからすべてが許せる。

「じゃ、脱がせてやろう」

俺はステラのベルトに手をかけた。

第八話　くるみ割り人形

『狂王』の中の人はロリロリ銀髪美少女だった。

しかもちょっと清楚な真面目系だ。

よくそんなので『帰らずの迷宮』で処女が守れたものだと感心してしまうほどだ。

きっと割合に慎重な行動をしていたのだろう。

だが、初心者にとってはあまりにキツいダンジョンだ。

手に入れて浮かれて装備したフルプレート鎧だろう。

……いや待て、ステラの体とサイズが違いすぎる

彼女はシーフ見習いだと言ってたし。

高級武具には【自動調整】のスキルが付随している場合もあるが、それにしたって装備しようと思うか？　アレを。

それが気になったので、俺は目の前の彼女に聞いてみた。

「ステラ、お前、あの鎧をどうして装備したんだ？」

「いえ、最初は兜だったんです。私が初めて宝箱から手に入れた防具だったので、嬉しくてつい、かぶっちゃって……」

「なるほどな。まあ、次からは鑑定してからかぶれ」

「はい、絶対にそうします」

真剣にうなずくステラだが、もう上着はすべてはぎとり、あとは下着風の鎧下一枚だけだ。

「ちなみに、お前、下着姿でも恥ずかしくないのか」

「え？　ああっ?!　い、いつの間に」

「話してる間にだ。俺には【脱がす】というスキルもあるんだぞ」

「お、お見それしました……うう、あ、や、やっぱり」

「ダメだ。ここまで来てドタキャンとか、女として最低のことだぞ？　男を期待させるだけさせておいて、よしヤれる！　と思った心のガッツポーズをどうしてくれる？」

「はあ、そこは勝手に期待してしまったアレックさんが………じゃなかった、お兄様が悪いんだと思いますけど」

「ふむ、いいぞ、もう一度、拗《す》ねた感じで、お兄様が悪いと言ってみてくれ」

「ええ？　お兄様が悪いんですけど……」

「そうじゃない。不満に思って、でも大好きなお兄様だから怒りきれない、仕方の無い子ね、みたいな感じでだ。もっと自信を持って言え。怒ったりはしないぞ」

「はい、じゃあ、お兄様が悪いんですよ？」

いいね、ちょっとご機嫌斜めな妹様だ。

これでストレートの黒髪ロングで学生服の魔法学校だとさらに美味しいシチュエーションになるが、ロリは外せないからな。

あまりに多くを求めるのは自重しておこう。

「……今ので良かったですか？」

「いいぞ、グッと来た。それと、普通の素の喋り方でいいぞ」

「はあ、でも、ようやくまともに喋れて、一応、リーダーで目上の方なので」

「ま、別に試行錯誤でも良いいし、じきに慣れてくる。ま、セクロスが人間関係の潤滑油としては最適だぞ」

「そ、そうでしょうか……あんっ」

すっかり上半身を裸にして、わずかに膨らんでいる可愛いおっぱいを下から撫でてやると、敏感にステラは反応した。

「どうだ、気持ちが良いだろう」

「は、はい、でも、これはっ……ああんっ！」

初めての感覚に戸惑うステラに余裕を与えてやるのが紳士だろうと思うが、俺もそんな余裕は無い。

何しろ、俺に最初から心を許しているロリ少女だ。

これから何をするかも分かっていて、逃げないロリだ。

もちろん、今まで色々と助けてやって、そう、地獄の闘技場から救い出してやったのも俺なのだ。

白馬の王子様とはちょっと違うだろうが、ステラも納得しているからここで待っていたのだろう。

彼女がその気になっているのだから、そこはもう、食ってやらないと、男として失礼であろう。

据え膳食わぬは何とやらだ。

「いいぞ、ステラ、これから毎日、ベッドで調教してやるからな」

「そ、それはちょっと遠慮したいです、お兄様。だいたい、あれだけ女の子がいたら、せいぜい週一の気がしますけど」

「大丈夫、新入りに対する特別指導だからな。集中的にやるぞ」

「わ、わーい」

喜んでる喜んでる。

爽快なほど色白な彼女の肌を俺は、隅々までチェックして指を這わせていく。

「ああっ、あんっ、はぅぅ」

指先が触れる度に、いちいち体を震わせるステラは、明らかに処女だ。

「どうだ、病みつきになる気持ち良さだろう」

「そ、そうかもしれないですけど、ちょっと今、んっ、な、何も考えられないれすぅ」

良い感じで夢心地なようで、気持ちよさそうに目を閉じるステラ。

「よし、今度は舐め回してやるぞ」

「ひゃ、ひゃい」

よく聞き取れなかったが肯定の返事だろう。もちろん否定でもヤる。

彼女の桜色の膨らみを、舌でねっとりと撫で回すように舐め上げていく。

「んんんっ！　ああっ！」

良い声だ。必死にシーツを握りしめるステラは嫌がっているわけでは無い。

その証拠に、逃げようとはしていない。ただ、耐えているだけだ。

「どうだ、今日はこのくらいでやめてやっても良いが」

楽しみは明日に取っておこうかと思って、俺は言ってみたが。

「い、いえ、ここでやめられるとちょっと、困ります。あの、なんて言っていいのか、うう」

「大丈夫、それは準備が整ったって事だ。その前に、ちょっとスキルで遊ばせてもらうぞ」

「ええ？　あ！　あ！　あ！　あ！」

【超高速舌使い】でペロペロペロペロしてやると、連続でステラがもだえた。

もちろん、初回でこれは彼女もキツいだろうから、レベル調整して最低の1でやっている。

俺も鬼では無いのだ。

「あ、アレックさん、酷いですぅ、うう」

「そうか？　でも気持ち良かっただろう。ま、じきに自分からおねだりしてくるようになるぞ」

「うう、それもちょっと嫌なんですけど」

「まあそう言うな。じきに良くなる」

「あの、もう、ここが」

涙目で自分のお腹を指差すステラ。積極的な子だ。

「いいだろう。入れてやる」

「ええっ?!　あの、まっ、うあっ!?」

ちょっとステラの反応がおかしかったが、この歳でセクロスがなんたるかを知らないはずは無かろう。

この世界の成人の儀式は十五歳と地球より五歳も早いからな。

これは普通のことなのだ。

「うわ、体の中に入ってる！」

「当たり前だ。これが合体だぞ？」

「ええ？　あ、ああ」

「じゃ、分かったところで、イクぞ」

「ええ？　何を、あっ、あっ、あんっ、ちょっ、うわっ、やんっ、これ、はあんっ♥」

痛みより快楽が上回っているようで何よりだ。

視線が上に行ってヤバイ顔になるステラだが、まあ終われば大丈夫だろう。

それにしても、処女のくせになかなか粘るな、こいつ。こっちは嬉しいが。

「うっ、あっ、あっ、あっ、あんっ、あ、アレックさん、ま、まだやるんですかぁ？」

「まだだ、お兄様と呼べ」

「はあ、お兄様、私、ちょっともう限界かも、あんっ」

「大丈夫、限界が来たって事は、もうすぐ終わるぞ」

「で、でも、うあっ、あんっ、そんな激しくしないで、だめぇっ」

髪を左右に振り乱すステラは高まってきたようだが、それでもイカない。

「アレック、何かスキルを使ってみろ」

「うお！　びっくりしたなぁ。楓か。いつからそこにいた？」

急に声がしたので焦ったが、楓が姿を現した。スキルで透明になって部屋に入り込んできたようだ。


「ほら、やめない。麗しきレディがお待ちかねだぞ。焦らさないでやってやれ」

「はあ、はあ、はあ……いや、待ってません～」

いつもと勝手が違うが、まあ、スキルでもいいか。

俺は適当にリストを見て、すでに持っているスキルで良いのがないか、見てみることにした。


【影法師】


ふむ。これはエロスキルとはちょっと違う気がするのだが、せっかく禁呪封印区で手に入れたスキルだ。

今まで使っていなかったので、ちょっと試してみようか。

使ってみる。

すると、俺の体がどす黒くなって溶け出した。

「ちょっ、お、お兄様!?」

ギョッとして慌てるステラだが。

「安心しろ、ステラ。【影法師】のスキルだ」

「いや、この見た目で安心なんてできません～」

それもそうだろうが、真っ黒になった俺としても、せっかくだからこのままでセクロスしてみよう。

ものは試しだ。

ただ、肝心の俺の性剣エクスカリパーがふにゃふにゃなので、代わりにステラを包み込んで撫で回すプレイになる。

「ううっ、す、凄く気持ち悪くて、恐いです、お兄様」

「触られて気持ち悪いのか？　そうじゃないだろう」

「え、ええ、目を閉じてると、とても気持ちいいですけど、見た目が」

「じゃあ、目を閉じてろ」

「いえ、それでも恐いです」

「じゃあ、スキルポイントをくれてやるから、【恐怖耐性】か何かを取れ」

「ああ、なるほど」

ステラも『狂王』時代に俺達と冒険を共にしているから、勝手は分かっている。

馬車に一緒に乗っているだけでも冒険だ。

「と、取りました。でも、うう、やっぱり気持ち悪い～」

「しようのない奴だな。我慢しろ」

俺の方は、ステラを全身で包み込む感覚が気に入ってしまったので自分に正直に言い放つ。

「くっ、は、はやく、こんなの終わらせて下さい。ああんっ、いやっ！」

感じつつも嫌がるステラ。

「クッ、いいぞ、敵に痛めつけられてやられてるセーラー○ーン並みに興奮する！」

突然、性癖のツボに入ったか、楓が脇で立ったまま器用にオナニーし始めたが……またニッチな性癖だな、お前。

ま、俺もあのアニメはちょっと興奮したからな。

「二人とも、何言ってるかサッパリ分かりませんよぅ。と、とにかくやめてぇ～」

ベッドの上でステラの興奮しつつも嫌がる声が響き渡る。

いかんな、俺の方はノッてきた。楓もノッてきている。

黒い欲望の上で踊らされるステラ。

それは白きバレリーナのようにひらひらと舞っていた。

第九話　魔導師論文

ようやく『狂王』の呪いも解くことができた。

道のりを振り返ってみると、たかが一人の女のためによくやったと自分でも思ってしまう。

ひょっとしたら中の人は男だったかもしれないのだ。

しかし、俺の執念は実を結んだ。

エロのためには真剣になれる――

それは健全な男子《おのこ》の証明だろう。

ついでに、魔力注入による物質破壊についても興味深い研究データを手に入れたので、それを真面目に論文にまとめた。

学校でここまで真剣に学業に取り組んだことなど、生まれて初めてのことだ。

下調べしたときにはそれほど詳しい資料が無かったので、今後、同じ事をする探求者には役立つ情報となるだろう。

「よし、こんなところだな」

ちゃんと参考文献も付記して、俺はその二百ページにも及ぶ紙の束を机の上でトントンと整える。

魔法王国オースティンでは高品質な紙が安く手に入るので、結構なことだ。

これが反り返るあの羊皮紙ならとても二百ペー

ジなど書く気はしなかっただろう。中学の時の反省文でも四百字詰め原稿用紙の半分を埋めるのに苦戦していた俺だ。

「エロは人間を成長させるな……」

しみじみと感慨が湧く。

「ん？　師匠、何か言いましたか？」

隣の机で同じく勉強していたノエルがこちらを見て言う。

「何でも無い。ノエル、真面目に勉強も良いが、時には遊びも大切だぞ」

「はあ、でも、私は家が貧しくて、立派な上級騎士になって母に楽をさせてやりたいですから」

「感心だな」

「いえ、実を言うと、半分は私のワガママなんです。金を稼ぐだけなら、皿洗いという手もありましたし。でも、騎士になりたいならと母が無理してくれて……」

「いい、なんか悲しくなるから上級騎士になって故郷に錦を飾れ。これは俺の応援だ」

聞けば聞くほど辛い話を聞かされそうだったので俺は金貨を一枚、ノエルの机の上に置く。

「い、いいえ、受け取れません、こんなもの」

「いいから取っておけ。金は必ず必要になる。貧乏ならなおさらだ」

「でも……いえ、アレックさんはAランク冒険者でしたね。ありがたくもらっておきます」

「そうしろ。さて、じゃあ、俺はちょっと乗り込んでくるか」

「また女子寮ですか!?」

「いや、今回は職員室だ。女子寮の話は内緒だと言っただろう」

「はあ、でも、女子や先生は結構騒いでたみたいですよ。星里奈さんも『十二時と聞いていたのに、時間差で、してやられた……』って悔しがってたし、感づかれてますよ」

「もう済んだことだ。それに星里奈はメンバーの一員だし、チクられる心配は無いぞ」

あの時はたまたま女子寮攻略にやたら時間が掛かってしまい、レティと星里奈のホットラインがフェイクに変わっただけだが、結果オーライだ。

「はあ、一応、お師匠も今は生徒なんですからもう少し真面目にやった方が良いと思いますよ」

「ああ、たまには真面目にやるぞ」

俺はニヤリと笑ってその紙束を見せてやり、職員室へ向かった。

「失礼します」

職員室に入ると、いつもと違い、教師達が誰もいない。

「くそ、せっかく論文を持って来てやったのに、怠慢だな」

もちろん、教師達も何か用事があって席を外しているのだろう。

が、教師にあまり良い思い出が無い俺としては、奴らの失態は重箱の隅をつつくようにあげつらいたくなるというものだ。

しかも、最近の地球では楓みたいに教師として入り込んで上手いことをやろうとしてる奴らがたくさんいて、裏山けしから――まあ、そんなことは今どうだっていい。

「おい、誰かいないのか」

呼んでみると、ミャーと鳴いて黒猫が俺のところにやってきた。

「よしよし」

アゴの下を撫でてやる。

俺はもちろん、猫派だ。

ミーナとネネも可愛いが彼らは犬耳というだけであって、犬とは違う。

「ゴロゴロ……」

喉を鳴らして気持ちよさそうにした黒猫は、だが、俺から体を離すと、さっとドアの方へ走っていく。

「あ、おい。んん？　付いてこいと言っているのか？」

「ミャー」

それっぽい感じにも聞こえた。

ならば、どうせ教師達が帰ってくるまで待たないといけないのだし、猫とちょっと遊んでみるか。

そんな童心に帰って、俺は黒猫を追う。

黒猫は廊下を出て違う教室に向かうと、そこで閉まっている扉をガリガリと爪で引っ掻いた。

「ここに何かあるのか？」

俺がその教室の扉を開けると、そこにずらりと教師達が集まっていた。

何やら真剣な話し合いをしているようだ。

「いったい、何があった？」

俺は知った顔であるチェリーボーイ先生に聞いてみる。

「ああ、アレック君。いや、ちょっと、君には関係の無いことだ。学院の風聞に関わるからね……」

「チェリー先生、こっちはこの学院の生徒だぞ。職員室を空にしてサボっている理由くらいは教えろ」

俺が言うと、チェリーも眉をひそめて困り顔になる。

「いや、これは緊急事態の話し合いで、別にサボっているわけでは」

「構わぬ。教えてやれ、チェリー」

ロリ学院長が言った。

「はあ、学院長がそう仰《おっしゃ》るのであれば……実は、女子更衣室で大量に下着が盗まれていてね」

「それが緊急事態なのか？」

「何を言う、当然じゃないか、アレック君。犯人は卑劣にも女子生徒の物を盗んでいったのだよ？それだけじゃない、うちの学院のセキュリティが破られたのだ、これは重大な問題だ」

「ふむ」

セキュリティの方に関しては俺も納得してしま

った。

何しろ女子寮で嫌と言うほどここのセキュリティの堅牢さを味わったものな。

ま、俺にかかれば破り甲斐があるという程度だったが。

「しかし、いったい誰が……」

「決まっている、高レベル魔導師だ。そうでなくては我が校のセキュリティを破れるはずが無い」

「いえ、内部犯行という線も考えられますよ？」

「男性教員には女子更衣室のパスワードは教えていないし、あそこは男子が入るだけで色々と罠が発動するのじゃぞ？　内部犯行でも同じ事じゃ」

「では、力尽くでしょう。女子生徒の下着に興味がありそうな奴で、それほどの実力を持った不審者ということになりますな」

一人の教師が言う。すると、教師全員の目が磁石に吸い寄せられたかのように俺に向いた。

「そういえば、アレックはAランク冒険者だったな」

「ダンジョンの鍵を破るのは得意分野だろう」

「うむ、エロそうな顔をしておる。あの顔は変態じゃ」

「禁呪封印区にも入って無傷で戻った実力がありますわね」

「――おい。憶測で犯人扱いするのはやめてもらおうか。仮にも俺は生徒の一人だぞ？」

「だが、君は学院長室を爆破したし、授業もいつも寝ていると聞いたよ」

陰険そうな教師が黒縁の四角眼鏡を指でクイクイさせながら言う。

「フン、確かに普段の俺の素行は不良だったかもしれない。だが、今回の事件とはなんの関係も無いぞ？　真面目に勉強して、ほれ、論文も持って来た。誰か受理してくれ」

俺は手にある論文を掲げて見せた。

「ハッ、中等部の新入生が、論文ですと？」

「はは、これは笑わせる。どうせ教科書を丸写ししたか、適当な妄想が作文のように綴ってあるのでしょう」

教師の大半がそれを聞いて笑い飛ばす。

「待つのじゃ。どれ、お前が書いた論文と言うのであれば、見てみようぞ」

そんな中、ロリ学院長だけはトテトテとやって来て受け取ってくれた。

さすがはここの長だけあって、まともだな。

「ほう、魔力許容量に目を付けたか。妾《わらわ》も物質で違いがあるのは不思議じゃなーとは思っておったのだが。これは興味深い」

「魔力許容量だと？」

「確か、武具にエンチャントなどで魔力を過剰に込めると、失敗して武具が破壊されるという……」

「それだろう。だが、それは運次第だ」

「さようさよう。魔術師の腕もあるがな」

「私はミスリルの剣の攻撃力を１２０も上げたことがあるぞ」

「なんのなんの、ワシは１５２じゃ」

教師達が自分達の腕自慢を始めるが、それは研究ではない。

切磋琢磨とも言えるかもしれないが、このエリート意識や負けず嫌いこそが、魔力許容量に目を付ける人間が今までいなかった原因なのだろうな。

失敗したら、魔術の腕を磨くか、より良い材料を求める。

それはもちろん、強い武具を作るという目的では近道なのだが、原因を探る地道な基礎研究も大事だ。

「ほほう、物質ごとの許容量を魔法攻撃力と耐久値で数値化したか、これは見事」

学院長が見事と褒めてくれたのだ、思った以上に高い評価が得られた様子。

「なんと！」

「学院長！　ちょっと見せて下さい」

「私も！」

「僕も！」

「次はワシじゃぞ！」

「まあ待て、順番じゃ。それと誰か白紙を持ってくるのじゃ。コピーしてやるぞい」

　急に他の教師も目の色を変えたが、学院長が評価したからという後追いでは、今いちだな。

「ほう、これは……しかし、アレック君、どうやって数値を？」

　チェリー先生が質問してくるが。

「鑑定スキルだ」

「なるほど……冒険者は鑑定に長《た》けている者も多いと聞いたが、冒険者ならではということだね。グッジョブ！　アレック君」

「ああ」

　白い歯を見せて笑うチェリーに褒められると嬉しくないのはなんでだろう？

「くっ、あんなスケベな顔をして、こんなに細かく数字をまとめ上げるなんて……信じられませんわ！」

　ヴァニラ先生が親指の爪を噛んで悔しがっているが、それなりの内容だと認めたのだろう。

　これは行けそうだ。ククク、もう一つの俺の目的に一歩近づいたな。

第十話　不吉の予兆

　俺が教室から男子寮へ戻ろうとしていると、世界樹の幹にかじりついているマリリンに出くわした。

「……何をやってる、マリリン」

「いや、結構美味しいよ、アレック！」

「別にそれを食うなとは言わないが、お前も女の子だろう。せめてノコギリで切り取るなりして皿で食え」

「ええ？　面倒だもん。でも、これだけ大きいと、一年で食べきれないかもしれないなぁ。うふふ」

コイツ、これを一年ちょっとで食い切るつもりか……！

改めて俺は世界樹を見上げるが、地上からでは木のてっぺんは見えない。雲を貫いているのだ。

幹の太さは測ってはいないが、数キロはあるかもしれない。

心持ち、前より太くなった気がするので、ちょっと心配だ。

そろそろ世界樹対策も必要かもしれないな。

やれやれだ。

「ま、それは好きにしろ。食い切ってもたぶん、誰も文句は言わないはずだ」

「うん、キャロライン先生に聞いたら、好きなだけ食べて良いですよーって凄く優しい笑顔で言われたし」

「良かったな」

「アレックも食べる？」

「いや、俺はいい」

「んじゃ独り占め～。なんで誰も食べようとしないんだろう？　石ころより美味しいのに」

それは誰も石を食べられないからだと思うぞ、マリリン。

「じゃあな」

俺は幸せそうなマリリンを放置して、その場を去ろうとした。

「あ！　そうだアレック」

「なんだ？」

「星里奈が……ええと、なんだっけ。アレックに伝言を頼まれたんだけど、ごめーん、ちょっとド忘れしちゃった、ボク」

「そうか、まあいい、後で星里奈が自分で言ってくるはずだ」

「そうだね、星里奈にごめんって言っておいて。思い出したら、後で言いに行くから。男子寮にいるんだよね？」

「ああ、日が暮れるまではそうだ」

「んん？　ああ、日が暮れたらあの高級宿に行くんだ？」

「そうだ」

俺の居場所が分かっていれば、マリリンもメンバーとして対処がしやすいだろう。いざというときにも。

だから当然、リーダーの居場所は常にメンバーが知っておくべきだ。

男子寮に入ろうとしたとき、木の上で飛び去る何かを俺は視界の端に捉えた。

「なんだ？」

俺はそいつが移動した方向を見やったが、見えるのは森の木だけだ。

「鳥かな？」

ま、なんだっていい。

俺は論文が評価されたことで足取りも軽く、男子寮の中に入った。今は小さな事はどうだっていいのだ。

俺が魔導師として教員資格を持てば、生徒を食い放題なのだから。

部屋に戻ると、ノエルがポットのお湯を急須に注いでいた。

「ああ、ちょうど良かった、アレックさん、お茶を淹れてるところですが、飲みますか？」

「ああ、もらおう」

ノエルは茶を淹れるのが上手い。最初は紅茶だけだったが、俺が買ってきた緑茶を渡してやると、彼も気に入ってくれて最近は緑茶が多くなった。

俺のマイ湯呑にノエルがお茶を淹れてくれ、それを受け取る。

「ふうーっ」

茶の独特な渋みと香りが喉から鼻に抜けていき、体が温まり心が落ち着く。

「どうですか、アレックさん、味の方は」

「ああ、なかなかいいぞ。やはり、お茶は日本人の魂だな」

「そこまでですか。まあ、分からなくもないですよ。飲むと美味しいし、気分も落ち着きますし。寒くなってきた日はなおさらです」

窓の外は木枯らしが茶色の葉っぱを吹き飛ばしていて、本格的に冬になってきた感じだ。

魔法王国オースティンではそれほど雪は降らないそうだが、降らずとも寒いのは俺も嫌いだ。

「ああ、嫌な季節になってきたな」

「そうですね、冬は水が冷たいですからねえ。あっ、うえ……」

ノエルが自分のカップを覗き込んで目を眇《すが》めた。

「どうした？」

「これ……ほら、見て下さい。お茶の葉っぱが立ってるんです」

「なんだ、茶柱か」

「へえ、茶柱と言うんですか。私は今まで、出がらしの紅茶しか飲んだことが無かったから、知りませんでした」

「たくさん飲めよ」

「どうも。でも、縁起が悪いなあ」

「ああ？　いや、茶柱は縁起が良いんだぞ？」

「そうですか？　でも、普通なら沈むか浮くかどっちかだと思いますけど、こういう不思議な現象はちょっと不気味ですよ、師匠」

吉兆というものはその土地によって受け取り方が違うのかもしれないな。


その夜、俺は今日のローテーションで無口っ子のメアをさんざん喘がせ、大満足で眠りに就いた。

「ん、アレック、遅刻」

「ふああ……朝か。別に、学校なんて遅刻しても良いんだぞ？　メア」

「でも、ん」

メアは何か反論しかけたが、途中で納得してしまったようで、それでは分からない。

「なんだ？　何か言いかけただろう」

「お金、授業料がもったいない」

「なんだ、そんなことか。元を取ってやろうなんて、それは動機が不純だ。いいか、人生はやりたいことをやるためにあるんだぞ、メア」

「ん、それは理想」

「まあな」

だが、俺のコントロールできる範囲では自分のやりたいようにやってやる。

ひょっとしたら俺達は、次の季節さえ迎えられないかもしれないのだから。

そこで勝利するにしろ敗北するにしろ——

どっちに転んでも、悔いは無いように生きないとな。

「ちっ、クソ。靴ヒモが切れた」

階下に下りようとブーツを履いたら、ヒモが切れた。

別に俺は縁起を担ぐ方じゃないが、今日は幸先が悪いな。

「アレック、いる？」

ドアをノックしてすぐに星里奈がこの部屋に入ってきた。

「んん？　どうした星里奈」

彼女は女子寮に寝泊まりしているので、順番でもない日にこの高級宿に来るのは珍しい。

「やっぱり、メアが相手だったのね。ちょっと聞くけど、ここにマリリンは来てないわよね？」

「来てないが、どうかしたのか？」

「それが、昨日、夕食の時にも寮の食堂に姿を見せなかったのよ」

「ふうん？　アイツが昨日の夕方、世界樹を食ってるのを見たぞ」

「ええ？　あんなものを……？　じゃあ、それでお腹いっぱいになったのかしら。そういうことなら、別に良いんだけど」

「そう言えば、俺に伝言があるって言っていたな。星里奈、マリリンはド忘れしたと言っていたが、何があった？」

「ああ、それが、学院に不審者が侵入してるって」

「ああ、その話か」

「あなたじゃないでしょうね」

「違うぞ。女子寮は俺だったが、学院の更衣室の犯人は別人だ」

「もう。女子寮で見回りしようとして私も酷い目に遭ったけど、あのセキュリティを破る人間って、相当な高レベルよ？」

だからどうした、とは俺も言わない。

「そうだな……一応、他のメンバーに注意を促しておけ」

「ええ、もうみんなには伝えてあるし、私も、女子寮のメンバーはなるべく部屋を訪ねて警戒しておくわ」

ま、腕は凄腕なのだろうが、やってることはタダの下着泥だからな。割とどうでも良い。

俺はその時には、その下着泥と斬り合う羽目になろうとは、予想もしていなかった。

第十一話　マリリンの絶望

登校すると、学院の中庭にフルプレート鎧の警備兵が何人もうろついている。

学院の警備も大幅に強化されたようだ。

……チッ、面倒なことだ。

これでは俺も女子寮に入りにくくなってしまう。

いったい、下着泥棒はどこのどいつだ？

不機嫌になった俺はそのまま校舎の中に入ろうとしたが、真上から声がした。

「おお、来たの、アレック」

空を見上げると、ロリっ子学院長が箒《ほうき》にまたがって空を飛んでいる。パンツと太ももが見えており、いい角度の眺めだ。

「ほれ、魔導師課程のカリキュラム表じゃ、受け取れ」

紙切れを一枚、上から投げて渡してくれた。

「意外にすんなりと認めたな。さすがは実力主義、魔法至上主義の学院だ」

俺は掴んだ紙を確かめ、少し感心して言う。

「ホホ、もちろんじゃとも。じゃが、教授達の中には異例ということもあって、渋い顔をする者がいたぞ？　なにせ中等部から入学ひと月足らずでの飛び級じゃからな」

「だろうな」

「まあ、妾が推薦人になると言ったら連中もコロッと黙りおった。最近の教授は骨の無い奴ばかりで困るのぉ」

「それは、俺も学院長に礼を言わないといけないようだな」

「なんの、論文をありのままに評価しただけじゃ。だから礼など不要じゃ。それだけの内容であったぞ。それにお前さんの実力も妾はヤリ合ってよく知っておるからの。ポッ」

「いや、そこ照れるところじゃ無いだろう」

学院長とヤリ合ったのは学院長室を爆破するほどのバトルだ。どう考えても違う。

「ほほ、そうかえ？　ま、そのカリキュラムは明日からじゃから、今日は大人しくキャロライン先生の授業を受けてくるとええ」

「分かった。ではな」

「うむ」

学院長はまた空に飛び上がったが、学院長室に戻るわけでもなく、そのまま空中を旋回している。

不審者の警戒のようだが、学院長自らとは。

だが、最強の学院長が見張っているのなら、さらに安心だな。

俺はのんびりと『ひまわり組』の教室へと向かった。

「えー、今日は、一つ悲しいお知らせがあります。実はこの教室から生徒が一人、いなくなってしまいました」

授業の前のホームルームでキャロライン先生が本当に残念そうな顔でみんなに告げた。

「「ええっ？」」

すぐに何人かの生徒が後ろの席にいる俺を振り返った。

「アレック、ついに退学か？」

「お前、何やらかしたんだよ」

「まあ、いつも寝てたしなぁ」

勝手なことを言う奴らだ。寝てたのは事実だが。

「いいえ、アレックさんは今日をもって飛び級、魔導師課程へと進みます」

キャロライン先生が俺の代わりに説明してくれた。

「「は？」」

そんなに驚く事か？

それより、マリリンの姿が見えないが……寝坊か？

「お、おはようございますっ！」

だが、そのマリリンがやってきた。いつにも増してアホ毛が反逆しているが、よほど慌てて来たようだ。

「はい、マリリンさん、遅刻ですよ。それにあなたは女の子なんですから、身だしなみもきちんとしましょうね」

「ご、ごめんなさーい、昨日、お腹が痛くなってなかなか寝付けなくって」

世界樹を食い過ぎたんだろう。まったく。

「ええ？　それは大変でしたね。もう大丈夫なんですか？」

「はい、今日はお腹も元気いっぱい、大丈夫ですっ！」

「それは何よりです。ああ、マリリンさん、アレックさんが今日でお別れなので、あなたも知っておいて下さい」

「えっ？　どういうこと？」

「俺は二つ上のクラス、魔導師課程に進んだんだ。明日からだがな」

「えええええ？　な、なんで？　というか、どうやって？」

「『狂王』の鎧を俺とレティでぶっ壊したのはお前も知ってるだろう。その魔力の許容量についての論文を学院に提出して、それが先生達に認められたんだ」

「う、うそだぁん！　嘘だと言ってよ、キャロライン先生！」

「いえ、私も論文を読みましたが、とても丁寧で外面……オッホン！　外見に似合……ゲフン！　と、とにかく、素晴らしい出来でしたよ」

「ガーン」

マリリンが硬直し、彼女の背中だけに木枯らしが吹いたようになった。

「マリリンさんはアレックさんと仲良しさんになったみたいですし、残念ですね。でも、この学院からいなくなるわけじゃありませんから、また食堂でいつでも会えますよ」

キャロラインが言うが、マリリンのショックはそこじゃないんだよな。

「うう、でもこのクラスでドンケツはボクになっちゃうんだよね？」

俺はそんな勘違いしているマリリンに分からせるために言う。

「マリリン、俺は入学最初の筆記試験も満点で、最初からトップだったぞ。実技の最初の授業でもな。それと、俺がトップだろうがそうでなかろうが、ドンケツは最初からずっとお前だ」

「ぐっ、そっ、そんなぁ……！」

魔力値の少なさは同情するのだが、筆記の勉強嫌いは全く同情できない。

「アレックの言う通りだぞ。下を見て安心していると、後で苦労するぞ、マリリン」

楓も忠告を贈った。

「しゅん……」

「はい、元気出して、頑張って勉強しましょうね。よくできたら先生がお団子をご褒美に奢っちゃおうかしら」

「ホント!?」

食いつきが良いな。しかも晴れやかな顔になってすぐ元気になりやがった。

立ち直りの早い奴だ。

「え、ええ。約束です。クラスのみんなも、成績が上がったら、お団子を奢っちゃいますよ」

「おお!」

「ありがとう、先生」

「キャロライン先生、大好き!」

うん、良い先生だ。だが、後で一人の時には給料が少ないぃぃとか愚痴ってそうだな。ま、それでもいい。


生徒のやる気に火をつけたのだ。それでこそ教育である。

休憩時間にクラスメイトのガキ共が俺の論文について知りたがったので、俺は黒板に数値もいくつか書いて説明してやった。

「うっ、む、難しすぎて分からん……」

「アレックが凄いことだけは分かった」

「これ、かなり凄い内容な気がするぞ?」

「物質の強度と許容魔力値が比例しないのは不思議だなぁ」

「アレックがこんなに頭が良いなんて……」

どうも小馬鹿にしてる感じだな。

「論文は後で公開されるから、各自、気になるなら、自分で読め。自分の努力無しで『他人に聞けば何でも答えがもらえる』。そんな風に考えてる人間じゃ大人になってから困るぞ?」

俺はこれ以上の説明も面倒臭かったので、大人っぽい説教で打ち切ることにした。

「さて、次は実技の授業か。今日は魔装着に着替えろってヴァニラ先生が言ってたな」

「あっ、そうだったね！　ヤバ、急がないと。また遅刻でネチネチ言われちゃう！」

女子生徒が慌てて女子更衣室へ走って行く。

魔装着とは魔術師の正装で、男はローブを着るだけで良いが、女は下のレオタードが必須だ。

どうも男の趣味で決めたような制服だが……ま、女の学院長がそのままにしているのだから、正装には違いない。

それどころか素晴らしい伝統だ。

ブルマーも、いや、何でも無い。

「んじゃ、オレらも早く行こうぜ」

「そうだな」

男子もヴァニラ先生は苦手なので、急いで校庭に向かう。

俺も校庭に歩いて向かっていると、女子更衣室の方から悲鳴が上がった。


「なんだ？」

皆の視線が悲鳴の方角へ向くが。

「うはははは！　大漁じゃ！　大漁！」

小柄なジジイが飛び跳ねながらこちらに向かってきた。

ジジイが手に持っているそれは、白い布で、どうやら女子生徒の下着のようだ。

なるほど、こいつが例の不審者か。

「野郎！」

俺が密《ひそ》かに目を付けている大人しめの優等生カンナちゃんの純白パンツにまで手を付けるとは。

下着を【鑑定】した俺は、すぐさま【瞬間移動】でその不審者の前に出た。

「むっ！」

奴も驚いたようだが、むしろ驚いたのは俺だった。

「なにっ!?」

奴の前に出て立ちふさがったはずが、ひらりと身を躱され、簡単に通り抜けて後ろを取られてしまったのだ。

　コイツ、動きが尋常でなく速い。

「ジジイのくせに！」

　もう一度、俺は瞬間移動を使う。

「おっと」

　またひょいと躱された。くそ、ストレスが溜まる。

「【亀甲縛り！】」

「なんの！」

　俺が一瞬で縛り上げたはずの縄から、すり抜けて出てくるジジイ。

　体が柔らかいのか、それとも何かスキルでも使ったのか不明だが、やるな。

　この際だ、これだけの実力なら、【斬鉄剣】や【アイスジャベリン】でも死にゃしないだろう。

「【斬鉄剣！】」

「【真剣白刃取り！】」

　スキルにスキルで返された。ジジイが俺の斬りかかった剣を両手で挟み込んで止めている。

　俺もこの技はよく知っているが、実際に目の当たりにしたのは初めてだ。

　総毛立つ。

「くっ、力比べでも、この俺が負ける……だと！」

　剣を取り返そうと引っ張るが、ビクともしない。

「フン、レベルはせいぜい45と言ったところか。ひよっこのくせにワシの邪魔をするでない、小僧」

「くそっ、なら、これならどうだ！」

　俺は剣から手を放すと、今度はジジイに向けて手をかざした。

「ジャジャジャジャジャジャジャ！」

　アイスジャベリンの高速詠唱。【超高速舌使い】での連打。

「カカカ、それで速く唱えたつもりか、ハエが止まって見えるわい」

「ちぃぃ！」

ジジイが俺の氷の槍をすべて足で蹴り飛ばしやがった。

コイツ、学院長よりも上だ。

俺は正直、こいつの前に立ちふさがったことを後悔した。

とても敵《かな》うレベルでは無い。

「アレック、助太刀するよ！」

「待てっ！　マリリン！　コイツは」

俺は彼女の手に負える相手ではないと警告しようとした。

俺の方はまだ【無尽の体力】など、様々な保有スキルがある。

だから、奴がたとえレベル80オーバーでも一撃で殺されることは無いはずだ。

しかし、マリリンは――

「うっ！　きゃあっ！」

言わんこっちゃない。

胸を触られて、悲鳴を上げてその場にうずくまるマリリン。顔が真っ赤だ。

ＨＰにダメージは無かったが、どうやらエロい被害があったようだ。

コイツの体に手を出して良いのは俺と楓だけだというのに。まったく。

「ジジイ……俺を本気で怒らせてしまったな」

俺は次の切り札を使う事にした。

第十二話　御満舐月流

俺の持ち技で最強の剣術スキル【斬鉄剣】も、得意の超高速魔術もまるで歯が立たない。

だが、それでも俺はまだ戦うつもりでいた。

そう、俺には異世界勇者のスキルがある。

その状況で使える候補を念じるだけで、スキルポイントと引き替えにレアなスキルが手に入る。

ここでは……

「なにっ⁉」

何も思いつかなかった。

「本気で怒らせた？　だったら、なんじゃと言うんじゃ」

ジジイが怪訝な顔で言うが。

「くそっ。マリリン！　レティや星里奈を呼んでこい！　それとお前ら、学院長かその辺の教師でもいい、報《しら》せろ！」

「わ、分かった」

「おっと、そうはさせんぞ」

不審者であるジジイが、自分の置かれた状況はしっかり認識しているようで、散って走り出した生徒の前に立ちはだかると、手刀を当てて、次々と意識を刈り取っていく。

まずいな、こちらを殺すつもりは無いようだが、これでは助けも呼べない。

だが、助けを呼ぶには何も走らなくたっていいのだ。

「――丘の七つの鍵の所有者に問う、我はいにしえの血盟に基づく請求者なり。出でよ太陽の塔、圧して爆ぜよ！　【アート・イズ・アン・エクスプロージョン！】」

前にレティが唱えていた爆裂の呪文。

俺はそれを復唱し、ルーンも完璧に再現して起動させた。

「ぬっ、しまった！」

ジジイが顔を歪《ゆが》めたが、俺はジジイに向けてではなく、上、空に向かってその爆裂呪文を使った。

さすがに高速で動けるジジイもこれは止められない。止めようがない。

かくして、空に爆発が起きる。

「小僧……」

苦々しい視線をこちらに寄越す奴と。

「さあ、どうする？　ジジイ」

ニヤリと笑って見返す俺。

俺は実力では完全に負けていたが、状況では形勢逆転に成功した。

なぜなら、空にこれだけ派手な爆裂呪文を使ってみせれば――

――来た。

辺り一帯の大地に紫色の巨大な魔法陣が浮き上がる。

「おのれ！　ルナか！」

ジジイがその名を嫌悪の籠もった声で言い、その場から走り去ろうとする。

「ホホ、妾からそう簡単に逃げられると思ってもらっては困るのう」

箒にまたがった学院長が空から急降下してくると同時に、大地の魔法陣も一気に起動させる。

これだけの大きさで、しかも複数のコアを使っている魔法を、いくら学院長だろうとこんな短時間で起動させられるわけが無い。

おそらく昨日のうちに、あるいはもっと前からここに準備して仕掛けられていたものだろう。

「ふん、これしきの魔術で！」

ジジイは片手で地面を突いて、魔法陣の破壊を試みたようだった。

「無駄じゃ。シングルコアなら魔法陣の破壊で起動を止めることも可能じゃが、デュアルコア以上であれば、同時にコアを止めぬ限りは発動するぞえ。耄碌《もうろく》したかの、ヴァリウス」

学院長が笑って言う。【魔法知識】によれば、コアとは魔法を起動させる部分、ちょうど魔法陣の中の丸い円のところだ。

「それはどうかの？　お前さんこそ、ワシを舐めて耄碌しているかもしれんのう、ルナ」

淡々と言い返したジジイが液状化した地面に飲み込まれていく。

大地を水のように柔らかくして操る呪文か。

これを俺達のパーティーが使われていたら、浮遊が使える俺とレティ以外はほとんど全滅かもな。

飲み込んだ後で、普通の動かぬ大地に戻せば、それだけで全員の動きを封じられる。

改めて学院長の恐ろしさを感じる魔法だ。

これでさすがのジジイも――

「しまった。追え、アレック！」

しかし、学院長が叫ぶ。

「なにっ？」

「あそこじゃ！　ちぃっ、奴め、結界を一部無効化して、抜け穴を作りおった！」

学院長が指差すが、向こうに跳んで走って逃げるジジイの白髪の後頭部が見えた。

野郎、今のアレを無傷で逃れたか。

「奴は魔術師なのか？」

俺は走りながら、頭上を飛ぶ学院長に問う。

どうも今の二人の雰囲気からして知り合いのようだったからな。

「うむ。厄介なことに魔法にも長けておる。なにせ、ここの教授の一人じゃからのう」

「ああ？」

教授だと？

「現役の教授が、下着泥棒をやるってのか？　あっ、そういえば……」

前にそれっぽい奴の話が出たことがあったな。

「そうじゃ、出歯亀の変態じゃよ、奴は」

学院長が認めたが、なるほど、こんな教授じゃ俺が頼み事をしたってタダで引き受けたりはしないし、綺麗どころのうちのメンバーを食い物にしようと鼻息を荒くしそうだ。

「さっき、ヴァリウスと呼んだな？　それが奴の名か」

「うむ、ヴァリウスも、実力だけは妾に引けを取らぬのじゃが、アレではのう」

さすがに女子生徒の下着を盗むのでは、いくら魔術第一主義の学院でも厳しそうだ。

「さっさとクビにしろ、あんな奴」

「うむ、仏の顔も三度までと言うしの。今回ばかりは事が大きくなりすぎた」

前は隠蔽していたようだが、そりゃ悪手だ。あの手の奴は優しくすれば調子に乗る。同類だからこそ分かる。

「協力するぞ、学院長」

ここは奴を捕まえるため、俺も協力を申し出る。

「ホホ、では、後で単位を一つくれてやるとしよう。皆の者、まずは奴を足止めするのじゃ」

「承知！」

「分かりました、学院長！」

「お任せを！」

周囲から飛んできた他の教授達も交じり、これでおそらく実力差は埋まったな。

後は数が多い方が勝つ。

「汝ら、集中せよ！　届かぬを届くと知れ、【コンセントレーター！】」

「雪の精霊よ、集まりて、凍てつく針となれ！【アイスニードル！】」

「草よ伸びよ、罠となりて敵の足を掴め！　【ウィードトラップ！】」

教授達が呪文をそれぞれ唱えたが……

「初級魔法だと？」

俺は念のため【魔法知識】のスキルも参照したが、教授達が使ったルーンはすべて初級で間違い無かった。

「ホホホ、シンプル・イズ・ベスト、兵は拙速を尊《たっと》ぶと言うじゃろう。すべてはスピード優先じゃ。まずはひと当てせねば、逃げられる」

学院長が解説してくれたが、なるほど、俺は魔法のチョイスの仕方も少し学ぶ必要があったようだ。

大魔術なら良いというものでも無いな。

「なら、これで！　【ニニニニニニニニニニードル！】」

俺も初級魔法を【超高速舌使い】で速度を重視し、氷の針を無数に連打する。何もジジイに当てなくても良い。

皆で協力して、奴の逃げる先のルートを物量で塞いでしまえば、そのうち誰かが仕留めてくれるはず。

「ぬうっ、おのれ、束になってきおったか！」

変態老師ヴァリウスもさすがにこれはよけきれないようで悪態をつきながら逃げる足を止めた。

その場で立ち止まった奴は腰の杖を抜くと――

いや、あれは仕込み杖?!

「御満舐月流《おまんなめつき》、【万虎《マンコ》！】」

ジジイがデカい声で叫ぶ。

杖の中から鋭い刃《やいば》を抜き放ったかと思うと、V字形に仕込み刃を上から下、下から上へと連続して振った。

人間にそんな高速な動きが可能なのかと目を疑うほどの速さだ。

ジジイに迫っていた氷の針や草の葉が刃で次々と弾《はじ》き返されていく。

あまりの速さに、ジジイの腕が残像となり別の生き物にも見えてくる。

それは虎の牙……いや、肌色の性器か？

だが、その足を止めてしまったことで、教授陣の魔法攻撃も当然、一点に集中する。

その何種もの魔法攻撃をたった一本の刃で跳ね返しているのは大したものだが、それでもジリジリとジジイは追い詰められていく。

そしてジジイも感じ取ったのだろう、その頭上――。

空を見上げれば、紫の渦を巻くほどの魔力の流れがあった。

その魔力は箒に乗る学院長の右腕から生まれているのだ。

もしもヴァリウスに、たった一つのミスがあるとしたら、学院長に大魔法を唱える隙を与えてしまったことだろう。

「それ、追加じゃ、ヴァリウスよ」

そのロリっ子学院長が可愛らしい声で言い、呪文を唱えつつ右腕を振り下ろす。

「――古《いにしえ》に封印されし煉獄の炎よ、固き運命の円環からその禁忌の理《コトワリ》を破りて開闢《かいびゃく》せよ！【死硬函妖苦炎《ハード・デス・ク・ファイア》！】」

「なぬっ!? バ、バカな！ 禁呪を使いおったか！ しかもそれは――！」

ヴァリウス爺の顔色がサッと変わり、左右に逃げる隙を求めて眼球が忙しく動く。

もちろん、俺やその他の教授がそれを許すはずが無い。

「【アイスニードル！】」

「【ウィードトラップ！】」

「【ニニニニニニニニニニニードル！】」

「くっ、かくなる上は――御満舐月流、【真黒《まぐろ》肉体《ボデー》！】」

俺は目を疑ったが、ヴァリウスはその刃を自らの心臓へと突き立てた。

だが、何をしたのか、ヴァリウスの肌の色が黒く変わった。自爆ではなく、何かタネや仕掛けがありそうだ。

そこから先はジジイの技を確認することはできなかった。

学院長の大魔法が炸裂し、森が一面に渡って炎上したのだ。

「こ、これが学院長の本気か……」

俺は腕で自分の顔を防御しつつ、その数十メートル先の世界を間近に見た。

実感する。

それが炎系の魔法だというのはルーンから察せられたが、威力や温度はこの際、問題ではない。

質だ。

その炎の質は……空恐ろしいとしか言いようがない。死と窒息を瞬時にもたらすであろう燃えさかる炎。

一瞬で、すべてを理屈抜きで灰にする冷血無情な炎。

　飲み込まれたら最後、何人《なんぴと》たりとも、アレから逃れる術《すべ》は無いだろう。

「ふう、妾もさすがに疲れたのぅ」

「「」が、学院長！」」」

　その一発の魔法の魔力消費で、飛行魔法までも使えなくなったのか、ロリっ子が空から逆さに落ちてくる。

　俺が受け止めてやろうと【瞬間移動】して近づきかけたが、先にチェリーが遠隔操作魔法か浮遊魔法を使ったようで、学院長はゆっくりと安全に地面に着地した。

◇第十三話　弟子入り交渉

　学院長が無事に地面に降り立ち、皆がホッと一息ついたとき。

「まだじゃ。まだ奴は生きておるぞい」

　学院長が言う。

　何かの冗談かと思って、焼け野原となった森を俺は見たが――。

「ちいい！　やめじゃ、やめ！　せっかく苦労して手に入れたお宝が、パーじゃ！」

　黒炭と化していたモノが動き始め、外側がぼろぼろっと崩れると、中から無傷のヴァリウスが出て来た。

　化け物じみたＭＰを持つ学院長が、たった一回の使用で疲弊するほどの禁呪。

　それをまともに食らって、まだ生きているとは。

　しかも、見た目は無傷ときた。

　服も無事だ。

「ジジイ、今の技は何だ？」

　俺は聞かずにはいられない。

「フン、礼儀もわきまえん奴に教える義理は無いわ。せめて星里奈ちゃんのパンツを持ってこんか」

「コイツ。星里奈もリサーチ済みか。

油断も隙もあったもんじゃないな。

だが、パンツ一枚なら安いもんだ。

コイツの今の技を解析できれば、学院長の禁呪でさえも無傷で耐えきれる。

ハッキリ言って無敵だろう。

「いいだろう。パンツ一枚、それで技の解説と引き替えだ」

「それは構わんが、聞いたところでお主に何の得があるんじゃ？」

ヴァリウスが鼻をほじほじしながら聞いて来るが。

「決まっている。俺もそれを使いたい」

「カーカカカッ！　聞いたかルナ、こ奴、中等部の分際で、じゃぞ？　そいつが、このワシの魔法剣を使うと言いだしおった。ヒー、やめて！　プッ！　レベル45のよちよちが、厳しい長年の修業でようやく手に入れたワシの究極剣を、ププーッ！」

「まあ、ヴァリウス、そう笑ったものでもないかもしれぬぞ？　こ奴は昨日までは中等部じゃったが、明日からは魔導師課程に飛び級じゃ」

「なに？　それは正式に、か」

「もちろんじゃとも。それと、お前さんも正式に教授をクビじゃ」

「な、なんと！　い、いやいや、待て待て待て、早まるでないぞ？　世界広しといえども、魔法剣術を扱えるのはこのワシだけじゃ」

「うむ。じゃが、別に魔法を使うのに、剣術である必要も無いのぅ」

「分かってない！　分かっておらぬぞ、ルナ。魔術師の最大の欠点は何じゃ？　それは敵による不意打ちじゃろう！　その即応と前衛としての弱さを克服し、呪文の詠唱を大幅に短縮したこの秘奥義の価値が分からぬとは……信じられん」

「そうだな。ジジイ、俺ならその価値が分かるぞ？」

「青二才が。お前なんぞに分かってもらっても、意味が無いわい」

「そうか？　なら、どうして他の人間に広めない？　魔法剣も広く弟子を取って教えてやれば、もっと知名度が上がるぞ」

「フン、教えようにも、強靱な肉体と、高度な魔術知識が無ければどうにもならんわい」

魔法剣士がこの世界でレアなのは、そういう理由だったか。

適当な剣士が適当に魔法を覚えたところで、どのみち、剣を使って戦うか、魔法を使って戦うかで、同時に一つの技としてまでは昇華できない。

ヴァリウスの『魔法剣』は、魔法と剣技を融合させたところに、意味があるようだ。

たしかに、あれだけの大量の魔法を剣で跳ね返したり、禁呪クラスの大魔法の直撃を無効化するなど、並みの剣士や魔法使いにできることでは無いだろう。

「その両方があれば、生徒としての資格はあるわけだな？」

「それはそうじゃが、レベル45のお前などに……むむ？　何という無茶苦茶なエクストラＨＰを持っておるのじゃ。10万じゃと!?　さてはスキルか」

ヴァリウスが【鑑定】を使って俺の能力を見たようだ。

「ああ。【無尽の体力】を持っている」

「ぬう……ベヒモス級か。じゃが、タダの筋肉バカでは魔法が使いこなせぬ。ワシがさっき使った呪文の属性が分かるか？」

「【真黒肉体《まぐろボディー》】か。おそらく闇属性だろうな。一時的に己の体を仮死状態にして、生け贄に……」

「待ちたまへ！　アレック君。それでも学院長の禁呪は防げないぞ。死体だって燃えるんだ」

チェリー先生が俺の推測に反論してくるが、そうだな、ただ死んでるだけではあの炎は完全には防げない。防げるのはデスの効果だけだ。

「なら次元もいじったんだろう。空間魔法だ」

それをあの短時間に使えるかどうかは別として、可能性としてはそんな感じだろう。

「ぬっ」

ヴァリウスが俺の答えを笑い飛ばさなかった。当たらずとも遠からず、ってところだろう。

「ホホ、長年の仕込みの手品があっさりと若造に見抜かれてしまったのう、ヴァリウスよ」

学院長が笑う。

「いやいや、当てずっぽうじゃ。タダのまぐれ当たりじゃ」

「いやいや、当てずっぽうでも正解は正解じゃ。こうしてはどうかの？　アレックはお前さんに学びたいようじゃ。教授の資格剥奪を撤回してやる代わりに、アレックを弟子入りさせてみるというのは」

「なに？　こやつをか。どうせなら星里奈ちゃんみたいなピチピチギャルがええのう」

久しぶりに聞いたな、ピチピチギャルという言葉。

「では、星里奈も付ければよかろう」

学院長の勝手な提案に俺は待ったを掛ける。

「おい、うちのメンバーだ。勝手に取引はしないでもらおうか」

「おう、それはごめんなのじゃ」

肩をすくめて舌を出しててへぺろで謝る学院長は、くそっ、可愛い。

許す。

「うちのメンバー？　ふむ、そういえば、星里奈ちゃんは『風の黒猫』所属だったと聞いたのう。よし！　女の子がセットなら、考えてやらんでもないぞ。ただし、この『魔法剣』は教わったからと言って誰にでも簡単に習得できるような代物では無いがのう」

エロジジイが条件を提示してきた。

「ふむ……少し考えさせてくれ。本人の意見も聞いてからだ」

俺はこの場での判断を先送りにした。

正直、このジジイ相手には、星里奈の【スターライトアタック】も効くかどうか怪しい。

当てられるかどうかという問題もある。

さすがに俺の女が他の男にエロい事をされて喜ぶようなNTR属性は無いからな。

そこは慎重にならざるを得ない。

「では、アレック達の返答待ちじゃな。三日ほど、待ってやろう。アレック達を弟子に取るなら、減給と停職だけで今回は許してやろうぞ」

ロリ学院長が言うが。

「取らなかったらクビか。とほほ、アレックよ、上手くメンバーを説得するのじゃぞ？」

「話してはみるが、アンタがクビになる方が世の中のためかもな」

「フン。今日はさんざんな一日じゃった。帰る」

「これ、ヴァリウス、盗んだ下着を返してからじゃ」

「何を言う、お前さんの禁呪ですっかり燃えてしまったわい。ほれ、この灰がパンツのなれの果てじゃ」

ヴァリウスがローブのポケットをひっくり返して白い灰をその場に落とした。

「ふう、やれやれ、では、お前さんの給料から弁償金は天引きしておくぞ」

「好きにせい。お、紫のTバックでも買ってプレゼントしてやるか」

「却下じゃ。女子生徒にも自分の好みがあるでの。それと分かってはおるじゃろうが、次に侵入したらクビどころでは済まぬぞ」

「わ、分かった分かった。うるさい奴め」

本当に反省したのか怪しいヴァリウスだが、学院長はそれで良しとしたようでそのまま帰すようだ。

◇◆◇◆◇

手に入れたスキル

【鼻挿入　レベル2】Ｎｅｗ！

第十四話　弟子入りメンバーを選ぶ

凄腕の魔法剣士ヴァリウス……（エロ爺）。

学院長の計らいで、奴に弟子入りできるチャンスがもらえた。

ただ……ヴァリウス老師はどうしようもなくエロい変態だ。

俺としてはあまり気が進まない。

どうするか考えるべく、その日の夕方、ねぐらの高級宿に弟子入り候補のメンバーを呼んで俺は彼女達と相談してみることにした。

「うん、話はだいたい分かったわ。私は弟子入りしてもいいけど」

星里奈は自分がエロ爺の餌食《えじき》になる可能性はあまり考えていないのか、あっさり即答した。

「星里奈、お前、本当に分かっているのか？　最悪、奴に犯されて寝取られるかもしれないんだぞ？」

「でも学院の教授でしょ？　下着泥棒はアレック並みに酷いけど、私を『風の黒猫』入りさせた経緯よりはマシな気がするのよね……」

「それは、俺から乗り換える、ということか？」

俺は星里奈の真意を測りかねて、問う。

「バカ言わないでよ。私、あなた以外の男なんて考えられないわ……」

ちょっと視線をそらして頬を赤く染めて言う星里奈は、良い感じで調教できたようだ。

「星里奈はさ、相手が学院の教授だから被害もそこまで酷くは無いだろうし、【スターライトアタック】で防げるって言いたいんだろ。ま、男は無理でも女の相手なら考えられるよな？　フフ、フフフフ」

『風の黒猫』の一員となっている楓が、星里奈とのムフフな関係を想像してほくそ笑む。

百合は卒業かと思ったが、バイセクシャルにクラスチェンジしただけのようだ。

星里奈以外には手を出さないように、後で釘を刺しておくか。

「師匠の師匠ですか……学びたくても、ちょっと私には荷が重そうですね。残念」

ノエルは諦めたようだが、分をわきまえるというのは、それはそれで大事なことだ。

あのジジイは簡単に男の娘でも食ってしまいそうだからな。美少年ノエルはやめておいた方が良いだろう。

「ご主人様がやれとご命令されるのでしたら……」

どう見ても気が進まない表情で言うミーナも、無しだな。

耳もいつもより、しゅんと垂れている。

彼女は剣術のセンスは俺よりもずっとあるが、魔法が使えない。だから魔法剣士は無理だろう。

スキルで覚えさせようにも、選択の候補が出てこないとどうしようもない。

「言わないぞ、ミーナ」

「はい！」

しっぽをぱたぱたと振って好感度大幅アップの選択肢を選んだようだ。

ただ、もうミーナはどう見ても好感度ＭＡＸだからな。まあいい。

「私も、魔法が使えませんから候補では無さそうですね。剣術道場の娘としては気になりますけど」

イオーネが言う。

「見学くらいは認められるだろう。俺から話しておく」

「はい、どうも」

他は――。

楓は、能力的には魔法も使えるし体力も高いし充分な気がするが、本人が修業とか嫌がるからなぁ。

うちのメンバーで魔法剣士になりそうな奴はこんなところか。

「じゃ、弟子入りは俺と星里奈だけだな。イオーネは見学と。学院長とヴァリウスには明日、そう話しておく」

俺は決断して言う。

「ま、ジジイが変な事をしてきたら、何とかしてやろう。ただし、ケツを触られることくらいは覚悟しておけ」

実力的に見て、完全に防ぐのは無理だ。

「そう言われると抵抗感があるけど、一年後の黒いイソギンチャクの事も、考えなくちゃいけないのよね……」

星里奈が少し考え込んだとき、ノックがあった。

俺がうなずいてミーナがドアを開けると、早希だった。

「ダーリン、金銀赤の三姉妹が下に訪ねてきてるで？」

「ああ、そのまま通してくれていいぞ。今夜のお相手はあの三人だ」

『狂王』の鎧を壊したときにいたあの姉妹なら、警告も必要なさそうね」

星里奈も好きにしなさいよという感じで言うが、そうだな。俺と分かっていてここに来たのだ。同意成立だろう、これは。

第十五話　企む姉妹

俺の部屋にいたメンバーを自分の部屋へ戻らせ、俺はアリエル、メリッサ、ヴァニラの三姉妹を部屋に招き入れた。

金銀赤の前髪ぱっつん姉妹だ。

「アレックさん、封印区で貴重なモノを手に入れたというあの話……本当ですの？」

教師ヴァニラが開口一番に聞いてきたが、俺はもちろんだとうなずく。

「あの噂の封印区で、手に入れた禁呪……ゴクリ」

金髪の次女アリエルが勝手に禁呪と誤解して唾を飲むが、俺はそれには何も言わずに微笑《ほほえ》んでおく。

ま、スキルも禁呪も大きな違いは無いだろう。

「ささ、お姉様方、まずはベッドにお掛け下さい」

メリッサの方はすでに俺の作戦は読んでいるようで、ニヤニヤした下心のある笑顔で二人の姉に勧める。

おっと、話を振っておいてやらないとな。

「メリッサ、論文の進み具合はどうだ？」

「ええ、おかげさまで、テーマは見つかりました。後は、実験だけです」

「論文ですって？　ちょっとメリッサ、何の話ですの？　あなた、中等部なんかに入っておいて、魔導師課程の論文のことを言っているなら、気が早すぎますわよ。三年、いえ、クク、あなたなら六年はかかるのではなくて？」

金髪のアリエルが小馬鹿にして言った。

「いいえ、アリエルお姉様。私、そうですね、実験が終わる来月までには魔導師課程へ飛び級だと思います」

メリッサが銀髪ドリルをいじりながら自信満々で言い放った。

「なっ」

「あらあら、思うって、推薦人も必要ですのに。あ、まさかとは思いますが、私に泣きつくのはやめて下さいね、メリッサ」

赤髪のヴァニラが言う。

「いいえ、すでにレティ先生にお願いしてありますし、指導も受けておりますわ、ヴァニラお姉様」

「ええ？　クラッシャー・レティの？」

「メリッサ、実験を披露してやったらどうだ」

俺は悪い笑みを湛《たた》えて言う。

「そうですわね」

メリッサも悪い笑みを浮かべた。

「ちょっとお待ちなさい、何の実験ですの？」

金髪のアリエルが直感なのか、警戒して問う。

「『魔力酔い』についての実験です、お姉様」

「魔力酔い……」

「確か、強すぎる魔力や自分と波長が違う魔力を浴びたときに、酒酔いと似たような症状になるアレね」

ヴァニラが知っていたが、やはり教授だけのことはある。

俺とメリッサは偶然に見つけてから原因を書物などで調べたのだが。

「ええ、さすがはヴァニラお姉様。では、アレックさん」

「おう、任せておけ」

俺はうなずくと、まずはモルモット二匹が逃げないように拘束スキルから使っていく。

「【亀甲縛り！】」

「あっ！」

「！　しまっ、くぅ！」

二人の身動きを封じたところで、次に【スペルマ魔力転換】と【魔力生成】で寝室に強烈な魔力を生み出した。

「うっ、なんて魔力の波動」

「バ、バリアを……」

「そうはさせませんわ、お姉様、フフフ」

呪文を唱えようとしたヴァニラの口めがけて、メリッサが無詠唱で水球呪文を素早く放り込んだ。

「きゃっ、がぼっ」

「おい、もういいぞ、メリッサ、それじゃ窒息する」

「その方がよろしいですのに」

なんて恐い姉妹だ。

「いいからそれを消せ」

「はい、分かりましたわ」

「けほっ、けほっ、くう、覚えてなさい、メリッサ……！」

カッと目を見開いて睨み付けるヴァニラだが、縛られているからもう彼女に逃れる術《すべ》は無い。

すでに『魔力酔い』が始まっているのか、呪文も使えない様子だ。

今回はエロだが、戦闘にも使えそうだな、このテクニック。まあ、莫大な魔力を消費するので、普通の敵なら普通に攻撃魔法を使った方が良さそうだが。

美少女を生け捕りにしたい時には使えるだろう。

「じゃ、アレックさん、もっと出して下さいな」

「ああ。ほれ」

アリエルとヴァニラの頭から、文字通り精液をぶっかける。

「くっ、またあの時の美味しいミルク。んんー、甘ーい」

幸せそうな顔をするアリエルは、これからフェラチオを好きなだけやってくれそうだ。

「バカね、それミルクなんかじゃありませんわよ。この男の精液ですわ」

ヴァニラが正体を告げた。

「ええ？　せ、精液って、男性器から作られるという……ひっ」

アリエルが慌てて拭おうとするが、亀甲縛りで完璧に縛っているので動けない。

「フフフ、いい気味ですね、お姉様方」

ゲスい笑みを浮かべるメリッサだが、そんなことをするから姉妹仲が悪いんだろうなあ。

ま、後で注意してやることにして、今は楽しむか。

「こ、来ないで！」

「アレックさん、こんなことをしてタダで済むとでも……」

「思わないな。だが、先生と生徒という関係を乗り越えるんだ。それくらいの犠牲は払ってやるさ」

「な、何を、きゃっ」

俺は縛られた二人の後ろに回り、まずは小ぶりな胸を片手ずつ二人同時に揉む。

「あんっ」

「いやっ」

身をよじるアリエルとヴァニラが髪を振り乱すが、良い感じだ。

しばらくモミモミしていると、アリエルの様子が変わってきた。

「あんっ、ちょっ、ダメ、そんなに胸を揉まれたら、私、ああっ！　ああんっ！」

「くっ、気をしっかり持ちなさい、アリエル。『魔力酔い』を早く治して、呪文でここを脱出しないと、んんっ！」

俺もそうはさせじと、ヴァニラのお尻にも手を伸ばす。

「あっ、だ、ダメ、お尻はっ」

ヴァニラが焦った表情を見せたが、なるほど、ここがお前の弱点か。

「やぁんっ」

甘ったるい悲鳴を上げたヴァニラは、俺が執拗にお尻を触ると、目を閉じ顔を真っ赤にして感じ始めた。

「ヴァニラ先生、ここが良かったのか。もっと早く言ってくれりゃ、教室でいくらでも尻を触ってやったんだが」

「じょ、冗談、お、お願いです、アレックさん、もう、もうやめて下さい、これ以上は、私、もう……もう……ああっ！」

懇願するヴァニラに俺は無表情でお尻を触り続ける。

「お、お姉様が、音を上げるなんて……ゴクリ」

隣でアリエルが信じられないモノを見たとばかりにつぶやくが、おっと、こっちもお相手しなきゃな。

「きゃんっ！　ちょ、ちょっと、不細工のくせに私に触らないで下さいな」

「不細工でも金はあるぞ？」

「金があっても嫌ですわ！」

なるほど、ただしイケメンに限るか。まったく、選《え》り好みの激しい奴め。

こうしてやる。

「ああんっ、ちょっ、だから、触るなって言ってるのに、この……あんっ！」

睨み付けようとしてお尻を後ろから撫でられ、あえなく反応し嬌声を上げるアリエル。

お尻だけで無く、胸や脇腹も触りまくっていると、良い感じでできあがってきたようだ。

「はあ、はあ、くっ、あんっ！　ああ、だ、ダメ、体が、変になって、やだ、この感じ、嘘、アーバン様の時みたいに……」

戸惑うアリエルだが、姿は違えど、俺がやってるのは変わらないからな。

だが、言ってやる。

「なんだ、心に決めた男がいるのに、触られただけで感じちゃう淫乱か？　まるで雌豚だな」

「なっ！　ちっ、違いますわっ！」

「アレックさん、こうしましょう。アリエルはもう好きにして良いですわ。だから私だけ、助けて下さい」

ヴァニラが交渉してくるが、姉妹揃ってゲスいな。

そこは「私が相手をしますから、妹はどうか……」とお願いされるところを無理矢理に姉妹丼にするのが楽しいシチュエーションだろうに、ったく。

分かっていない姉妹だ。

「お、お姉様、最低ですわね……！　アレックさん、ヴァニラお姉様から先にやって下さいな」

今度はアリエルが姉を売ってくるし。

「安心しろ、二人とも仲良くヤってやるから」

俺はニヤニヤしながら答えてやった。

「「くっ」」

「フフフ、いい気味。アレックさん、そろそろ、大丈夫ですわ。二人とも、集中なんてとてもできない状態になってきましたし」

ベッドの上で芋虫のように喘ぐ姉二人を見下ろしながら、メリッサが言い放つ。

「そうだな」

俺は二人を脱がせにかかった。

✧エピローグ　ぶっかけ姉妹丼

高級宿に上手くおびき寄せたジャッカル三姉妹。

俺の手管にかかれば、小娘三人など、あっという間だ。

「「えっ!?」」

アリエルとヴァニラの二人が、いつの間にか自分が裸になっていることに気づいてびっくりしたが、スキルだからな。服を脱がせるのも一瞬で済む。

一枚一枚はぎ取って、嫌がる姿を楽しむのも一興だが、こいつらは魔導師だから、下手に隙は作らない方がいいだろう。

「じゃ、アリエル、お前からだ」

「い、いやあっ！」

本気で嫌がるアリエルだが、お前の処女はもうアーバンで奪ってるんだがな。

「観念しろ。処女でも無いんだ」

「そんなこと、関係ありませんわ」

「ど、どういうことです、アリエル、あなたまだ婚約すらしていないというのに」

「ふん」

「聞いているのですよ。答えなさい、アリエル！」

ヴァニラに問い詰められたがアリエルは、チッ、うっせーなーという顔をしてそっぽを向いた。

「私も知りたいですわ。アリエルお姉様、いったい、どこのどなたと？　言い寄る男なんて一人もいませんでしたのに」

自分で服を脱いでいるメリッサが言う。

「勝手なことを言わないで下さいな、メリッサ。私だって魔法ギルドでは、何人もの殿方に言い寄られていましたわ。一流冒険者のアーバンという御方もその一人です」

俺が自分を指差して笑ってみせると、メリッサは事情を察したようで微笑む。

「そうですか。じゃあ、処女でもないのですし、アレックさんのお相手でも平気みたいですね」

「な、何を言うの、こんな不細工中年なんて、冗談じゃ、あっ、ちょっ、う、嘘、いやあっ！」

俺がアリエルの両の足首を掴むと、すぐ挿入されると思ったか、必死に嫌がる彼女。

だが、そこはリセマラ勇者の筋力と、魔力酔いでがっちりと外さない。

先に【超高速舌使い】で俺はアリエルの秘所にしゃぶりついてやった。

「ちょっ、あ！　あ！　あ！　あ！　あ！　あ！　あ！　あ！　あああーっ！」

数秒で天国送りだ。

次は、と俺はヴァニラを見る。

「くっ」

すでに縄は解《ほど》いてあるが、ストレートの赤髪をビクッと揺らすだけで、そこからもう立ち上がることもできない状態のヴァニラは、怯えた表情で俺を見上げた。

「心配するな、痛いのは最初だけだ」

「いやっ！」

明確に拒否を示すヴァニラだが、しかし、その白い柔肌に俺の手が触れた瞬間、ピクンと電撃が走ったように反応する。

すでに快楽を知ってしまったヴァニラには本気で抵抗することは困難なようだ。

「ほうれ、気持ち良くしてやるぞ」

「や、やめなさい。後で退学にしますわよ」

「勝手にしろ」

俺は交渉は無視して平然とのしかかり、そのヴァニラの唇を強引に奪ってやった。

「んんっ！　し、信じられない、こ、こんな、あんっ」

「生徒に触られて、良い喘ぎ声を上げてるじゃないか、ヴァニラ先生」

「ち、違う、これは、違うの、あああっ、だ、だから、触らない、あんっ！」

言葉では嫌がっているが、すでにヴァニラは自分から俺に抱きつき、快楽を求めている。

「そんなに欲しいなら、仕方ないな。ほれ、くれてやるぞ」

正常位でゆっくりと挿入。

「ああっ、くうっ、ええ？　セクロスって、こんなに、ああんっ、気持ちいいなんて！　嘘っ、あんっ！」

「お、お姉様……」

乱れるヴァニラをアリエルが固唾《かたず》を呑んで見つめる。

「アリエル、お前も入れてやるから、ここに来い」

「ええ？　でも……」

「いいから」

戸惑ってはいるが、さっきとはがらりと態度が変わったので、どうやらアーバンが俺だと気づいた様子。

「ほうれ、ヴァニラ、お前は今度は騎乗位だ」

「は、はい、くうっ」

抜かずに体を動かして、ヴァニラの体を上にする。小柄なロリ体型の彼女だから簡単だ。

「アリエル、俺の顔の上にしゃがんでみろ」

俺はヴァニラを騎乗位にさせたままで言う。

「ええ？　こ、こうですの？」

「そうだ」

ここで【鼻挿入】を使う。ヴァリスから手に入れたコピースキルだ。

ぐんぐんと鼻が伸びる。

いったい、何に使うのかと思っていたが、こういう使い方しかなさそうだ。

「ああっ?!　あんっ、アレックさんのが……くう」

「いいぞ、もっと腰を下ろせ、アリエル」

「は、はい、んんっ」

「メリッサ、お前は横に来い」

「分かりました」

片手でヴァニラの腰を支えて、騎乗位で攻めつつ、鼻はアリエル、残る右手でメリッサの体に指を突っ込む。

三人同時責めだ。

「うあっ！」

「お前、もうぐしょぐしょにしてたのか。嫌らしい奴め」

「だって、こんなお姉様方を見せつけられたら、興奮してしまいます、あんっ♥」

金髪、銀髪、赤髪の三姉妹が、俺の体の上で熱い吐息を漏らし、色香に染まった嬌声を次々に上げる。

「ああんっ」

「くうっ」

「あんっ♥」

同時に三人の女をやるというのは結構難しいが、今の俺ならば可能だ。

きっちり、満足度もMAXでイカせてやるとも。

「あ、アレックさん、私、もう、ダ、ダメですのぉー!」

アリエルが俺の顔の上で限界を迎えた。

「よし、いいぞ、好きなときにイけ」

俺はヴァニラとメリッサにもラストスパートをかけ、三人同時のフィニッシュに挑戦する。

「「「あああーっ!」」」

イった。

三人の姉妹は、下から突き抜ける快楽に打ち震え、ハーモニーの嬌声を叫び上げると、仲良くお互いに抱きついた。

めでたし、めでたしだな。

◇　◆　◇　◆　◇

翌日、俺は学院の一角で、とある人物に面会した。

目の前の小柄な白髪のジジイが鼻くそをほじりながら言う。

「それで、アレック。お主は魔法剣士になりたいんじゃったな」

「そうだ」

俺はうなずく。

「じゃが、お主は見たところ魔法も使えるし、剣も持っておる。別に、魔法剣士じゃなくてもええじゃろう」

もともとジジイの希望ではなく、学院長の口利きで弟子入りを押し付けられただけなので、教える気もあまり感じられないな。

学院長との戦闘で前衛のできる魔術師の利点をヴァリウスが自分で言っていたくせに、これだ。

だが、ここで俺の知る最強技【次元斬】、それを手に入れておかねば、あのイソギンチャクに勝てる気がしない。

このジジイ、魔法剣士ヴァリウスは学院長の禁呪を無傷で回避した技を持っている。俺の勘だが、そこに【次元斬】に通じるものがありそうな予感があった。

ここはつまらない駆け引きは無しだ。

「単刀直入に言う。【次元斬】。俺はそれを手に入れたい。いや、必ず手に入れる」

「…………【次元斬】じゃと？　それは……いったいどういう技なんじゃ」

答えるまでに間があったな。目つきも一瞬鋭くなっていた。

「細かいところは分からない。だが、最強クラスのスキルには違いないはずだ」

「ハッ！　分からないのに最強か！　あれか？　ぼくのかんがえたさいきょう技～！　というガキのノリで言っておるのか？　プフッ」

「茶化すな、ジジイ。俺は適当な思い付きで言っているわけじゃないぞ。その技は必ず存在する」

「……フン、気に入らんわい。それをどこで見た？　いや、誰が使っていた？」

「使っているところを見たわけじゃないからな。その辺は説明しても無駄だろう」

あのブラウザゲーで見たから、と言ったところで、このジジイが素直に信じるとはとても思えん。

「話にならんな。それで思い付きでないなどと、よく言えたもんじゃ。よいか、次元を跳ぶ魔法やスキルはいくつか存在しておる。アレックよ、お主が前に使って見せた【瞬間移動】、それも次元の狭間をすり抜ける技よ」

「ほう……」

モンスターからコピーした技《スキル》だが、その正体を理論的に理解しているとは。やはり、このジジイ、ただ者ではないな。

俺も【瞬間移動】がどういうスキルなのか、自分で考えてみたことはあったが、座標を跳ぶ技だと予想していた。だが、どうやって跳んでいるかはまったくの謎だ。

歩くとき、人は重力や重心の移動など仕組みを理解していなくても、問題なく歩ける。それと同じことで、このスキルさえ持っていれば、跳べるのだ。

だが、仕組みが分かっていなければ応用が利かない。

「ジジイ、いや、ヴァリウス。その次元のすり抜け技について、もっと詳しく教えてくれないか」

「嫌じゃ」

「なに？」

「ワシが長年の苦労の末にようやく得た秘術とその知識を、どーして見ず知らずの男にホイホイ教えねばならんのじゃ」

「弟子に技を伝えるのも師匠の役割だろう。これも学院長との約束だ」

ヴァリウスもこの学院の教授の地位をクビにされたくないと思っているようだから、学院長の言うことなら聞くはずだ。

「ちぃ、やれやれ、ルナには面倒な事を押し付けられたもんじゃわい。今さら弟子などと」

「一年後、バーニア王国に魔法の効かないモンスターが現れる。俺達はそれを倒さなくてはいけない」

「ふぅん？　ルナに何か予言を聞いたかの？　まあそれはお主らで勝手にすればよかろう。弟子がモンスターを倒そうが倒すまいが、それは師匠には関係のないことだ」

「なんだと？　それで学院長が納得すると思うのか、ヴァリウス」

「フン。……では、アレックよ、ワシが少しお主を鍛えてやろう。ワシとの追いかけっこで捕まえることができたなら、次元についてもうちっとだけ教えてやるとするかのう。これも修業というヤツよ。カカカ」

ニヤケ顔のヴァリウスはどうも素直に技を伝授するつもりはないらしい。

まったく。だが、これも仲間と俺の命のためだ。少しくらいは努力してやるとするか。

「いいだろう。行くぞ！」

初手から【瞬間移動】で俺はジジイを捕まえに行く。

「ほっ！　甘いわ、小僧！」

するりと俺の手を姿勢を変えるだけでよけた体術は見事なものだ。魔法剣士ヴァリウスはその身軽な足で森のほうへと駆けていく。

どうせ追いかけるなら、女のケツがいいんだが。

俺は軽くため息をつくと、ジジイのあとを追った。


――第6巻・完――

Now Loading……
第七巻　第二十四章　ウーファの暗雲
プロローグ　それは唐突に

アレック

ステータス

〈レベル〉45　〈クラス〉勇者/賢者
〈種族〉ヒューマン　〈性別〉男　〈年齢〉43
〈HP〉685/685　〈MP〉584/584
〈TP〉441/441　〈状態〉通常
〈EXP〉417236　〈NEXT〉17763
〈所持金〉3020000

基本能力値

〈筋力〉24　〈俊敏〉23　〈体力〉24
〈魔力〉23　〈器用〉23　〈運〉23

スキル 現在のスキルポイント:5482

（※6ページ目）
【斬鉄剣 Lv5】【寒中水泳 Lv5】【スペルマ魔力転換 Lv5】【魔力増強 Lv3】【魔法探知 Lv5】
【魔法知識 Lv4】【全身タイツプレイ Lv5】【影法師 Lv5】【Gスポット・アナライザー Lv3】
【鼻挿入 Lv2】

▼

パーティー共通スキル

【獲得スキルポイント上昇 Lv5】【獲得経験値上昇 Lv5】【レアアイテム確率アップ Lv5】
【先制攻撃のチャンス拡大 Lv5】【バックアタック減少 Lv5】

▼

ミーナ

ステータス

〈レベル〉45　〈クラス〉水鳥剣士/くノ一
〈種族〉犬耳族　〈性別〉女　〈年齢〉18
〈HP〉1075/1075　〈MP〉90/90
〈TP〉512/512　〈状態〉吸血鬼
〈EXP〉419230　〈NEXT〉17770
〈所持金〉110100

基本能力値

〈筋力〉12+20　〈俊敏〉24　〈体力〉30
〈魔力〉12　〈器用〉7　〈運〉34

スキル 現在のスキルポイント:599

【飲み干す Lv1】【おねだり Lv1】【鋭い嗅覚☆ Lv4】【忍耐 Lv4】【時計 LvMax】【綺麗好き Lv4】【献身的 Lv3】【物静か Lv3】【度胸 Lv2】【直感 Lv3】【運動神経 Lv4】【動体視力 Lv3】【気配探知 Lv3】【アイテムストレージ Lv1】【薬草識別 Lv1】【薬草採取 Lv1】【差し入れ Lv1】【状況判断 Lv3】【素早さUP Lv3】【幸運 Lv5】【かばう Lv3】【フェラチオ Lv3】【パーティーのステータス閲覧 LvMax】【罠の嗅覚 Lv3】【毒針避け Lv3】【罠外し Lv3】【ジャンプ Lv1】【水鳥剣術 Lv5】【暗視 Lv1】【悪臭耐性 Lv1】【オートマッピング Lv1】【キュッと締める Lv1】【精神耐性 Lv1】【混乱耐性 Lv1】【手裏剣 Lv3】【忍び走り Lv1】【影縫い Lv4】【全力集中の呼吸 Lv1】【舐めて治る Lv3】【吸血鬼☆ レベル3】【日焼け止め Lv5】【聖属性耐性 Lv5】【魔力抵抗UP Lv5】【変わり身の術 Lv3】【水遁の術 Lv1】【火遁の術 Lv1】

Hステータス

〈H回数〉109　〈オナニー回数〉45　〈感度〉83　〈淫乱指数〉17
〈好きな体位〉正常位
〈プレイ内容〉教室プレイ、スク水プレイ

星里奈

ステータス

〈レベル〉46　〈クラス〉勇者/剣士
〈種族〉ヒューマン　〈性別〉女　〈年齢〉18
〈HP〉747/747　〈MP〉426/426
〈TP〉628/628　〈状態〉通常
〈EXP〉502236　〈NEXT〉19747
〈所持金〉1501500

基本能力値

〈筋力〉26　〈俊敏〉26　〈体力〉26
〈魔力〉25　〈器用〉25　〈運〉25

スキル 現在のスキルポイント:444

Caution!
スキルにより閲覧が妨害されました

Hステータス

〈H回数〉128　〈オナニー回数〉3669　〈感度〉99　〈淫乱指数〉97
〈好きな体位〉後背位
〈プレイ内容〉教室プレイ、スク水プレイ

ネネ

ステータス

〈レベル〉43　〈クラス〉魔術士
〈種族〉犬耳族　〈性別〉女　〈年齢〉＊＊
〈HP〉328/328　〈MP〉459/459
〈TP〉92/92　〈状態〉通常
〈EXP〉4580574　〈NEXT〉12436
〈所持金〉252540

基本能力値

〈筋力〉5　〈俊敏〉5　〈体力〉4
〈魔力〉7+1　〈器用〉9　〈運〉19

スキル 現在のスキルポイント:315

【共感力☆ Lv4】【優しさ Lv3】【悪臭耐性 Lv1】【ファイアボール Lv4】【ヘイト減少 Lv1】【体力上昇 Lv5】【矢弾き Lv1】【アイテムストレージ Lv1】【幸運 Lv5】【オナニー Lv1】【痛み軽減 Lv1】【オートマッピング Lv1】【ブラインドフォール Lv1】【騎乗 Lv2】【アナルセックス Lv1】【精神耐性 Lv1】【混乱耐性 Lv1】【ライト Lv1】【魔力抵抗UP Lv5】【ウインド Lv2】【ライトニング Lv1】【アイスニードル Lv1】【ニンニク結界 Lv1】

Hステータス

〈H回数〉87　〈オナニー回数〉10　〈感度〉72　〈淫乱指数〉17
〈好きな体位〉座位
〈プレイ内容〉教室プレイ、スク水プレイ

レティ

ステータス

〈レベル〉45　〈クラス〉魔導師
〈種族〉ヒューマン　〈性別〉女　〈年齢〉18
〈HP〉354/354　〈MP〉653/653
〈TP〉108/108　〈状態〉通常
〈EXP〉592864　〈NEXT〉17716
〈所持金〉201540

基本能力値

〈筋力〉4　〈俊敏〉4　〈体力〉6
〈魔力〉20+5　〈器用〉8　〈運〉5

スキル 現在のスキルポイント:215

【床オナニー Lv5】【ファイアボール Lv5】【ブラインドフォール Lv5】【フレイムスピアー Lv5】【ファイアウォール Lv5】【マザー・スライム・レボリューション Lv5】【永劫火炎結晶死剣（ヴァスケットシュタインデス） Lv5】【デス】【アート・イズ・アン・エクスプロージョン Lv5】【ダーク・ファイア・キャッスル Lv5】【リターン・ワーク・ポイント Lv5】【オートマッピング Lv1】【精神耐性 Lv1】【混乱耐性 Lv1】……

Caution!

＊不思議な力により閲覧が妨害されました＊

Hステータス

〈H回数〉58　〈オナニー回数〉68　〈感度〉52　〈淫乱指数〉18
〈好きな体位〉後背位
〈プレイ内容〉淫紋プレイ

あとがき

第六巻、いかがでしたでしょうか……？

少しでも皆様に楽しいと感じてもらえる点があったならば、作者として嬉しいです。

作品としてＷｅｂ版は超えた！　という自負はあるのですが、ここまでの書籍版五冊を読破して、次を待っておられた皆さんのご期待や理想を上回れたか？　というと……まぁ、こんなもんです……ハハ……。

ともかく、第六巻では個人的に私が書きたかった学園編へと突入します。

普通、おっさん冒険者は転生モノでもない限り、学園には入りづらいと思うのですよ。

オースティン魔法学院の中等部にアレックが入学したら……、巻のアニメ化異世界作品やハリーポッ〇ーでもいいですが、あそこにスキル強化されたアレックが忍び込んだなら……とてもヤバいですね。危険な香りしかしません。

禁呪封印区に鍵を持つ学院長が入れない謎、魔法剣士ヴァリウスとの出会い、正体不明の黒き魔女、世界樹の誕生、そして新キャラ・マリリンと楓──。んー、まぁ、何となく異世界ファンタジーっぽく見えるのではないでしょうか？

これからどうなるか、次巻に乞うご期待！

正直な話、私の人生の中でここまで本気を出して何かをやったのは初めてです。ゲームよりも本気を出してしまいました。語れるほどの人生経験は無いのですが、

人生はニートが一番ですッ！

食生活に気を遣い、サプリも摂るようになって、以前よりも体調は元気なのですが……肝心の素晴らしきアイデアは出ませんねぇ。

個人的にオススメしたいサプリは、ＥＰＡ、ビタミンＤ、ユビキノール、ルテイン、新ビオフェルミンＳプラスなど。あと、ゴボウ、にんにく、アボカド、ブロッコリー＆スプラウト、鮭、トマト、カボチャ、素焼きナッツ、オリーブオイル、純ココア（南米以外）、デカフェ、グルテンフリー雑穀米、クレイジーソルトなど。便秘にはイヌリンと納豆。あすけん。運動はスクワット、懸垂。

一年半続けた結果、20キロ痩せてＢＭＩが正常化し、体内年齢が九歳ほど若返りました。だるさ・肩こり・便秘、ドライアイ・眼精疲労なども消え、起きたときに体がバキバキ鳴らなくなりました。参考になれば。

末筆になってしまいましたが、エロ可愛いイラストを描いて大量の読者を一本釣りしてくださっているＢ－銀河先生、そして作品の面白さを追求して共に作品を作りこんでくださった編集担当Ｋさん、製本・販売にかかわっておられるすべてのプロフェッショナルな方々、琴線に触れる癒しのキャラでさらに面白い漫画にしてくださっている薬味紅生姜先生——誰一人欠けてもこの本の完成はなかったと思います。

もちろん、本作を手に取ってくれた読者、皆さんのことも忘れていませんよ？（チラッ！）ちょ……ちょっとくらい「まさなんはワシが育てた！」と誇りに思ってくれてもいいんだからね！（ツンデレ風に）

本当に、本当にありがとうございます。

Ｐ．Ｓ．

ゲーム『タクティクスオウガ・リボーン』がプレイできて幸せです。私のプレイした中ではＳＦ無印版が史上最高のＳＲＰＧです！

フランパ大森林を探索しながら——

「反省する気持ちがあるならさっさと脱いでもらおうかぁ～??」
ドキドキ
…ん
……始めて…いいわよ
相変わらずワガママで生意気な胸だな
エロいスキルで異世界無双 THE COMICは
コミックライドAdV アドバンスにて
大好評連載中!
漫画:薬味紅生姜
コミックス①～②巻好評発売中!!
コミックライドAdV. https://comicride.jp/

GC NOVELS

エロいスキルで異世界無双 6

Record of Erotic Warrior

2023年4月7日初版発行

著者 まさなん

イラスト B-銀河

発行人 子安喜美子

編集 川口祐清

装丁 森昌史

印刷所 株式会社エデュプレス

発行 株式会社マイクロマガジン社
〒104-0041 東京都中央区新富1-3-7 ヨドコウビル
［販売部］TEL 03-3206-1641／FAX 03-3551-1208
［編集部］TEL 03-3551-9563／FAX 03-3551-9565
https://micromagazine.co.jp/

ISBN978-4-86716-409-9 C0093

本書は小説投稿サイト「ミッドナイトノベルズ」(https://mid.syosetu.com/)に掲載されていたものを、
加筆の上書籍化したものです。

ファンレター、作品のご感想をお待ちしています!

宛先 〒104-0041 東京都中央区新富1-3-7 ヨドコウビル
株式会社マイクロマガジン社 GCノベルズ編集部「まさなん先生」係「B-銀河先生」係